LES OS EN SILENCE

LES ENQUÊTES DE DÉTECTIVE KAY HUNTER

RACHEL AMPHLETT

SAXON
PUBLISHING

CHAPITRE 1

Spencer White tira une dernière bouffée de sa cigarette, jeta le mégot dans le caniveau et claqua la porte arrière de sa camionnette.

Un spasme musculaire lui saisit le bas du dos lorsqu'il se pencha pour ramasser sa boîte à outils. Il siffla entre ses dents, expirant les dernières volutes de fumée.

Le givre tardif scintillait sur le trottoir là où les faibles rayons du soleil ne parvenaient pas à atteindre les ombres et un vent mordant tiraillait le col de son imperméable. Des nuages de pluie menaçaient à l'horizon et il frissonna.

Avec le poids d'une échelle en aluminium sur un bras et la boîte à outils serrée dans l'autre main, il attendit qu'un bus à un étage passe devant lui dans la rue animée de Maidstone, puis il traversa rapidement la route en direction de l'immeuble de bureaux récemment rénové.

Il s'était réjoui de cet appel. Les travaux de réaménagement du centre-ville étaient arrivés à leur terme naturel, et le volume de travail qu'il effectuait chaque semaine commençait à revenir à son niveau précédent une fois que les mois d'hiver s'étaient installés et que les mois chauds d'été s'étaient fait oublier de la population locale.

Il leva le visage vers la façade du bâtiment en plissant les yeux face à la lumière matinale.

Autrefois une vieille banque, la maçonnerie en pierre de Ragstone abritait désormais une entreprise de logiciels. Il se rappela le nombre d'heures qu'il avait passées à travailler tard durant l'été, alors que le chef de chantier jonglait entre l'achèvement de la climatisation par conduits et le câblage électrique essentiel qui constituait le cœur de l'entreprise.

Il était rare qu'on lui demande de revenir une fois le travail réalisé. La plupart de ses revenus provenaient de l'entretien quotidien des systèmes existants. Spencer était fier de la qualité de son travail et de celui de ses employés, mais il acceptait que de temps en temps une anomalie puisse survenir et il faisait tout son possible pour s'assurer que le problème soit réglé le plus rapidement possible.

Il posa l'échelle contre l'encadrement de la porte en pierre et appuya sur le bouton du panneau de sécurité à sa droite. À travers la vitre, une tête se redressa derrière le bureau de la réception et un bourdonnement parvint à ses oreilles. La réceptionniste repoussa sa chaise et se dirigea vers les doubles portes, un sourire sur le visage en ouvrant un côté.

— Merci, dit Spencer.

— Pas de problème. Je suis juste contente que vous ayez pu venir si rapidement.

Elle plissa le nez, ce qui mit en évidence ses taches de rousseur.

— C'est bien beau de travailler dans un endroit chic comme celui-ci, mais pas quand on y étouffe. On ne peut même pas ouvrir une fenêtre.

Spencer sourit en reprenant l'échelle et attendit qu'elle laisse la porte se refermer.

Il avait été surpris quand il avait vu les plans de l'architecte pour le réaménagement de la banque – plutôt que d'y mettre des fenêtres qui pouvaient être ouvertes maintenant que l'ancien usage du bâtiment n'était plus d'actualité, un système de climatisation avait été installé et les fenêtres avaient été rescellées pour éviter d'éventuels cambriolages.

C'était le gagne-pain de son entreprise, certes, mais il n'aurait pas supporter de travailler dans un environnement aussi suffocant.

Il semblait que les employés de l'entreprise de logiciels étaient en train de découvrir la même chose par eux-mêmes.

— Est-ce que j'ai raison de penser que le conduit principal pour le câblage se trouve dans la zone de restauration du rez-de-chaussée ? demanda-t-il.

— C'est ce que Marcus, notre responsable des opérations, m'a dit. Je m'appelle Gemma, au fait. J'imagine que cet endroit a l'air bien différent de la dernière fois que vous l'avez vu.

Il jeta un coup d'œil aux murs aux couleurs vives et aux œuvres d'art contemporaines qui représentaient des formes et des couleurs mais rien de réel.

— Un peu, oui.

— Donnez-moi deux secondes. Je dois trouver quelqu'un pour répondre aux téléphones à ma place, et ensuite je vais vous montrer. Signez et prenez un de ces badges visiteurs.

Spencer appuya l'échelle contre le bureau de la réception et posa la boîte à outils à ses pieds, puis il tendit la main vers le registre des visiteurs et griffonna son nom dans l'espace prévu pendant que Gemma décrochait le téléphone et parlait à un collègue d'une voix basse.

Elle reposa le combiné avec un sourire sur le visage.

— C'est bon, tout est réglé. La ligne téléphonique est transférée, donc je n'ai pas à m'en inquiéter. Venez, j'espère que vous allez pouvoir régler ça rapidement. Je ne pense pas pouvoir supporter un appel de plus de l'étage avec des plaintes.

Ses talons claquèrent sur le carrelage brillant avant qu'elle n'ouvre une porte en bois massif et ne se tienne sur le côté pour le laisser passer.

Alors que les yeux de Spencer s'adaptaient à la luminosité de la zone de réception aux teintes tamisées, il ne pouvait s'empêcher de penser que la grande pièce semblait maintenant encombrée – il y avait tellement de groupes de bureaux et de chaises qu'il était difficile de se rappeler l'énorme espace dans lequel il avait travaillé pendant l'été.

Même les hauts plafonds avaient été abaissés et dissimulés par des dalles acoustiques qui masquaient le labyrinthe de câbles dont il était en partie responsable.

Il entendit un doux chuintement lorsque la porte se referma derrière lui, puis Gemma fit un geste vers un open space.

Il sentit une bouffée de grains de café en train de griller alors qu'ils longeaient le périmètre avant de s'avancer vers un espace au milieu qui comprenait une petite kitchenette et un coin salon où les employés pouvaient faire une pause. Spencer essaya d'ignorer l'arôme sucré des beignets frais de peur que son estomac ne gronde en signe de protestation, et il retint un sourire à la vue de la machine à café dernier cri. Sa femme le harcelait pour en avoir une comme celle-là, mais il ne voyait pas l'intérêt de dépenser autant d'argent alors qu'il ne fallait que quelques livres pour un pot de café au supermarché.

Huit hommes et femmes s'affairaient, discutant entre eux à voix basse tout en ouvrant les portes du réfrigérateur pour aller chercher des briques de lait et distribuer des assiettes et des tasses en porcelaine.

— Mauvais moment, j'en ai bien peur, dit Gemma. Ceux qui arrivent tôt prennent généralement une pause-café et mangent un morceau à peu près à cette heure-ci.

— Ce n'est pas grave, dit Spencer. Je ne vais avoir besoin d'ouvrir qu'un des panneaux du plafond pour commencer. Je vais mettre quelques chaises pour bloquer l'accès. Inutile de déranger tout le monde avant d'avoir trouvé le problème.

Il remarqua que ses épaules se détendaient un instant avant qu'elle ne laisse échapper un souffle.

— Oh, c'est parfait. Merci, je m'attendais à ce que le groupe ne proteste si je devais leur demander de se déplacer. Vous voulez un café ou quelque chose pendant que vous travaillez ?

— Un café ce serait parfait, merci. Avec du lait et deux sucres.

Spencer appuya l'échelle contre l'une des tables en Formica dispersées dans la zone, puis il fit pivoter trois des chaises. Il ouvrit sa boîte à outils et en sortit les plans du câblage de la climatisation que sa femme avait imprimés pour lui ce matin-là, avant de jeter un coup d'œil au plafond pour s'orienter.

— Voilà pour vous.

Il se retourna en entendant la voix de Gemma, puis il tendit la main pour prendre la tasse de café fumante qu'elle lui tendait.

— Merci. Retournez derrière les chaises maintenant.

Il lui fit un clin d'œil et attendit qu'elle rejoigne ses collègues à une table deux rangées plus loin, puis il se concentra sur les plans tout en sirotant son café.

Satisfait d'avoir identifié le bon panneau, il posa

la tasse de café sur la table et se pencha vers sa boîte à outils, concentré sur la tâche à accomplir.

Il sifflotait doucement en travaillant, un air qui passait à la radio ce matin-là pendant que les enfants se préparaient pour l'école. Sa fille cadette avait agacé sa sœur en dansant et chantant le dernier tube à tue-tête, et maintenant il ne pouvait plus se le sortir de la tête.

Spencer se redressa et ignora les regards curieux du personnel en train de prendre leur petit-déjeuner. Il devait se concentrer, trouver la panne, la réparer en causant le moins de tracas possible, et essayer de s'assurer que le problème n'affecte pas le travail initial qu'il avait réalisé.

Il rapprocha l'échelle, posa les outils sur la table, puis grimpa les quatre premiers barreaux et appuya ses paumes contre la dalle acoustique.

Elle resta fermement en place, sans sortir de la fine bande de logement en aluminium sur laquelle elle reposait.

Spencer grimaça, repositionna ses mains et poussa à nouveau.

L'échelle vacilla sous son poids, en faisant s'emballer son cœur avant qu'il ne jette un coup d'œil vers le bas.

— Attendez, je vais la tenir pour vous.

Un des hommes repoussa sa chaise de la table éloignée et se précipita pour placer son pied sur la base.

— Merci.

— Pas de problème. Ils sont fous avec la sécurité ici, alors ça ne nous ferait pas de bien si on vous regardait tomber sans rien faire.

Il afficha un sourire espiègle et Spencer leva les yeux au ciel.

— J'aurais cru qu'avec tout l'argent qu'ils ont dépensé pour cet endroit, ils auraient pu s'assurer que le sol soit de niveau ici, dit-il.

L'homme rit, puis posa une main sur le côté de l'échelle tandis que Spencer reportait son attention sur le plafond.

Il fronça les sourcils en promenant son regard sur les panneaux à gauche et à droite de celui auquel il devait accéder, puis il se prépara et poussa fort.

Il perçut une odeur qui émanait de la fissure qui apparut, qui lui rappela l'odeur d'un rat mort qui s'était retrouvé enfermé dans un abri de jardin quand il était enfant, puis la dalle acoustique se remit en place d'un coup sec.

Il jura et l'homme en dessous de lui ricana.

Spencer ne dit rien et plaça plutôt son pied droit sur le barreau suivant, puis il se repositionna et réessaya.

Son poing gauche disparut à travers le plafond une fraction de seconde avant qu'un rugissement ne l'enveloppe alors que la dalle se désintégrait, détruisant les deux de chaque côté.

Il tomba de l'échelle et laissa échapper un cri d'alarme alors qu'il basculait en arrière sur l'homme en dessous dans une pluie de poussière et de dalles brisées.

Spencer grogna lorsque l'air sortit de ses poumons au moment où ses épaules heurtèrent le sol en linoléum, puis un poids lourd rebondit sur ses jambes avant de retomber.

Il resta allongé un moment, fléchissant ses doigts et ses orteils pour s'assurer qu'il ne s'était pas gravement blessé, puis il toussa pour dégager la poussière blanche et collante de sa bouche et de ses poumons. Il cligna des yeux, s'essuya avec le dos de la main et se demanda pourquoi ses oreilles bourdonnaient.

En se redressant, il déglutit.

Son ouïe allait bien, mais deux des femmes qui étaient dans la cuisine à son arrivée s'étaient levées, oubliant leur nourriture et leurs boissons.

L'une tenait Gemma, dont le mascara avait coulé et laissait des traînées sur ses joues.

Elles criaient toutes.

Spencer se retourna en pensant que son assistant improvisé avait été blessé, mais quand il regarda dans sa direction, l'homme était déjà debout, les yeux écarquillés et le visage pâle jusqu'à devenir d'un gris maladif.

— Ça va ? demanda Spencer.

— Je crois que je vais vomir.

Il pointa derrière Spencer.

Spencer jeta un coup d'œil par-dessus son épaule, puis il s'éloigna aussi vite que ses mains et ses pieds le lui permettaient, en essayant de mettre autant de distance que possible entre lui et la chose qui gisait étendue à côté de son échelle.

Alors que son cerveau commençait à assimiler ce qu'il voyait et qu'il luttait pour empêcher la bile de s'échapper de ses lèvres, tout ce dont il pouvait se souvenir était que ce n'était pas censé être là, ça ne devrait pas être étendu sur le sol comme ça, et qu'il devait s'en éloigner.

Les cris des femmes s'étaient transformés en sanglots hystériques alors que de plus en plus de membres du personnel accouraient de leurs bureaux pour savoir ce qui se passait.

La voix de Gemma parvint à Spencer alors qu'il s'agrippait au dossier d'une chaise et se relevait maladroitement.

— Pourquoi est-ce qu'il y avait un homme mort dans le plafond ?

CHAPITRE 2

— Un porte-bonheur, dit Gavin Piper, et il prit la tête le long du trottoir en direction de Gabriel's Hill.

— Quoi ?

L'inspectrice principale Kay Hunter ferma la fermeture éclair de son blouson avant de se dépêcher pour rattraper l'enquêteur qui maintenait un rythme rapide sur la surface inégale.

— Tu veux bien ralentir. Je sais que ces pavés ont été remplacés, mais c'est toujours sacrément glissant.

Gavin s'arrêta pour laisser passer un groupe d'adolescents, puis il continua.

— Un porte-bonheur. Il y a quelques centaines d'années, ils avaient l'habitude de mettre un chat dans le mur d'un bâtiment avant de le sceller pour effrayer les mauvais esprits. C'est ça, non ? Il a été momifié.

— Je ne pense pas que notre victime ait été mise là pour porter chance, Piper, dit Kay en réprimant un frisson alors qu'ils atteignaient le sommet de la colline. Pas besoin de deviner dans quel bâtiment est notre scène de crime.

En face de l'endroit où ils se tenaient, deux voitures de patrouille et une ambulance étaient garées le long du trottoir, tandis qu'une voiture à quatre portes argentée avait été mal stationnée et occupait la moitié du trottoir. Un agent en uniforme du nom de Toby Edwards dirigeait un couple âgé loin du cordon de sécurité bleu et blanc de la scène de crime qui flottait dans la brise froide tandis que Kay et Gavin approchaient.

— Lucas est arrivé vite, dit-elle en regardant la voiture argentée.

— Apparemment, il était déjà en ville. Une conférence au Marriott ou quelque chose comme ça.

Le médecin légiste du quartier général avait été convoqué par les premiers intervenants et Kay était heureuse de l'avoir sur place pour entendre ses premières réflexions sur cette découverte inhabituelle.

Une fourgonnette grise s'arrêta au bord du trottoir derrière la voiture argentée et quatre silhouettes en émergèrent avant d'enfiler des vêtements de protection et de récupérer une série de boîtes colorées dans la fourgonnette.

Kay fit un signe de tête en guise de salutation à la plus petite des quatre silhouettes et elle suivit Gavin jusqu'à l'endroit où Harriet Baker répartissait sa petite équipe et les envoyait vers le bâtiment.

— Bonjour, Kay.

La responsable de la police scientifique serra la main des deux détectives et baissa la voix.

— J'ai entendu dire qu'on avait une affaire étrange ce matin.

— Apparemment, oui. Gavin et moi sommes sur le point de le découvrir.

Kay haussa les épaules.

— J'étais au quartier général quand l'appel est arrivé, donc je n'en sais probablement pas plus que toi pour le moment.

— Momifié, à ce que j'ai entendu ?

— Oui. Lucas est là.

— Ah, bien. C'est toujours utile quand un médecin légiste peut voir un corps in situ.

Harriet se retourna et ramassa une boîte d'équipement au pied du siège passager de la fourgonnette. Elle verrouilla le véhicule puis sortit une paire de gants de protection et les enfila.

— Je ferais mieux d'y aller.

— On se voit à l'intérieur.

Kay s'écarta pour laisser passer Harriet, puis elle plissa les yeux en voyant une silhouette familière se précipiter vers le ruban, son attention fixée sur la sacoche ouverte suspendue à son épaule. Elle interpella l'agent de police.

— Edwards, assurez-vous que Jonathan Aspley ne parle à aucun des témoins, d'accord ?

— C'est compris, chef.

Le journaliste du *Kentish Times* sortit un téléphone de sa poche et son regard croisa celui de Kay alors qu'il s'approchait, puis ses épaules s'affaissèrent lorsqu'il aperçut Edwards qui s'avançait.

— Oh, allez, Hunter !

Elle leva une main.

— Non, Jonathan. Plus tard. Soyez au quartier général à dix-sept heures cet après-midi. Le commandant divisionnaire Sharp organise une conférence de presse. Vous devriez recevoir un courriel d'ici une heure. En attendant, laissez mon équipe effectuer son travail.

Elle lui tourna le dos avant qu'il ne puisse protester davantage.

— Est-ce que les ambulanciers ont terminé ?

— Ils sont encore avec une des employées,

répondit Edwards. Elle est asthmatique et ils étaient inquiets de l'effet du choc sur sa santé.

— D'accord. Étendez le cordon d'une longueur de voiture au-delà de l'ambulance et mettez des barrières sur le trottoir pour nous donner un peu d'intimité.

Elle jeta un coup d'œil au bâtiment d'en face et sa lèvre supérieure se retroussa à la vue d'un certain nombre d'employés de bureau curieux aux fenêtres, smartphones en main.

— Et pour l'amour du ciel, envoyez quelques agents là-bas pour dire à ces gens de s'occuper de leurs affaires.

— Oui, chef.

Edwards s'éloigna rapidement en aboyant des ordres à ses collègues pour relayer les instructions de Kay.

Kay se déplaça pour pouvoir voir au-delà de Gavin et le long de High Street vers l'ancien hôtel de ville. Le long du trottoir de chaque côté de Market Place, les gens s'arrêtaient et regardaient. Un mélange de regards curieux et de visages ouvertement avides l'accueillit, et elle savait par expérience que ce n'était qu'une question de temps avant qu'une foule ne commence à se rassembler, surtout si les employés de bureau d'en face avaient déjà réussi à filmer quelque chose d'intéressant et à le poster sur les réseaux sociaux.

S'ils ne géraient pas correctement la situation, il y aurait bientôt un embouteillage dans le centre-ville.

Des bruits de pas précipités attirèrent son attention vers le périmètre délimité par le ruban, juste à temps pour voir quatre agents en uniforme traverser la rue en courant et entrer dans le bâtiment.

— Au moins, ils n'ont pas filmé le corps, marmonna Gavin.

— Dieu merci. Qui a le bloc-notes, Debbie ? demanda Kay en appelant une agente qui se tenait à l'entrée des locaux de l'entreprise de logiciels, à plusieurs mètres de l'endroit où ils se trouvaient.

— Aaron, chef, répondit Debbie. Il a dû donner un coup de main au sergent Hughes avec la barrière. Il arrive dans une minute.

Malgré son impatience de vouloir entrer sur la scène de crime, même le grade de Kay ne lui serait d'aucune utilité si elle rompait le protocole et soulevait le ruban tendu entre un lampadaire et une gouttière boulonnée.

— Qu'est-ce que nous savons d'autre sur les événements de ce matin ? demanda-t-elle à Gavin en baissant le menton jusqu'à ce qu'elle sente le tissu doux de sa veste, puis elle expira pour créer un cocon d'air chaud et compenser la fraîcheur matinale.

— Personne ne savait que le corps était là jusqu'à ce qu'il tombe du plafond, chef. Apparemment, un défaut dans la climatisation a été signalé la semaine dernière et le type qui l'a installée, Spencer White, ne pouvait pas venir avant aujourd'hui.

— Quel genre de défaut ? répliqua Kay.

— Le système est tombé en panne. Plus d'air du tout dans le bâtiment. Comme c'est une ancienne banque, et vu la quantité de voitures qui passe ici chaque jour, les fenêtres ne peuvent pas être ouvertes, c'est du double vitrage et elles sont scellées. Quelqu'un a décidé d'augmenter la température la semaine dernière après ce coup de froid qu'on a eu, et tout s'est arrêté.

— Bon sang. Alors personne ne sait depuis combien de temps il était là-haut ?

Gavin secoua la tête.

— Non, mais les dalles acoustiques ont été installées vers la fin des travaux de réaménagement du bâtiment, donc il n'était pas là-haut avant ça…

Il s'interrompit et fit un signe du menton par-dessus l'épaule de Kay.

En se retournant, elle vit Aaron Baxter qui approchait, un bloc-notes à la main.

— Désolé, chef. C'est la pagaille en ce moment.

— Pas de problème, répondit Kay. L'essentiel c'est que tu maintiennes la scène de crime en ordre, alors ne t'inquiète pas si nous devons attendre.

L'agent de police réussit à sourire en reprenant les papiers signés des mains de Gavin.

— Merci, chef.

Kay passa sous le ruban qu'Aaron tenait levé. Elle attendit que Gavin la rejoigne, puis elle prit une combinaison de protection des mains de Patrick, l'un des assistants de Harriet, et elle enfila les surchaussures et les gants qu'il lui tendait.

Une fois correctement équipée, elle suivit Gavin jusqu'à la porte d'entrée du bâtiment, notant avec soulagement que les barrières avaient été érigées et que les badauds avaient été éloignés de l'immeuble d'en face.

Les doubles portes de l'ancienne banque avaient été maintenues ouvertes et lorsque Kay entra, un faible son de pleurs parvint à ses oreilles.

Une jeune femme d'à peine vingt ans était assise dans l'un des fauteuils en cuir de l'accueil, un mouchoir en papier serré dans son poing tandis qu'une collègue essayait de l'apaiser.

Debbie s'approcha de Kay et Gavin.

— Gemma Tyson, dit-elle à voix basse. La

réceptionniste. Elle était présente quand la victime a été découverte.

Kay hocha la tête en signe de remerciement, puis elle se dirigea vers les portes qui, selon elle, menaient aux entrailles du bâtiment.

— On lui parlera rapidement en sortant.

Gavin acquiesça, puis s'arrêta net en entrant dans l'open space.

— Bon sang.

L'espace central qui servait de cœur opérationnel à l'entreprise de logiciels grouillait de monde.

Un groupe d'une douzaine d'agents en uniforme s'affairait dans la pièce. Ils avaient divisé les employés en petits groupes afin de recueillir leurs témoignages et de s'assurer que les téléphones portables étaient confisqués jusqu'à ce que toutes les photos soient supprimées et que les règles concernant les médias sociaux soient communiquées.

Une atmosphère de choc imprégnait l'air, teintée d'une sombre nuance d'incrédulité face à l'apparition soudaine du corps momifié.

Alors qu'ils se dirigeaient vers la zone de la cuisine et l'équipe de Harriet sur la scène de crime qui commençait à analyser les preuves, Kay lutta contre l'envie de paniquer face au nombre impressionnant de personnes présentes.

En matière de scènes de crime, celle-ci allait être l'une des plus difficiles à gérer et mettrait les compétences de son équipe à rude épreuve.

— Qu'est-ce qui leur a fait soupçonner un acte criminel ? demanda-t-elle.

— Un sacré gros creux sur le côté de son crâne, répondit Gavin. Pas besoin de se casser la tête, chef.

Kay gémit et passa devant l'un des assistants de Harriet.

— Il faut que tu arrêtes de traîner avec Barnes, Piper. Il a une mauvaise influence sur toi.

CHAPITRE 3

CHAPITRE 3

L'inspecteur nouvellement nommé de Kay avait la réputation d'avoir le sens de l'humour, mais Ian Barnes était un membre essentiel de son équipe et malgré ses mots, elle savait qu'il pouvait faire preuve de concision et de professionnalisme quand c'était nécessaire.

En ce moment même, il portait une combinaison et était entouré de personnes plus ou moins préparées.

La police scientifique s'affairait autour de l'endroit où le cadavre momifié était tombé du plafond, tandis qu'un troisième cordon de police était en train d'être établi plus près du corps.

Barnes leva les yeux de ses notes, salua Kay et Gavin d'un signe de tête, puis il se tourna vers une jeune agente en uniforme et son collègue avant de pointer vers le fond de la pièce.

Les deux officiers se mirent en action, laissant Barnes s'entretenir avec un homme grand en costume qui passait sa main dans ses cheveux à plusieurs reprises tout en écoutant.

— C'est qui ? demanda Kay.

— Le directeur général, chef, répondit Debbie. Il travaille à l'étage du dessus. Dans la pièce juste au-dessus, pour être plus précise.

— Cette zone a aussi été sécurisée ?

— Oui. Deux membres de l'équipe de Harriet y sont montés à leur arrivée et d'autres agents sont en train de parler aux employés de cet étage. On a pensé qu'il valait mieux le faire là-haut pour les tenir éloignés de tout ça.

Des chaises en plastique étaient renversées sur le sol en lino, poussées en arrière par les membres du personnel qui avaient tenté de quitter la zone en toute hâte, et Kay jeta un œil expert sur la foule regroupée près du distributeur d'eau au fond de la pièce.

— Quelqu'un est parti ? demanda-t-elle.

— Non. Ils sont tous présents et comptés, dit Debbie. Nous ne laisserons personne quitter les lieux avant que tu ne donnes ton accord.

— Bien, merci. Comment ça se passe, Ian ? lui demanda Kay en s'approchant.

— Bien, chef. Attends une seconde.

Il se tourna pour parler à un sergent en uniforme, puis il se déplaça vers l'endroit où Kay et Gavin se tenaient à la limite entre l'espace de bureau et la zone de pause, une expression de dégoût sur le visage une fois qu'il se rapprocha.

— Je n'ai jamais eu une affaire comme celle-là, dit-il en frissonnant. Il faut une première fois pour tout, j'imagine.

— On dirait que tout est sous contrôle.

Un sentiment de fierté envahit Kay tandis qu'elle parlait.

La décision de Barnes de postuler pour le poste d'inspecteur avait été une surprise pour elle et pour d'autres. Il avait passé l'été à éviter l'opportunité pour finalement changer d'avis à la dernière minute plutôt que de laisser un parfait inconnu rejoindre l'équipe.

Kay avait été soulagée ; elle aimait travailler avec le détective qui était devenu un bon ami en plus d'un collègue, et quelqu'un sur qui elle pouvait compter.

Il semblait s'épanouir face aux défis que son rôle apportait, surtout maintenant.

Kay tendit le cou, mais ne réussit pas à voir au-delà des agents de la police scientifique qui étaient maintenant accroupis sur le sol entre les tables.

— Où est Lucas ?

— Ici.

Elle se retourna en entendant la voix et se retrouva face au médecin légiste. Il avait l'air fatigué alors qu'il s'essuyait les mains sur une serviette en papier froissée avant de la placer dans un sac et de la remettre à un membre de l'équipe d'experts qui passait.

Ils se serrèrent la main, puis elle fit un geste vers la zone sous le trou béant dans le plafond.

— Qu'est-ce que tu peux me dire ?

— Cette vague de chaleur qu'on a eue cet été a préservé le corps, dit Lucas en parlant à voix basse pour éviter d'être entendu par le personnel de bureau qu'on dirigeait du distributeur d'eau vers un groupe de bureaux. Je crois que ces dalles acoustiques ont été installées fin juin, donc celui qui a caché le corps l'a fait entre ce moment-là et quand le bâtiment a été loué début octobre.

Gavin leva les yeux vers le trou béant ouvert sur la cavité du plafond.

— Comment diable peut-on monter un corps là-haut ? Il faudrait être plus qu'un, non ?

— Une partie de l'équipe de Harriet est à l'étage.

Ils ont commencé à démonter le bureau au-dessus, dit Lucas.

Il fit signe à Harriet.

— Tu as une seconde ?

— Si tu fais vite, répondit la chef de la police scientifique.

— J'allais informer Kay de ce que ton équipe est en train de faire, mais j'ai pensé que ce serait mieux qu'elle l'entende de ta bouche au cas où tu aurais déjà plus d'informations, dit Lucas.

— Ok, oui. Nous travaillons sur deux théories basées sur ce que nous avons pu constater à notre arrivée. Soit le corps a été hissé dans le plafond d'ici, soit celui qui a fait ça a mis le corps dans le plancher du bureau à l'étage, expliqua Harriet. Ça n'aurait pas été facile de pousser notre victime à travers le plafond, trop lourd pour commencer, et aucun moyen de le fixer là-haut jusqu'à ce que les dalles acoustiques aient été remplacées. Évidemment, nous pourrons vous en dire plus au fur et à mesure, mais je pense qu'il a été descendu dans le plancher au-dessus. À mesure que le corps se desséchait, il s'est affaissé à travers le plancher jusqu'à reposer sur les dalles acoustiques et il a comprimé l'alimentation de la tuyauterie de climatisation.

— Merci.

Kay se retourna vers Lucas.

— Est-ce qu'on sait s'il s'agit d'un homme ou d'une femme ?

— C'est un homme, c'est certain. Tu veux jeter un coup d'œil avant qu'on le déplace ?

— Je ferais mieux.

Pour être honnête, Kay préférerait ne pas inspecter le corps momifié, mais elle savait par expérience que si l'occasion se présentait de voir un corps là où il avait été découvert, cela lui donnerait souvent plus d'informations qu'elle n'en tirerait de la lecture du texte brut d'un rapport, et dans son nouveau rôle d'inspectrice principale, elle était déterminée à montrer l'exemple à son équipe.

Si l'un d'entre eux la voyait prendre des raccourcis dans une enquête, elle ne se le pardonnerait jamais.

— Mettez vos masques, leur dit Lucas. On ne sait pas quelles spores il pourrait dégager.

Kay fit ce qu'on lui disait. Une fois assurée que Gavin avait également mis son masque, elle suivit Lucas et Harriet sous le cordon secondaire et traversa le sol en lino jusqu'aux experts de la police scientifique.

Au début, la forme recroquevillée sur le sol ressemblait à un tas de chiffons qu'on aurait laissé tomber en tas, mais en s'approchant, Kay put distinguer une main crispée qui dépassait d'une manche de chemise bleue.

Lucas la conduisit autour du corps de la victime, ses mouvements respectueux alors qu'il s'accroupissait et désignait le visage de l'homme.

Kay déglutit, puis rejoignit le médecin légiste.

Elle parcourut du regard la peau plissée du visage de la victime.

Ses paupières avaient disparu, exposant des orbites vides, et ses lèvres étaient retroussées en une grimace d'agonie.

— J'ai bien peur que les rongeurs ne se soient attaqués à ses yeux et à ses lèvres, dit Lucas. Ils ne mettent pas longtemps à trouver un moyen d'entrer dans un endroit s'ils sentent l'odeur d'un corps, même dans un endroit comme celui-ci qui est relativement neuf.

— Gavin a mentionné qu'il y a une blessure contondante à la tête.

— Oui, ici.

Lucas utilisa son petit doigt pour indiquer un creux dans le crâne de la victime, derrière l'oreille gauche.

— Je ne peux pas dire avec certitude si c'est la

cause de la mort avant d'avoir eu l'occasion de l'examiner correctement, cependant.

— Une identification quelconque ? Un portefeuille ?

— Non, rien dans ses poches.

— Comment diable allez-vous l'identifier ? s'exclama Gavin alors que son visage reprenait progressivement sa couleur normale. Je veux dire, son visage est méconnaissable et sa peau est toute ridée.

— Nous allons le ramener à la morgue et essayer d'appliquer de la glycérine sur le bout des doigts pour commencer, dit Lucas.

Il jeta un regard attristé au corps recroquevillé.

— Cela pourrait ramollir suffisamment la peau pour obtenir des empreintes digitales à vous envoyer afin que vous puissiez essayer de l'identifier. Je ne peux rien promettre avant quelques jours cependant.

Les autopsies du Kent, si elles n'étaient pas effectuées dans un hôpital où un patient était décédé, étaient réalisées à l'hôpital de Darent Valley par Lucas et une équipe de thanatopracteurs qui travaillaient dans des laboratoires exigus et étaient sous pression constante. À cela s'ajoutaient les effets des mois d'hiver, avec de mauvaises conditions météorologiques et des cas mortels de pneumonie parmi la population âgée, de sorte qu'un rapport d'autopsie pour une affaire criminelle pouvait prendre plusieurs jours au mieux – parfois des semaines.

— Pas de taches sur les dalles du plafond ? demanda Kay.

— La déshydratation se serait produite avant la putréfaction, dit Lucas. Il devait y avoir suffisamment d'afflux d'air dans la cavité pour accélérer le processus.

— Et personne n'aurait remarqué d'odeur résiduelle parce que l'endroit était vide pendant deux mois après la fin des rénovations, dit Barnes. Nous avons une copie du contrat de location et ce groupe n'a emménagé qu'en octobre.

— Est-ce qu'on sait qui étaient les poseurs de moquette ?

Barnes pointa un pouce ganté par-dessus son épaule.

— Le directeur général a appelé son responsable des opérations, il est actuellement en congé annuel mais il va consulter ses fichiers en ligne et nous envoyer les détails par courriel. Une entreprise locale apparemment.

— Ok, très bien.

Kay se leva et jeta un regard à la scène de crime.

— Très bien, Ian. Tu as tout sous contrôle ici. Nous allons retourner au commissariat et nous assurer que la salle des opérations soit prête.

CHAPITRE 4

— Un sacré lundi, chef.

L'enquêteuse Carys Miles tendit à Kay un dossier alors qu'elle entrait dans la salle des opérations et se dirigeait vers son bureau.

— À qui le dis-tu.

Kay enleva sa polaire et la jeta sur le dossier de sa chaise avant d'ouvrir le dossier.

— Qu'est-ce que tu as réussi à trouver ?

Carys s'appuya contre le bureau d'en face et remit une mèche de cheveux noirs derrière son oreille tandis que Kay s'asseyait.

— Le bâtiment appartenait à l'une des grandes banques du centre-ville jusqu'à la récession il y a quelques années. Il a été loué à court terme depuis, mais lorsque le dernier locataire est parti, les propriétaires ont décidé de profiter des travaux de réaménagement en cours dans le quartier et ils ont vendu la propriété.

— Ils ont dû empocher un sacré bénéfice.

— Tu n'as pas tort. Les chiffres estimés sont à la page quatre. Le nouveau propriétaire, une société de promotion immobilière basée à Rochester, a sous-traité les travaux. Nous avons rassemblé une liste de noms d'entreprises liées au bâtiment trouvées sur Internet et je vais obtenir de l'aide pour les passer en revue afin de découvrir comment elles sont liées. Certaines sont des entreprises individuelles, d'autres des sociétés à responsabilité limitée.

— Barnes attend des nouvelles du directeur des opérations du locataire actuel, ajouta Gavin. Avec un peu de chance, il aura une note sur les poseurs de moquette pour t'éviter d'avoir à les localiser.

— Ce serait bien, dit Carys. J'espère que tout a été fait dans les règles et qu'on n'aura pas à s'inquiéter de travaux payés au noir.

Kay parcourut le texte des yeux en feuilletant le mince dossier, puis elle le rendit à Carys.

— C'est un bon début, merci.

Elle regarda sa montre.

— Qui gère la base de données HOLMES ?

— Phillip Parker, répondit Carys. Debbie était de

service avec les agents en uniformes pendant le week-end et ne sera pas libre avant jeudi pour nous rejoindre.

— Oui, nous l'avons vue sur la scène de crime. Ce n'est pas grave, Phillip est plus que capable de gérer en attendant. Qui d'autre est disponible ?

Kay écouta et laissa son regard parcourir la salle des opérations tandis que Carys énumérait les noms des agents en uniforme qui avaient été appelés en renfort pour assister sa petite équipe de détectives. Son rythme cardiaque commença à se stabiliser après le pic d'adrénaline sur la scène de crime.

Ses yeux se posèrent sur l'agent Derek Norris qui se tenait en équilibre sur une chaise pour retirer des guirlandes en papier bleu pâle du plafond, et son cœur se serra.

Le vendredi précédent, l'une des employées administratives avait amené son bébé de quelques semaines pour le présenter à ses collègues et la salle avait été utilisée comme espace temporaire pour organiser une petite fête en son honneur. Kay y avait assisté, mais elle avait attiré des regards inquiets de la part de ses collègues détectives. Elle ressentait encore la douleur du deuil après sa fausse couche quelques années auparavant, et elle avait trouvé difficile le moment où on lui avait mis le bébé dans les bras et que les yeux d'un bleu vif du nourrisson l'avaient regardée.

Elle refoula ce souvenir tandis que Norris descendait de la chaise et jetait les dernières guirlandes dans la corbeille à papier sous le bureau, rendant à la salle des opérations son aspect pratique habituel.

Ses doigts gelés commencèrent à se réchauffer grâce à la chaleur du chauffage central qui, cet hiver du moins, fonctionnait, et elle tendit la main avec gratitude vers la tasse de thé que le sergent Harry Davis lui tendait avant de se diriger vers un bureau près de la fenêtre. Elle sourit ; l'agent en uniforme était devenu une sorte de figure paternelle pour un certain nombre de membres du personnel au fil des ans et elle appréciait toujours sa compagnie, même lorsqu'elle était au début d'une enquête qui allait certainement mettre à l'épreuve toutes ses compétences de détective et de manager. Au moins, on pouvait compter sur Harry pour encadrer les membres les plus jeunes de l'équipe quand c'était nécessaire.

Une atmosphère d'efficacité régnait dans la pièce alors que le personnel s'installait à des bureaux temporaires, répondait au téléphone et s'interpellait. Cette concentration ne serait pas rompue tant que leur victime n'aurait pas été identifiée et que les circonstances de sa mort n'auraient pas été élucidées.

Carys s'interrompit lorsque la porte s'ouvrit brusquement et que Barnes s'avança vers eux en desserrant sa cravate.

— Bon, Toutânkhamon est parti à la morgue et une patrouille en uniforme reste sur les lieux jusqu'à ce que l'équipe de Harriet libère la scène de crime, dit-il. Qu'est-ce que j'ai raté ?

Kay lui tendit les notes de Carys, puis se tourna vers Gavin.

— Tu peux contacter la mairie et voir s'il y a eu des problèmes pendant les travaux de rénovation ? Des plaintes, des soucis de permis, n'importe quoi de ce genre.

— Je m'en occupe, chef.

Il brandit son téléphone portable.

— Je vais aussi télécharger les photos que j'ai prises de notre victime et de la scène de crime, et les mettre dans le système. Tu veux quelques tirages pour le tableau ?

— S'il te plaît. Autant montrer à tout le monde ici ce à quoi nous sommes confrontés pour identifier le corps. Je n'imagine pas qu'on aura quoi que ce soit de l'équipe de Harriet avant demain, pas s'ils sont encore là-bas.

Gavin fila vers son bureau et Barnes rendit le dossier à Carys.

— Quelles sont tes premières impressions ? demanda Kay.

— Eh bien, il a manifestement énervé quelqu'un, répondit Barnes. Vu la façon dont son crâne a été brisé.

Carys fronça les sourcils.

— Nous n'avons eu aucun signalement de problèmes pendant les travaux de réaménagement dans le coin. J'imagine qu'il n'y a aucune possibilité qu'il ait trébuché et qu'il soit tombé accidentellement dans la cavité en se cognant la tête, alors ?

— Non, nous avons jeté un coup d'œil à l'étage avant de partir, et il a sans aucun doute été caché intentionnellement, dit Kay. Il y a toutes sortes de poutres et de câblages sous la mezzanine. Tout cela a dû être déplacé pour qu'il puisse y être glissé.

Elle se leva de sa chaise.

— Venez, rassemblez tout le monde et faisons un rapide point sur ce que nous devons faire avant la fin de la journée. Je dois briefer Sharp avant qu'il ne parte pour la conférence de presse dans une heure.

Son estomac gargouilla alors qu'elle tendait la main vers son téléphone portable et Carys leva les yeux au ciel.

— Pas un mot. Je mangerai plus tard, dit Kay.

Elle se déplaça vers l'avant de la pièce et attendit pendant que ses collègues roulaient leurs chaises vers l'endroit où elle se tenait à côté d'un tableau blanc. Gavin accourut depuis l'imprimante.

— J'ai les photos, dit-il, et il commença à épingler deux de celles qu'il avait choisies parmi celles qu'il avait prises.

Kay s'éclaircit la gorge.

— Silence, tout le monde. On commence.

Quelques retardataires se dépêchèrent de s'appuyer contre les bureaux ou se perchèrent sur les rebords des fenêtres, puis elle commença.

— Pour ceux d'entre vous qui nous rejoignent pour la première fois aujourd'hui, vous verrez que nous sommes une équipe soudée qui aime faire avancer les choses. Cela dit, aucun d'entre nous ne mord, alors n'ayez pas peur de poser des questions. Vous pourriez être celui qui nous mettra sur la bonne voie pour obtenir un résultat, d'accord ?

Elle sourit en voyant quelques jeunes agents se détendre visiblement et d'autres faire un signe de tête entendu à Barnes et aux autres détectives, puis elle se retourna pour tapoter du doigt la première photographie.

— Nous avons un corps momifié qui a été

découvert lorsqu'il est tombé à travers un plafond dans l'ancienne banque sur High Street plus tôt ce matin. Personne n'a été blessé, mais comme vous pouvez l'imaginer, ça a été un choc pour toutes les personnes présentes.

Un murmure remplit la salle tandis que l'équipe se penchait d'un seul mouvement vers les photographies, carnets sortis et stylos prêts.

— Pour l'instant, personne ne sait de qui il s'agit, dit Kay. Il portait un jean en denim, une chemise en coton bleu foncé et des chaussures en toile. Les étiquettes de ses vêtements sont des marques courantes des grandes surfaces et de vente en ligne. Il ne portait pas de montre et il n'y a pas d'autres formes d'identification comme un portefeuille ou un permis de conduire. On estime sa taille à 1,73 m. Nous aurons une confirmation après l'autopsie car la momification a causé un certain degré de rétrécissement. Ses cheveux sont plutôt longs, comme vous pouvez le voir, et pour les nouveaux venus, notre médecin légiste a précisé qu'ils avaient à peu près cette longueur quand il est mort. Ne croyez pas tout ce que vous lisez dans la presse sur les cheveux qui poussent après la mort. Il n'est pas resté assez longtemps dans cette cavité, pour commencer.

Elle passa à la deuxième photographie fournie par Gavin.

— Quand nous aurons terminé, je veux que vous examiniez tous de plus près ses empreintes digitales. Lucas va essayer de les extraire pour nous, mais elles semblent usées sur sa main gauche, pas autant sur l'autre, ce qui serait inhabituel pour un employé du bâtiment.

— Peut-être qu'il était guitariste, dit un agent d'un âge mûr au fond de la salle.

— C'est possible, dit Kay.

Elle nota la suggestion sur le tableau avec un point d'interrogation en dessous, puis elle reboucha le feutre.

— Parker, tu peux travailler avec Carys et intégrer les résultats qu'elle a rassemblés jusqu'à présent dans HOLMES avant demain matin pour que tout le monde puisse y accéder facilement ?

— Oui, chef.

Phillip lui fit un pouce en l'air.

— J'ai aussi deux autres ordinateurs en cours d'installation, Theresa de l'administration a réussi à les dénicher quelque part.

— Bon travail, merci.

Kay se déplaça vers une carte agrandie de la zone

immédiate autour des bureaux de l'entreprise de logiciels.

— Les agents en uniforme ont fait le tour des entreprises basées dans les trois rues qui entourent notre scène de crime, et Andy Grey de l'unité de police scientifique numérique a reçu des copies des images de vidéosurveillance de deux des magasins en face de l'entreprise de logiciels. On ne peut pas s'attendre à grand-chose de leur part étant donné le temps qui s'est écoulé depuis la fin des rénovations, mais ça vaut le coup d'essayer. Pour la vidéosurveillance, Barnes, tu peux voir avec Hughes et obtenir les images au moins à partir de début juin ? Lucas a dit que notre victime s'était déshydratée très rapidement, donc nous allons partir du principe qu'il a été tué pendant la canicule de cet été. Regarde s'il y a eu une activité suspecte autour du site pendant les travaux, puis les deux mois suivants pendant que les locaux étaient vides.

— Je m'en occupe.

— Est-ce que c'est définitivement un meurtre, chef ? demanda Parker.

— Étant donné le coup porté à son crâne et l'angle sous lequel il a été frappé, nous devons supposer qu'il s'agit d'un crime plutôt que d'un accident jusqu'à ce que nous ayons les résultats de l'autopsie. Quelle que soit la façon dont il est mort, il n'est pas tombé dans ce trou tout seul. On l'a aidé à y entrer, dit Kay.

Elle expira, posa le feutre sur le bureau à côté d'elle, puis parcourut du regard les visages anxieux qui scrutaient le tableau blanc.

— Donc on va découvrir ce qui lui est arrivé, d'accord ?

l'angoisse. Qu'elle ... ou là. Le ... doit d'... mém. Il
n'en ... pas rendu dans ... pa ... bo ... 'un. Ou ... a ...
pourrez-di...

Elle s'emp... po ... la feu ... sur le b ... à ...
Telle...us parco... d ... d es W ... des ...
qui ... quatr ... le ... b ... b ...

Dans ... vo ... de ce qui é ... au b ...
d'un ...?

CHAPITRE 5

Le lendemain après-midi, Kay ouvrit la porte d'un
coup de coude, jurant entre ses dents alors que du café
chaud débordait du gobelet en carton et lui coulait sur
la main.

Elle secoua sa main pour faire tomber le plus gros
du liquide et elle se précipita vers son bureau. Le
niveau sonore dans l'open space rivalisait avec le
vacarme de la rue, où la circulation était bloquée et
une ambulance tentait de se frayer un chemin à
travers deux files de véhicules pare-chocs contre pare-
chocs.

Elle avait passé les quatre dernières heures au
quartier général, d'abord avec le commandant
divisionnaire Sharp pour mettre la commissaire au
courant du début de l'enquête et lui présenter un

aperçu de la façon dont elle prévoyait de la gérer avant de retourner au commissariat du centre-ville, puis en liaison avec l'équipe des relations médias pour discuter de la façon de faire face au flot de demandes de renseignements de la presse et du public suite à la conférence de presse télévisée de la veille au soir.

Le soleil avait depuis longtemps disparu à l'horizon lorsqu'elle avait terminé et qu'elle s'était précipitée dans la salle des opérations pour essayer de rattraper son équipe avant qu'ils ne rentrent chez eux pour la nuit.

Elle posa le gobelet sur son bureau, jeta un coup d'œil à la lumière clignotante sur son téléphone fixe avec un regard noir, puis elle poussa un soupir et commença à s'attaquer aux courriels qui s'étaient multipliés pendant les heures qu'elle avait passées au quartier général.

Barnes leva les yeux de son carnet et haussa un sourcil, son téléphone portable à l'oreille.

Kay secoua la tête et força un sourire.

Elle avait été inquiète toute la journée.

Autour d'elle, les agents et les détectives travaillaient avec le bourdonnement frénétique que seule une nouvelle enquête pour meurtre pouvait provoquer, et elle était là à devoir se battre avec la direction pour s'assurer que son équipe dispose des moyens nécessaires pour obtenir le bon résultat.

— Tout va bien ? demanda Barnes en mettant fin à son appel avant de jeter son téléphone sur son bureau.

— Oui, répondit Kay en tendant la main vers la souris de son ordinateur, la faisant bouger pour réveiller l'écran. La commissaire semble au moins satisfaite de la façon dont nous nous sommes organisés ici.

Barnes se pencha en avant et baissa la voix d'un air conspirateur :

— J'ai entendu dire qu'elle faisait les Sudoku du *Times*—

— Rien d'inhabituel à—

— Au *stylo*.

Kay saisit la balle anti-stress que Gavin avait laissée sur son bureau et la lança sur Barnes, qui l'esquiva puis lui sourit.

Elle rit, reconnaissante qu'il ait réussi à lui remonter un peu le moral.

— Sois sage. Où en sommes-nous avec les tâches ? Tu as réussi à en savoir davantage sur les travaux de l'été dernier ?

— Je vais te montrer, répondit Barnes.

Il la conduisit de l'autre côté de la pièce où se

trouvait le tableau blanc, maintenant couvert de notes épinglées et d'encre de marqueurs de couleurs. Il tapota sur une photographie du bâtiment qui avait été prise avant le réaménagement du site.

— Voici à quoi ressemblait l'endroit avant.

— J'avais oublié à quel point c'était une horreur, remarqua Kay.

— Prêt à être rénové, c'est certain. La banque a vendu le site aux enchères, le dernier locataire est parti en novembre de l'année précédente. Il a été acheté par Hillavon Developments, dont les bureaux sont enregistrés à Rochester. Le propriétaire, Alexander Hill, vit à Broadstairs.

— Quelqu'un lui a parlé ? demanda Kay.

— Gavin doit le contacter plus tard aujourd'hui. Apparemment, le type joue au golf jusqu'à treize heures le mardi et garde son téléphone éteint jusqu'au dix-neuvième trou. Il n'a pas encore rappelé Gavin.

— Dis à Gavin de lui faire savoir que nous pouvons toujours mener l'entretien dans l'une de nos salles ici s'il ne prend pas cette affaire au sérieux.

— Je vais le faire.

— Qu'est-ce que nous savons de lui ?

— Hillavon Developments, ou Alexander Hill si tu préfères, est architecte de métier, il a donc conçu le nouveau plan du bâtiment puis sous-traité la gestion de projet et la construction à une autre entreprise, Brancourt and Sons Limited.

— Où sont-ils basés ? demanda Kay.

— Ici à Maidstone. Depuis les années 1920, selon leur site web, dit Barnes. Je comptais les contacter après avoir parlé avec le promoteur au cas où il nous dirait quelque chose de nouveau.

— Allons-y et parlons à quelqu'un de Brancourt and Sons dès que possible. Ils s'attendent sans doute à un appel de notre part après la diffusion des nouvelles d'hier soir, et les rumeurs vont se répandre. Je préfère avoir autant d'informations que possible pour que nous puissions faire avancer cette enquête. Qui dirige l'entreprise familiale de nos jours ?

— John Brancourt, répondit Barnes. Il vit à Coxheath et il a repris l'affaire de son père il y a trente ans. Ça semble être une tradition familiale selon leur site web, l'entreprise est transmise au premier fils de chaque génération avant son trentième anniversaire.

— Bien, contacte John Brancourt et arrange un entretien avec lui.

Elle attendit que son collègue prenne note, puis elle poursuivit :

— Pour en revenir au bâtiment, qui étaient les derniers locataires avant que l'endroit ne soit vendu ?

Il y avait une boutique ou quelque chose dans l'espace commercial en dessous, n'est-ce pas ?

— Oui, là où se trouve maintenant la réception.

Barnes tendit la main vers une pile soignée de documents agrafés sur la table à côté de Kay et il tourna les pages, le front plissé jusqu'à ce qu'il trouve ce dont il avait besoin, puis il pointa la page de son index.

— Voilà. Il y avait un magasin de mode en dessous, Pia a toujours pensé que c'était trop cher pour Maidstone, ce qui explique peut-être pourquoi il a fermé quelques mois avant que le bâtiment ne soit mis en vente. À l'étage au-dessus, il y avait une agence de licence pour les chevaux de course. L'étage supérieur était utilisé à temps partiel par une entreprise de design graphique. Carys a retrouvé les locataires, et l'équipe en uniforme recueillera leurs déclarations demain matin à la première heure.

— Des problèmes avant que ce ne soit vendu ? demanda Kay.

— Tu veux dire des locataires mécontents d'être expulsés ?

Barnes secoua la tête.

— Pas à notre connaissance. Disons qu'il n'y a rien dans le système, donc à moins que les entretiens que l'équipe en uniforme fera demain n'apportent un éclairage sur quelque chose, alors non. Pas de problèmes.

Kay croisa les bras sur sa poitrine en évaluant les informations recueillies au cours des premières vingt-quatre heures.

— Je n'aime pas du tout cette affaire, Ian.

— C'est différent, n'est-ce pas ?

— Que diable faisait-il là-bas ? Je veux dire, s'il y avait eu un accident ou quelque chose pendant les travaux de réaménagement, nous en aurions entendu parler. L'inspection du travail aurait envahi ce site en quelques heures. On ne peut pas dissimuler quelque chose comme ça, pas de nos jours.

Barnes se gratta le menton.

— Nous sommes encore en train d'établir une liste de toutes les personnes qui avaient accès au site une fois que les rénovations ont commencé.

— Tu fais du bon travail, Ian. Comme le dit toujours Sharp, nous n'obtenons pas toujours la percée dont nous avons besoin dans les premières vingt-quatre heures, malgré ce que nous disent les manuels de formation.

Elle fit un geste vers les photos.

— Je veux dire, c'est un bon début.

— Chef, tu ne penses pas que Gavin a raison ? dit Barnes en baissant la voix.

— À propos de quoi ?

Kay le regarda, puis fronça les sourcils.

— Oh, attends. Les chats ? Pour porter chance ?

— Eh bien ? Et si quelqu'un l'avait mis dans ce trou de manière intentionnelle ?

Il haussa les épaules et détourna le regard, deux taches rouges apparaissant sur ses joues.

— Écoute, n'excluons pas cette possibilité. Je pense qu'il est peu probable que nous ayons affaire à un meurtre sacrificiel, mais avouons-le, pour le moment, nous n'avons rien d'autre comme mobile, n'est-ce pas ?

Kay se tourna vers la salle des opérations, où un mélange d'officiers en uniforme ou en costume créait un flou d'activité.

— Comment s'est passé le briefing ?

— Bien. Je pense que chacun sait ce qu'il doit faire et est impatient de s'y mettre. Parker a fini de mettre HOLMES à jour, donc tout le monde peut commencer à ajouter ses notes au fur et à mesure et au moins nous pouvons imprimer les rapports dont nous avons besoin. Carys a ajouté les informations sur les locataires qu'elle a trouvées ainsi que les données officielles du registre du commerce, et Hughes a deux agents qui l'aident à passer en revue les images de vidéosurveillance que nous avons jusqu'à présent.

Kay expira, laissant échapper une partie de la frustration qui avait commencé à s'infiltrer dans son système pendant le séjour au quartier général.

— Je savais que je pouvais compter sur toi, Ian. Merci. Rentre chez toi et espérons que nous allons faire des progrès demain.

CHAPITRE 6

Kay rassembla les sacs en toile de jute du siège arrière de sa voiture, ferma la portière d'un coup de coude et avança jusqu'à la porte d'entrée de sa maison, les oreilles encore bourdonnantes des cris d'un bambin à la caisse du supermarché quelques minutes plus tôt.

La porte s'ouvrit avant qu'elle ne puisse poser ses courses pour chercher ses clés.

— Bonsoir, détective.

Elle sourit.

— Salut, toi. Tiens, prends-en quelques-uns. Ils pèsent une tonne.

Son compagnon, Adam, s'exécuta en prenant deux des sacs et il rit doucement en ouvrant le haut de l'un d'eux.

— J'ai failli t'appeler pour te dire qu'on avait besoin de plus de vin, mais je vois que tu en as fait une priorité.

— Oui, je ne pensais pas que tu voudrais du blanc par ce temps, alors je t'ai acheté un Rioja et un pinot noir, dit-elle en fermant la porte et en mettant la chaîne de sécurité. Tu as le choix.

Un riche arôme titilla ses sens tandis qu'elle le suivait dans la cuisine, puis elle vit ce qui se trouvait au centre du plan de travail et elle se figea.

— Oh non.

Une cage en verre occupait un tiers de la large surface. Un couvercle en plastique percé de trous d'aération la recouvrait et une épaisse couche de sciure et de papier journal déchiqueté en tapissait le fond.

Adam se retourna alors qu'il déballait les sacs à côté du réfrigérateur et il haussa un sourcil.

— Qu'est-ce qui ne va pas ?

Kay pointa du doigt la cage en verre.

— S'il te plaît, dis-moi que le serpent n'est pas de retour ici.

Son mari vétérinaire se mit à rire.

Deux ans auparavant, il avait ramené à la maison un serpent malade dont les propriétaires étaient en vacances. Après avoir résolu une enquête avec son équipe pour arrêter et inculper un tueur vicieux, elle était rentrée chez elle et avait découvert que le serpent s'était échappé. Kay s'était perchée sur le plan de travail de la cuisine jusqu'à ce qu'Adam finisse par trouver le reptile derrière la machine à laver après plusieurs minutes de recherche dans la panique.

— Non, pas de serpent. Sid se porte à merveille, tu seras contente de l'apprendre.

Adam froissa les sacs vides et prit les deux que Kay tenait avant de les poser sur le plan de travail à côté de la cage et de lui faire signe de le rejoindre.

— Viens voir. Je pense que ça va te plaire.

Elle le suivit jusqu'à la cage en verre.

— C'est le vieil aquarium qui était dans le garage, non ?

— Oui. C'est tout ce que j'avais sous la main au pied levé, c'est pour ça que j'ai utilisé un semis comme couvercle. Au moins, il a déjà les trous pour l'aération, ça m'a évité plus de travail.

Kay s'approcha du verre et regarda à l'intérieur.

Elle remarqua qu'Adam avait ajouté un morceau de gouttière en plastique, et l'avait retourné pour former un court tunnel à une extrémité de l'aquarium. Un biberon avait été placé sur le verre, et à côté de celui-ci, un second bol de graines et de légumes coupés semblait avoir été récemment saccagé.

Un mouvement à l'intérieur du tunnel attira son attention, puis un museau et des moustaches apparurent quelques instants avant qu'une créature à fourrure couleur sable ne s'avance en tremblotant et se dresse maladroitement sur ses pattes arrière.

— Oh, c'est une gerbille !

— Je t'avais dit que ça te plairait.

— Comment elle s'appelle ?

— C'est « il ». Et il s'appelle Cornflake.

— Quoi ? Sérieusement ?

Adam haussa les épaules.

— Sa propriétaire a huit ans.

Kay plissa les yeux en regardant le rongeur tituber sur la sciure vers le bol d'eau.

— Qu'est-ce qu'il a ?

— Il a eu un AVC ce week-end, le pauvre, dit Adam. Malheureusement, c'est assez courant chez les gerbilles. Ce sont de super animaux de compagnie mais elles ne vivent pas plus de trois ou quatre ans.

— Quel âge a Cornflake ?

— Trois ans et demi. Angela, c'est la mère de Cassie, est un peu sensible quand il s'agit de lui donner ses médicaments, alors j'ai proposé de m'occuper de lui pendant une semaine ou deux. Il se rétablit bien, donc je suis sûr qu'il sera bientôt de retour chez elles.

— Est-ce qu'il va guérir ?

— Ce sont des créatures remarquablement résistantes, dit Adam. Il s'adaptera avec le temps, il se penchera probablement vers la gauche comme maintenant pour le reste de sa vie, mais à part ça, il va vivre.

— Tant mieux.

L'estomac de Kay gargouilla et elle se détourna de la cage en verre.

— Désolée, mais je meurs de faim. Ça te va si je vais me changer pendant que tu ranges tout ça ?

— Vas-y. Le repas sera prêt dans une demi-heure.

— Merci.

Kay monta à l'étage, accrocha sa veste de tailleur avant de retirer le reste de ses vêtements de son corps fatigué et d'entrer dans la douche de la salle de bain attenante.

Tandis qu'elle laissait le jet d'eau chaude couler sur son cuir chevelu et qu'elle frottait la crasse de la journée sur sa peau, elle pensa à l'anniversaire qu'elle et Adam avaient choisi de garder pour eux.

Deux ans auparavant, Kay était retournée au travail après que l'enquête des normes professionnelles de la police du Kent l'avait laissée dévastée, et sans enfant.

Seuls son équipe proche et son mentor – le

commandant divisionnaire Devon Sharp — connaissaient toute l'étendue du traumatisme personnel qu'elle et Adam avaient enduré après qu'elle avait été injustement ciblée.

Une douleur déchira sa poitrine alors que les souvenirs refaisaient surface et elle se libéra du chagrin engourdi qu'elle gardait pour elle. Elle essuya ses yeux, dont les larmes donnaient un goût salé à l'eau qui coulait sur ses joues et ses lèvres, puis elle ferma le robinet.

Après avoir séché sa peau avec une férocité qui laissa ses bras et ses jambes bien rouges, Kay dénoua son chignon et essuya la vapeur sur le miroir au-dessus du lavabo.

Elle fronça les sourcils à la vue de son reflet, tira sur le cordon pour éteindre les lumières, puis traversa la chambre jusqu'à une commode et en sortit son sweat-shirt favori. Elle enfila un jean et se coiffa.

Alors qu'elle se tournait pour quitter la pièce, ses yeux tombèrent sur le flacon en plastique de somnifères sur la table de nuit.

Elle eut comme un pincement au cœur et elle réprima le sentiment de panique qui bouillonnait dans son estomac.

La peur la menaçait, juste après le sentiment de tristesse qui s'était emparé d'elle.

Elle avait fait face à la mort un an auparavant, s'était battue contre un adversaire qui avait enroulé ses mains autour de sa gorge et tenté de la tuer.

Ce n'était que grâce à la vivacité d'esprit du commandant divisionnaire Sharp qu'elle avait été sauvée des griffes de Jozef Demiri. Elle portait encore les cicatrices psychologiques de l'épreuve que le boss du crime organisé lui avait fait subir, et elle refusait de prendre tout médicament prescrit de peur de perdre son emploi.

Pour le bien d'Adam, elle avait continué à prendre tous les jours un remède homéopathique, mais un sentiment de déséquilibre s'emparait d'elle.

C'était tout ce qu'elle pouvait faire pour ne pas tendre les bras sur les côtés en descendant les escaliers.

Treize marches, mais chacune d'elles chargée de culpabilité.

Elle n'avait pas parlé à Adam de ses cauchemars qui étaient revenus depuis l'été.

Elle n'avait pas revu le Dr Zoe Strathmore après son rendez-vous initial plus tôt dans l'année, assurant plutôt à la réceptionniste de la psychiatre qu'elle allait bien, qu'elle était trop occupée, et que son agenda était trop chargé pour un suivi.

Pendant neuf mois.

Un tremblement secoua ses mollets et Kay s'agrippa à la rampe avant de s'affaisser sur l'avant-dernière marche alors qu'elle était prise d'un spasme.

Elle combattit cette sensation et sa poitrine se serra tandis qu'elle ramenait ses genoux sous son menton, puis elle aperçut les lumières clignotantes du panneau de sécurité à droite de la porte d'entrée.

Il n'avait pas encore été activé ; elle ou Adam le lancerait avant de monter les escaliers pour aller au lit, mais sa présence la calmait. Personne ne s'introduirait dans la maison ce soir.

Kay baissa son front sur ses genoux.

— Je ne suis pas une victime, murmura-t-elle. Je ne suis *pas* une victime. Je peux y arriver.

Un mouvement derrière elle la tira de sa méditation et elle bondit sur ses pieds avant de passer ses doigts dans ses cheveux et de se tapoter les joues.

Elle sentit la couleur revenir à sa peau alors qu'Adam sortait de la cuisine en se demandant ce qui se passait.

— J'ai cru entendre ta voix. Tout va bien ?

— Oui.

Elle força un sourire et le suivit dans la cuisine.

— J'ai ouvert le pinot.

— Merci.

Kay s'installa sur l'un des tabourets de bar au

centre du plan de travail de la cuisine et elle prit une gorgée du verre de vin qu'Adam lui avait versé. Elle regarda un moment Adam retourner vers la cuisinière et vérifier que les casseroles fumantes sur le feu ne brulaient pas, puis elle s'éclaircit la gorge.

— Quand est-ce que tu as rendu visite à Elizabeth pour la dernière fois ?

Adam se figea, la cuillère en bois suspendue en l'air.

— Quoi ?

Adam posa la cuillère sur l'une des poignées de la casserole puis il se déplaça vers l'endroit où elle était assise. Il fronça les sourcils.

— J'ai été tellement occupé avec le cabinet ces dernières semaines, non, ces derniers mois.

Kay le regarda se mordre la lèvre alors que ses épaules s'affaissaient.

— Il y a environ dix semaines, je suppose, répondit-il.

— Nous ne parlons plus d'elle. C'est comme si, une fois Demiri sorti de nos vies, tout ce qui le concernait était parti aussi. Y compris notre fille.

Kay tendit la main par-dessus le plan de travail et saisit la sienne.

— Pourquoi ?

Il serra ses doigts, puis fit le tour jusque-là où elle

était assise et l'enveloppa de ses bras avant de l'embrasser.

— Toi aussi, tu as été occupée. Ça ne veut pas dire qu'on ne s'en soucie pas.

— Vraiment ?

— Non, ce n'est pas le cas.

Il soupira et lui frotta le dos.

— La vie continue, qu'on le veuille ou non. Les gens comptent sur nous.

— Je suppose, oui.

— Tu vas me dire ce qui te tracasse vraiment ? Ce n'est pas seulement à propos d'Elizabeth, n'est-ce pas ?

Kay renifla et essaya d'ignorer la sensation de picotement aux coins de ses yeux.

— Lucy de l'administration était au bureau la semaine dernière. C'est la première fois qu'elle y est depuis son congé maternité. Elle a amené son bébé, un petit garçon, Stephen.

Elle essuya les larmes sur ses joues et un soupir tremblant secoua sa frêle silhouette.

— Elle avait l'air tellement heureuse.

— Viens là.

Il l'enveloppa dans ses bras et embrassa sa tête tandis qu'elle pleurait dans sa chemise en coton doux, luttant contre le désespoir absolu qui l'envahissait.

Après quelques instants, elle leva les yeux vers lui.

— Merci.

Il eut un léger sourire.

— C'est un peu nul, n'est-ce pas ?

— Ça l'est.

Elle s'écarta de lui et tendit le bras par-dessus le plan de travail vers une boîte de mouchoirs, puis elle tamponna ses yeux et se moucha.

Elle se retourna pour voir Adam la regarder avec prudence.

— Qu'est-ce qu'il y a ?

— Prends soin de toi, Hunter. Je m'inquiète pour toi.

CHAPITRE 7

Le lendemain matin, un vent violent tirait sur le manteau de Kay tandis qu'elle suivait Barnes depuis son véhicule de service à travers un chantier boueux et se dirigeait vers un bâtiment marqué de trous portant l'inscription « bureau de chantier ».

Un froid mordant lui pinçait les oreilles et elle jura entre ses dents avant de se précipiter à l'intérieur, laissant Barnes fermer la porte derrière eux. Puis elle tira sur l'écharpe autour de son cou pendant qu'une femme à l'air amusé les fixait derrière le bureau de la réception.

— Vous auriez dû venir ici en mars dernier, dit-elle. C'était comme l'Antarctique. Qu'est-ce que je peux faire pour vous ?

Kay montra sa carte de police.

— Inspectrice principale Kay Hunter et inspecteur Ian Barnes, nous sommes là pour voir John Brancourt.

— Ah, d'accord. Pas de problème. Asseyez-vous, le chauffage est allumé là-bas, et servez-vous un thé ou un café à la machine. Je vais lui dire que vous êtes là.

— Merci.

Kay se retourna pour voir Barnes déjà en train de se diriger vers un petit radiateur qui avait été placé sur un tapis entre deux chaises, et elle se dépêcha de le rejoindre en tendant ses mains gelées vers l'air chaud soufflé par une minuscule bouche d'aération en haut.

L'inspecteur hocha le menton vers la fenêtre et une rangée d'équipements de construction alignés dans la cour à l'extérieur.

— Ils dépensent manifestement leur argent pour ça plutôt que pour le chauffage central, marmonna-t-il.

Kay sourit.

— C'est probablement pour ça que l'entreprise est toujours prospère après toutes ces années d'activité.

— Détective Hunter ?

Elle se retourna.

Kay estima que l'homme avait une cinquantaine

d'années, sa carrure trapue contrastait avec une touffe de cheveux châtain clair.

— Je suis John Brancourt, dit-il en s'approchant d'eux, la main tendue.

Kay lui serra la main et présenta Barnes.

— Merci de nous recevoir, monsieur Brancourt. Y a-t-il un endroit où nous pourrions parler en privé ?

— Bien sûr, suivez-moi dans mon bureau.

Sans attendre de réponse, il pivota sur ses talons et les conduisit devant le regard perplexe de la réceptionniste et le long d'un couloir étroit et sombre.

Au bout, il se mit de côté pour laisser passer Kay et Barnes avant de fermer la porte et de leur indiquer deux chaises à côté d'un bureau encombré.

— Asseyez-vous. Excusez le désordre. Sandra, là-bas, n'arrête pas de me harceler pour que je range, mais je ne suis pas sûr que je retrouverais quoi que ce soit si je le faisais.

— Merci, dit Kay en attendant que Barnes se soit installé et qu'il ait sorti son carnet. Je suppose que vous avez entendu parler du corps qui a été découvert dans le bâtiment Petersham lundi matin ?

— J'ai entendu quelque chose à la radio en allant au travail hier, oui. C'est le bâtiment d'Alexander Hill, dit Brancourt en fronçant les sourcils. J'y ai travaillé cet été.

— Nous sommes au courant, monsieur Brancourt, dit Kay.

— Appelez-moi John. Que puis-je faire pour vous ? Je crains de ne pas avoir les plans définitifs du bâtiment pour noter ce qui a été fait, Alex devra vous les donner. Nous attendons toujours son approbation. Ces choses peuvent prendre du temps.

— En fait, nous espérions que vous pourriez nous dire tout ce que vous savez sur la façon dont ce corps aurait pu se retrouver là-bas, dit Kay. Je dois insister sur le fait que tout ce dont nous discutons ici ne doit pas être mentionné aux médias, nous essayons de découvrir qui est la victime.

— Vous ne l'avez pas identifiée ? s'étonna Brancourt.

— Nous ne pouvons pas en dire beaucoup sur l'affaire ou la victime pour le moment, répondit Barnes. Pas avant que l'examen médico-légal ne soit terminé. Nous nous demandions si vous saviez si quelqu'un avait été menacé pendant les travaux, en particulier avant que les poseurs de moquette ne commencent leur travail ?

— Il n'y a rien qui me vient à l'esprit, non.

— Depuis combien de temps dirigez-vous l'entreprise familiale, monsieur Brancourt ? demanda Kay.

Il épousseta une poussière imaginaire de la poche de sa chemise, attirant l'attention sur le logo brodé, puis il redressa les épaules.

— J'ai commencé à travailler ici avec mon père dès que j'ai su marcher, dit-il. J'ai commencé mon apprentissage dans la cour là-bas quand j'avais quatorze ans, j'ai travaillé à toute heure et par tous les temps jusqu'à ce que mon père m'appelle pour une réunion le jour de mes vingt et un ans.

— Vous la dirigez depuis ? demanda Barnes.

Brancourt secoua la tête en souriant.

— Non, j'ai dû attendre encore six ans avant qu'il ne me juge capable de le faire, mais c'était suffisant pour savoir que je l'avais impressionné et qu'il me la transmettrait comme son père avant lui. Même quand il a pris sa retraite quand j'avais vingt-neuf ans, il a continué à travailler pour l'entreprise à temps partiel. Il savait ce que valait la réputation et il était déterminé à ce que je réussisse autant que lui. Mon grand-père et mon arrière-grand-père ont tous deux pris les rênes de l'entreprise avant leurs trente ans, c'est donc une tradition qui se perpétue. Mon fils, Damien, fera de même avant son trentième anniversaire.

— Et vous avez réussi ?

— Nous avons eu des hauts et de bas, je l'admets, dit Brancourt.

Il soupira.

— C'était difficile il y a dix ans, et comme beaucoup d'entreprises, nous avons lutté et nous avons dû licencier certains de nos ouvriers. Mais nous avons gardé les apprentis et les hommes qui étaient avec nous depuis l'époque de mon père, je n'étais pas assez myope pour perdre les personnes essentielles dont j'aurais besoin pour diriger cette entreprise quand le travail reprendrait et, bien sûr, nous avons redressé la situation.

— Des problèmes financiers pendant cette période ? demanda Kay, puis elle leva la main alors que Brancourt ouvrait la bouche pour protester, et elle reformula sa question. Quelqu'un aurait-il une raison de vous en vouloir, à vous ou à votre entreprise ? Ou à vos employés d'ailleurs ?

Le directeur s'adossa à sa chaise et tambourina des doigts sur le bureau un moment avant de parler.

— Personne ne me vient à l'esprit, non. Nous avons eu beaucoup de chance quand nous avons eu cette période creuse car nous avons pu payer tous les sous-traitants qui travaillaient pour nous. Nous n'avons gardé que les employés à temps plein, comme je l'ai dit. Et pour ce qui est de tous les sous-traitants, nous les avons assurés que nous les recontacterions dès qu'il y aurait du travail. C'étaient tous de bons travailleurs et beaucoup sont revenus ici s'ils n'avaient pas trouvé de travail ailleurs. Je fais toujours très attention à ne pas ternir ma réputation dans ce métier. Tout le monde connaît tout le monde.

— Est-ce que vous avez entendu des rumeurs sur le chantier, qu'il y aurait pu y avoir un désaccord entre d'autres entrepreneurs impliqués dans les travaux ? demanda Barnes.

— Si c'était le cas, cela m'a été caché, répondit John. J'ai assisté à une réunion de chantier chaque semaine une fois que les travaux ont commencé, ce qui est une pratique courante. S'il y avait des points spécifiques à traiter, j'y allais pour superviser les choses afin de m'assurer que tout se passait bien, mais non, je n'ai jamais entendu personne parler d'autres problèmes. Seulement les choses habituelles du quotidien qui vont avec la gestion d'un projet de réaménagement comme celui-là.

Kay attira l'attention de Barnes, puis elle se leva de son siège et tendit sa carte de visite.

— Très bien, monsieur Brancourt. Merci pour votre temps. Si vous pensez à quoi que ce soit qui pourrait nous aider dans notre enquête, n'hésitez pas à m'appeler.

— Laissez-moi vous raccompagner.

Il fit signe à Barnes de le suivre le long du couloir jusqu'à la réception, puis il leur serra la main et les accompagna jusqu'à la porte.

Kay se retourna pour voir John Brancourt évaluer la cour animée avant que ses yeux ne rencontrent les siens.

— Vous comprenez, détective Hunter, dit-il. Tout est une question de réputation. Sans elle, nous ne sommes rien.

CHAPITRE 8

Cet après-midi-là, Carys et Gavin se tenaient à la lisière d'un parking municipal et plissaient les yeux contre la pluie en direction de leur cible, un bâtiment banal de deux étages de l'autre côté de l'autoroute A2.

Même de là où elle se tenait, Carys pouvait voir la plaque en laiton qui indiquait que le bureau appartenait à Alexander Hill, membre de l'ordre des architectes et quelques autres lettres qui suivaient.

— Dis-moi pourquoi tu ne pouvais pas simplement le rappeler, dit-elle en luttant contre un parapluie fragile qui s'obstinait à se retourner pour la troisième fois.

— Parce qu'il ne répond pas au téléphone et que j'en ai assez de laisser des messages.

— Il ne joue pas au golf par ce temps, si ?

— Dieu seul le sait, mais sa réceptionniste m'a dit qu'il est au bureau jusqu'à seize heures aujourd'hui, alors j'ai pensé que ce serait une bonne idée de lui rendre visite et d'attirer son attention sur le fait que nous avons affaire à un homme mort dans l'une de ses propriétés.

Satisfaite d'avoir un minimum de protection contre les éléments, Carys ouvrit la marche pour traverser la route animée, évitant d'un pas de côté une flaque d'eau qu'elle soupçonnait de dissimuler un profond nid-de-poule, puis elle s'arrêta sur le trottoir devant l'entreprise de promotion immobilière de Hill.

— Ça te va si je mène l'interrogatoire ? demanda-t-elle.

Son collègue fronça les sourcils.

— Pourquoi ?

— Parce qu'il t'ignore. Donc je pense qu'il a quelque chose à cacher. Tu peux le pousser, je vais le charmer. Ça te va ?

Les épaules de Gavin se détendirent.

— Ok, oui. Ça pourrait marcher.

— Ne t'inquiète pas, je ne vais pas te voler la vedette s'il est coupable de quelque chose.

Elle sourit, puis se retourna et poussa la porte avant qu'il n'ait eu le temps de répondre. Elle laissa tomber son parapluie dans un porte-parapluie près d'un paillasson et elle s'avança vers le bureau de la réception.

— Bonjour.

Elle pointa son pouce par-dessus son épaule avant de sortir sa carte de police.

— Mon collègue ici présent vous a parlé plus tôt, je crois ?

— Oh, oui. Oui, en effet.

Les yeux de la réceptionniste s'écarquillèrent et elle mit de côté le livre qu'elle lisait.

— Je peux vous aider ?

— Nous aimerions parler à Alexander Hill, s'il vous plaît.

— Il est occupé, mais je peux—

— Maintenant, s'il vous plaît.

Carys sourit.

— L'enquêteur Piper a laissé plusieurs messages au cours des dernières quarante-huit heures, mais votre patron semble penser que sa partie de golf est plus importante qu'une enquête pour meurtre. S'il préfère nous accompagner au commissariat de Maidstone pour un entretien formel, c'est très bien, mais—

— Je vais le chercher.

La réceptionniste recula sa chaise et se précipita

vers une porte derrière son bureau, qu'elle referma derrière elle.

Carys se retourna pour voir Gavin secouer la tête.

— Tu es incroyable, Miles.

— Ça a marché, non ?

— Tu es censée être celle qui joue la gentille, tu te souviens ?

Des pas qui approchaient empêchèrent Carys de répliquer alors que la réceptionniste passait la porte quelques instants avant son patron.

Alexander Hill examina les intrus à travers ses lunettes bifocales, renifla, puis fit signe aux deux détectives.

— Je suppose que si vous êtes là, autant vous faire entrer.

Carys se dépêcha de le suivre, rattrapant la porte qui se refermait derrière le promoteur immobilier qui avançait d'un pas vif le long d'un couloir inégal et montait un escalier étroit.

Les marches craquaient sous les pas de Hill et sa large carrure bloquait la lumière d'une fenêtre à l'étage et projetait une ombre sur la moquette sous ses pieds.

Elle leva les yeux en le suivant et se demanda si le tweed était vraiment encore à la mode, puis elle remarqua ses cheveux ébouriffés, similaires à ceux de son collègue qui traînait derrière elle.

L'homme était un ensemble hétéroclite de contradictions.

Hill s'arrêta devant une porte en haut du palier et leur fit signe d'entrer, avant de s'installer sur une chaise derrière un bureau couvert de reçus et de feuilles de calcul.

— Mes excuses, détectives. Je traverse une période stressante, mon comptable nous a quittés la semaine dernière pour des raisons de santé et j'essaie de comprendre les comptes de cette année avant la fin de l'exercice fiscal.

Gavin s'installa sur la chaise de gauche, sortit son carnet de sa poche de veste et ne dit rien. Il fusilla Hill du regard.

Carys resta impassible tandis que le promoteur immobilier ajustait sa cravate et s'enfonçait dans son fauteuil.

Si l'homme se sentait mal à l'aise, elle s'en fichait. Elle voulait des réponses.

— Pourquoi n'avez-vous pas rappelé mon collègue, monsieur Hill ?

En réponse, il fit un geste vers les papiers éparpillés sur son bureau, mais Gavin prit la parole avant qu'il ne puisse répondre.

— La paperasse n'est pas une excuse valable, monsieur Hill. Ni le golf. Nous avons affaire à ce qui semble être le meurtre brutal d'un homme dont le corps a été retrouvé emmuré dans un bâtiment dont vous vous êtes chargé au cours de l'été dernier. Et nous aimerions des réponses, s'il vous plaît.

Rabroué, Hill posa ses bras sur le bureau et sembla prendre un air contrit.

— Je suis vraiment désolé, détective Piper. Je sais que j'aurais dû vous rappeler, et je m'en excuse. Qu'est-ce que vous voulez savoir ?

— Pourquoi avez-vous décidé de confier la gestion des travaux de réaménagement à Brancourt and Sons ?

— John et son équipe avaient travaillé sur des contrats similaires pour moi au cours des trois dernières années, des chantiers de moindre envergure que le bâtiment Petersham, mais toujours de manière très professionnelle. Ce sont les entreprises les plus anciennes comme la sienne sur lesquelles on peut compter ; celles qui sont établies depuis longtemps. Quand j'ai lancé l'appel d'offres, je savais que la sienne serait la plus solide. Ce n'était pas la moins chère, mais je savais à quoi m'attendre.

— Une valeur sûre, vous voulez dire ?

— Exactement, et c'est souvent difficile à trouver dans ce secteur.

— Que s'est-il passé après avoir attribué le contrat à Brancourt and Sons ? demanda Gavin. Est-ce que vous avez abandonné tout contrôle sur le projet ?

— Pas du tout. Le rôle de John était de s'occuper de la gestion quotidienne des travaux de réaménagement, attribuer les contrats pour des tâches telles que l'éclairage, les télécommunications, la menuiserie, etc. et s'assurer que tout était terminé conformément au calendrier du projet. En gros, le but de son contrat était de m'éviter de gérer la paperasse et de répartir les risques pour que mon entreprise ne soit pas entièrement responsable financièrement de l'achèvement des travaux dans les délais.

— Brancourt a mentionné qu'il attendait de votre part des copies des plans finaux des travaux de réaménagement, dit Gavin. Vous avez une idée de quand ils seront disponibles ?

— Je suis désolé, je ne suis pas sûr pour le moment. Mon contrôleur de documents travaille à temps partiel et nous essayons encore de rattraper tout le travail que nous avons effectué pendant l'été. Je peux vous faire parvenir des plans dès qu'ils seront prêts si vous voulez ?

— Ce serait parfait, merci.

— Est-ce que vous vous souvenez de problèmes survenus pendant les travaux ? demanda Carys. Des altercations entre entrepreneurs qui auraient pu conduire à la mort de cet homme ?

Hill secoua la tête.

— Rien n'a été porté à mon attention lors des réunions de chantier. C'est le forum habituel pour que les entrepreneurs expriment leurs griefs, afin que ça puisse être consigné dans le procès-verbal et ensuite résolu.

— Vous avez déjà parlé aux médias de tout cela ? demanda Carys.

Hill secoua la tête.

— C'est pour ça que j'évite de répondre au téléphone pour être honnête. Gilly, là-bas, a filtré les appels pour ce bureau, mais je n'ai pas osé vérifier mes messages vocaux depuis que la nouvelle a éclaté.

Il montra son portable.

— Je ne l'ai pas allumé depuis mardi.

— De quoi avez-vous peur, monsieur Hill ? demanda Gavin.

— Peur ?

— Un homme dans votre situation, qui dirige sa propre entreprise, censé être joignable pour toutes sortes de questions de la part de vos clients et

entrepreneurs, qui ne répond pas à son téléphone ?
Cela ne semble pas normal, expliqua Gavin.

Hill tira le son lobe de son oreille, mais ne dit
rien.

— Est-ce que quelqu'un vous menace ? demanda
Carys.

Elle tendit la main et la posa sur les documents.

— Vous pouvez nous le dire, si c'est le cas.

— Non, on ne me menace pas. Mais il y a eu
quelques... indiscrétions... concernant les contrats du
bâtiment Petersham dont je n'étais pas satisfait. Je me
suis demandé...

Il retira ses lunettes et polit un verre avec le coin
de sa chemise avant de les remettre.

— Je me suis demandé si cela avait quelque chose
à voir avec tout ça.

— De quelle manière ? insista Gavin. Est-ce que
vous n'étiez pas responsable de la gestion des
contrats ?

— Seulement les plus importants. Comme je l'ai
dit, l'équipe de gestion de la construction, Brancourt
and Sons, a été engagée pour gérer tous les contrats
sur le site. Mon rôle est de trouver des locaux
appropriés, de lever des fonds et ensuite de gérer
l'entrepreneur principal, Brancourt and Sons dans le
cas du bâtiment Petersham.

— De quel genre d'indiscrétions est-ce que vous voulez parler ? demanda Carys.

Hill tendit la main et rangea une pile de feuilles dans le coin de son bureau, puis il soupira.

— Écoutez, vous n'avez pas entendu ça de ma bouche, d'accord ? Je ne veux pas d'ennuis.

Carys resta silencieuse, reconnaissante que son collègue fasse de même.

Après un moment, Hill comprit le message et leva les mains.

— Il y a des rumeurs qui circulent selon lesquelles l'entreprise de Mark Sutton n'est pas exactement légitime.

— Qui est Mark Sutton ? demanda Gavin.

— Il possède Sutton Site Security. Brancourt and Sons leur ont attribué le contrat pour maintenir un périmètre clôturé autour du bâtiment pendant les travaux afin de s'assurer qu'il n'y ait pas de tentatives d'effraction. Certains entrepreneurs y laissaient des équipements de valeur plutôt que de les ramener avec eux chaque après-midi, et puis bien sûr il y avait le matériel de construction qui y était stocké avant l'installation.

— En quoi l'entreprise de Mark Sutton n'est-elle pas légitime ? demanda Carys.

— Vous l'avez rencontré ?

— Non.

— Il a la réputation d'être un peu un escroc, et il s'entoure de personnes qui ont un passé similaire au sien.

— Du genre criminel ? insista Carys.

Hill haussa les épaules.

— Je ne saurais vous dire. Comme je l'ai dit, je ne veux pas d'ennuis et Sutton n'est pas quelqu'un avec qui je voudrais faire affaire, ce qui a rendu le choix de son entreprise par John pour le moins gênant. Je n'ai vraiment pas besoin de ce genre de publicité négative en plus de tout ce qui s'est passé cette semaine.

Carys fit un signe à Gavin, puis se tourna vers Hill et fit glisser une de ses cartes de visite vers lui sur le bureau encombré.

— Nous allons vous laisser, mais nous allons avoir besoin de vous parler à nouveau au cours de notre enquête. En attendant, si vous pensez à autre chose qui pourrait nous aider, vous pouvez me joindre à ce numéro. Ou, vous pouvez appeler l'enquêteur Piper. Après tout, vous avez son numéro sur votre téléphone, n'est-ce pas ?

Hill acquiesça, l'air penaud.

— Oui, en effet.

Carys ne dit rien de plus jusqu'à ce qu'ils soient

retournés à l'accueil et qu'elle ait récupéré son parapluie.

Une fois dehors, elle se tourna vers Gavin.

— Quel salaud insensible, n'est-ce pas ? Tout ce à quoi il pense, ce sont les dommages potentiels pour son entreprise, pas le fait que quelqu'un soit mort sur le site d'un de ses projets.

— Il y a de quoi se poser des questions, dit Gavin.

CHAPITRE 9

Kay enroula ses doigts autour de la céramique chaude de sa tasse de café et elle évalua les officiers enquêteurs et le personnel administratif qui se dépêchaient de la rejoindre à l'extrémité de la salle des opérations.

Pendant qu'elle attendait qu'ils trouvent des sièges, elle arpenta la pièce devant le tableau blanc, réfléchissant à l'entretien du matin avec John Brancourt, puis elle leva les yeux en remarquant un mouvement près de la porte.

Elle sourit lorsque le commandant divisionnaire Devon Sharp leva la main en guise de salut avant de se frayer un chemin entre les bureaux et les collègues réunis.

— Ça ne te dérange pas si je me joins à vous pour

celle-ci ? lui demanda-t-il en arrivant à sa hauteur. J'ai pensé que ça t'éviterait de venir au quartier général plus tard cet après-midi pour faire le point avec la commissaire. Je peux lui faire un rapport et te laisser continuer.

— Tu me sauves la vie. Merci. Quelles sont les dernières nouvelles de l'unité de liaison avec les médias ?

— Les vautours tournent en rond, répondit-il. C'est une semaine creuse pour les nouvelles.

— Bon sang, c'est dommage.

— Je sais.

D'après l'expérience de Kay, si un meurtre attirait l'attention des médias pendant une semaine où il n'y avait pas d'événements majeurs ou d'autres incidents à rapporter, l'enquête qui s'ensuivait deviendrait leur unique centre d'intérêt. L'effet se traduisait par une interruption constante, des appels téléphoniques, des courriels et même des visites personnelles de journalistes pleins d'espoir qui cherchaient à obtenir un scoop avant leurs concurrents.

— Il y a une équipe de télévision dehors, dit Sharp.

— Quoi, ici ?

— Ils ont eu la bonne idée de s'installer en bas de Gabriel's Hill, mais tu ferais bien de prévenir ton équipe.

Et si l'un d'entre vous est pris en embuscade dehors par
la presse, je veux le savoir immédiatement, d'accord ?

— Pas de problème. Merci pour l'avertissement.

Il hocha la tête, puis jeta un coup d'œil par-dessus
son épaule.

— Eh bien, on dirait que tout le monde est là. Ne
fais pas attention à moi. Je vais prendre un café et
écouter.

— Merci. Il y a des biscuits sur mon bureau.

Il sourit et Kay prit une gorgée de son café avant
de poser la tasse sur le bureau à côté d'elle.

Elle voyait rarement son ami et mentor au
commissariat de Maidstone maintenant que Devon
Sharp avait été promu au poste de commandant
divisionnaire, malgré ses efforts pour rester à l'écart
du quartier général de la police du Kent sur Sutton
Road. Elle regrettait les échanges faciles qui avaient
accompagné les enquêtes précédentes sur lesquelles
ils avaient travaillé ensemble par le passé, mais elle
acceptait le cours naturel de la promotion et des
responsabilités.

Au moins, ils parvenaient à se retrouver toutes les
quelques semaines pour dîner avec leurs partenaires
respectifs.

— Gav, dis-moi que tu as réussi à parler à

Alexander Hill ce matin ? dit-elle alors que le jeune détective prenait place près du tableau blanc.

— Oui, Carys et moi sommes allés à Rochester plus tôt, répondit-il en parcourant ses notes de l'entretien. Hill a déclaré qu'il n'était pas au courant de problèmes sur le site concernant des désaccords entre entrepreneurs, mais il a soulevé des inquiétudes à propos de l'entreprise de sécurité du site que Brancourt and Sons employait. Il nous a dit qu'il pensait que le propriétaire, Mark Sutton, pourrait avoir des relations avec des criminels.

Kay arrêta d'écrire sur le tableau et leva un sourcil.

— Ah bon ? Il a dit pourquoi il pensait cela ?

— Apparemment, Sutton a la réputation d'être un escroc et pourrait même employer des criminels.

Gavin pointa sa collègue.

— Nous allons effectuer des recherches pour voir ce que nous pouvons découvrir.

— Bien. Faites-moi savoir ce que vous avez trouvé dans les prochaines vingt-quatre heures.

Kay griffonna une autre note sur le tableau blanc, puis elle écarta une mèche de cheveux de son visage et se tourna vers ses collègues.

— Faites un examen complet de l'entreprise de

Sutton, prudemment, attention à ne pas l'alerter jusqu'à ce que nous soyons prêts à lui parler.

— Entendu, chef.

— Carys, est-ce que tous les anciens locataires ont été interrogés par les agents en uniforme ?

— Oui, chef.

L'enquêteuse se leva de son siège et s'éclaircit la gorge avant de s'adresser à ses collègues, en citant son carnet.

— Rien de très remarquable ne ressort de mon examen des déclarations, j'en ai bien peur. La propriétaire de la boutique, une certaine Félicité Hawkins, dit qu'elle a mis fin à son bail trois mois avant le début des travaux, donc elle n'a pas eu de problèmes avec les entrepreneurs. Elle a dit que son commerce avait plongé une fois que tout le monde avait entendu parler de la rénovation. Apparemment, elle avait des clients qui lui disaient qu'ils n'achèteraient pas de vêtements au cas où ils ne pourraient pas les renvoyer s'ils n'allaient pas, ce genre de choses.

— Des clients capricieux, commenta Kay, mais c'est la nature humaine, je suppose. Qui d'autre ?

Carys parcourut ses notes du regard.

— Le propriétaire de l'agence de licence d'élevage a pris sa retraite, il vit maintenant dans le

Berkshire et il a déclaré qu'il n'avait eu aucun problème lorsqu'il louait son espace de bureau et qu'il n'était même pas au courant que les travaux étaient terminés. Enfin, les locataires qui étaient à l'étage supérieur gèrent une agence de design graphique. C'est un couple marié, Peter et Jane Wilberforce. Les agents en uniforme ont parlé à Peter qui leur a dit qu'ils étaient soulagés que le bail ait pris fin plus tôt car ils avaient du mal à trouver de nouveaux clients. Ils gèrent leur entreprise depuis chez eux depuis le début des travaux.

— Aucun d'entre eux ne semble du genre à avoir une rancune, dit Barnes.

— C'est vrai, dit Kay. Très bien, pour l'instant, nous allons mettre les locataires de côté. Ils ne sont pas suspects en soi, à moins que quelque chose d'autre n'apparaisse au cours de nos enquêtes.

Elle écrivit une croix à côté du nom de chaque locataire sur le tableau blanc, puis elle reboucha le stylo et se tourna vers l'équipe.

— Qui a parlé aux poseurs de moquette ?

Le sergent Hughes leva la main.

— Moi, chef. Il y en avait deux chargés de s'occuper des bureaux à l'étage, Michael Blake et Andy James. J'ai d'abord parlé à Michael. Il a dit qu'il n'avait rien remarqué d'inhabituel pendant qu'ils travaillaient dans le bâtiment, il a été assez choqué quand je lui ai dit ce qui s'était passé. Il a dit que la sous-couche avait été posée en premier, puis ils ont passé une journée à travailler dans l'un des bureaux à l'arrière du bâtiment. Quand ils sont retournés travailler dans le bureau de devant deux jours plus tard, il a dit que rien ne semblait avoir été dérangé. La déclaration d'Andy James était la même, aucune activité inhabituelle repérée.

— Pas de taches de sang sur le sol ou la sous-couche ? demanda Kay. Pas de signes de lutte ?

— Rien, chef, non.

— Peut-être que les coups sur le crâne de notre victime ont été causés quand il a été enfoncé dans le trou ? suggéra Barnes. Nous avons seulement supposé qu'il avait reçu un coup sur la tête et qu'il avait été tué.

— Bon point, dit Kay.

Elle écrivit la suggestion de Barnes sur le tableau blanc, puis elle passa en revue les notes à ce jour. Satisfaite d'avoir tout saisi, elle se retourna vers son équipe.

— Mark Sutton et son entreprise de sécurité sont maintenant des éléments clés de cette enquête, et je veux que vous tous souteniez Gavin et Carys sur cette piste. Je veux une mise à jour complète demain matin à la première heure, c'est clair ?

Elle hocha la tête face au murmure de l'équipe, puis les congédia avant de se retourner vers le tableau blanc.

D'une manière ou d'une autre, elle ferait en sorte que justice soit faite pour leur victime.

CHAPITRE 10

Kay repoussa la couette de son visage, se retourna et tendit aveuglément la main vers sa montre sur la table de chevet.

Ses doigts finirent par trouver la surface en acier inoxydable du bracelet et elle la tira plus près, en clignant des yeux à travers son regard embué pour voir les cadrans illuminés.

Trois heures quarante-cinq.

Elle laissa retomber la montre sur la surface en bois poli et se demanda si elle devait allumer la lampe de chevet.

Si elle le faisait, elle savait qu'elle ne se rendormirait jamais. Ce serait trop tentant de traverser la moquette pour aller jusqu'à la coiffeuse où son téléphone était en train de charger, et elle passerait alors l'heure suivante à vérifier ses courriels avant de décider qu'il était trop tard pour lutter contre son insomnie.

Au lieu de cela, elle se mit sur le dos et reposa sa tête sur la taie d'oreiller en coton doux, le léger parfum de linge fraîchement lavé apportait un peu de paix à ses nerfs à vif.

Adam ronflait doucement, dos à elle et la couette remontée jusqu'à ses mollets. Il détestait avoir les pieds couverts, quelle que soit la saison, et elle enviait son don de s'endormir dès que la lumière était éteinte.

Elle savait que c'était parce qu'il ne savait jamais quand il pourrait être appelé pendant la nuit – il essayait simplement de dormir autant que possible.

Ses pensées revinrent à son réveil et elle tendit l'oreille.

Quelque chose l'avait arrachée à son sommeil, c'était certain.

Elle ne se souvenait d'aucun cauchemar – aucun souvenir de son expérience de mort imminente aux mains de l'un des tueurs les plus malfaisants du Kent ne résonnait dans son esprit privé de sommeil.

Non, c'était autre chose.

Quelque chose de proche.

Elle retint son souffle alors que le bruit d'une voiture sur la route parvenait à ses oreilles, le moteur étouffé par les nouvelles fenêtres à double vitrage qu'ils avaient fait installer dix-huit mois auparavant.

Ça n'avait pas été bon marché, mais ils avaient insisté pour que des serrures soient installées sur tous les cadres – à cause d'un précédent cambriolage qui avait brisé la confiance de Kay dans le sanctuaire de sa propre maison.

Néanmoins, elle tendit l'oreille pour essayer de déterminer les mouvements du véhicule alors qu'il se rapprochait, puis accélérait au-delà de leur allée pour monter jusqu'au rond-point qui séparait les vieilles maisons du nouveau lotissement.

Kay expira, sentant un peu de la tension quitter son corps, mais un sentiment de malaise persistait.

Si ce n'était pas la voiture qui l'avait réveillée, alors qu'est-ce que c'était ?

Adam renifla dans son sommeil et son pied lui donna un coup.

Kay sourit – il s'était mis au football à cinq un soir par semaine après le travail et il était devenu obsédé par ce sport. Sans doute qu'en ce moment il rêvait du but qui lui avait échappé.

Un bruit au rez-de-chaussée la surprit et elle repoussa la couette pour poser ses pieds sur la moquette avant de se précipiter sur son téléphone portable.

— Qu'est-ce qui se passe ?

La lumière tamisée de la rue à travers les rideaux dessinait la silhouette d'Adam alors qu'il se redressait dans le lit, la voix confuse.

— Il y a quelqu'un en bas.

Il était réveillé en un instant.

— Tu es sûre ? Nous avons mis l'alarme.

— Les alarmes peuvent être déjouées, siffla Kay. Je descends.

— Attends.

Adam repoussa la couette et attrapa le pantalon qu'il avait jeté sur la chaise sous la fenêtre.

— Tu n'y vas pas toute seule.

Kay enfila son jean et essaya de ne pas piétiner sur place.

Les planchers du vieux cottage avaient tendance à grincer et elle avait bien l'intention d'attraper l'intrus, plutôt que de lui donner un avertissement précoce qu'il avait été entendu.

— Prête ?

Adam la rejoignit à la porte de la chambre.

— Je passe devant.

Kay ouvrit la bouche pour protester mais il avait déjà arraché la porte de son cadre et sprintait le long du palier vers le haut des escaliers.

En le suivant, elle aperçut la lumière verte du

panneau d'alarme qui clignotait à côté de la porte d'entrée et la confusion l'envahit.

Pourquoi l'alarme n'avait-elle pas fonctionné ?

Adam attrapa un parapluie dans un grand vase au pied des escaliers et il se tourna vers le salon. Il leva la main.

— Doucement.

Il poussa la porte avec son coude, puis utilisa sa main pour appuyer sur l'interrupteur.

Le salon était vide, intact.

— La cuisine, dit Kay.

Elle n'attendit pas qu'il la suive et se précipita vers la porte alors que la colère la poussait en avant.

Comment osaient-ils ? Après tout ce qu'elle et Adam avaient traversé ces deux dernières années – comment quiconque osait-il envahir le sanctuaire qu'ils avaient travaillé si dur à recréer. Comment…

Elle cligna des yeux lorsque les spots du plafond de la cuisine s'allumèrent et elle s'arrêta net sur le carrelage.

— Oh mon Dieu.

Adam lui rentra dedans, ce qui la prit par surprise, puis il se mit à rire.

— Ce n'est pas drôle.

Kay s'avança vers le plan de travail où se trouvait l'enclos en verre de Cornflake, le semis qu'Adam avait placé sur le dessus comme couvercle de fortune désormais retourné sur le sol.

Elle regarda à l'intérieur le mélange de sciure et de carton grignoté que la gerbille avait rassemblé en un nid dans un coin opposé à son bol de nourriture et à sa bouteille d'eau, puis elle se tourna vers Adam.

— Où est-il ?

— Il a dû donner des coups de tête au couvercle pour le faire tomber, dit-il.

— C'est ça que j'ai entendu ?

— Eh bien, il lui a probablement fallu plusieurs essais pour y arriver.

— Bon sang.

Kay scruta le sol, terrifiée à l'idée de marcher sur le petit rongeur.

— Où est-ce qu'il est passé ?

Adam se précipita vers la porte pour la fermer avant de se retourner vers elle.

— Il doit être quelque part ici. Je suppose qu'il faut juste le trouver.

Kay jeta un coup d'œil à l'horloge du four et elle gémit tandis qu'Adam se mettait à quatre pattes et commençait à regarder sous les placards.

— Il est quatre heures du matin. Aucune chance de se rendormir maintenant.

CHAPITRE 11

Plus tard dans la matinée, Kay se frotta les yeux et essaya de se concentrer sur le compte rendu de Gavin concernant les activités commerciales de Mark Sutton, tandis que Barnes dépassait un cyclomoteur en accélérant et tapotait le volant du bout des doigts au rythme d'un air qu'il sifflotait.

Adam avait finalement réussi à attirer Cornflake en dehors d'un espace sous le réfrigérateur avec un morceau de concombre, puis il l'avait remis dans sa cage. Il avait fixé le couvercle avec une demi-brique trouvée dans le jardin avant de se précipiter dehors pour son premier rendez-vous à six heures.

À présent, Sandra, la réceptionniste de John Brancourt, conduisait Kay et Barnes dans le bureau du chef de projet. Elle ferma la porte derrière eux.

Kay ne perdit pas de temps en politesses tandis que son collègue s'asseyait à côté d'elle.

— Parlez-nous de Sutton Site Security, monsieur Brancourt.

Il expira.

— Je n'avais pas vraiment le choix en ce qui les concerne.

— Ah bon ? Dans quel sens ?

— C'était moins problématique de leur donner le travail que de ne pas le faire.

— Laissez-nous en juger, dit Barnes. Continuez. Quel genre de problèmes ?

Brancourt recula sa chaise et se déplaça vers la fenêtre pour scruter à travers les stores l'activité à l'extérieur avant de se retourner vers eux, le visage pâle.

— Vous devez être prudents avec ces informations. J'ai une famille, des employés dont je dois m'occuper.

— Nous ferons ce que nous pourrons, dit Kay. Qu'est-ce que vous pouvez nous dire ?

— Nous avons commencé à lancer des appels d'offres aux fournisseurs pour les travaux de sécurité en janvier dernier, dit-il. Nous ne devions pas être sur le chantier avant avril, mais le temps d'évaluer les offres et de négocier un contrat...

disons que ça peut prendre un certain temps. Nous avons sollicité trois entreprises, le minimum requis par Hillavon Developments pour chaque contrat après avoir effectué une évaluation des risques des entrepreneurs disponibles. Deux jours après la publication de l'appel d'offres, j'ai reçu un appel téléphonique.

Kay fronça les sourcils en voyant un frisson parcourir les épaules de l'homme.

— De qui ?

— Je ne sais pas. Je... je veux dire, je pourrais me hasarder à faire une supposition, mais je préfère m'en abstenir, dit Brancourt.

— Qu'a dit la personne qui appelait ? demanda Barnes.

— Il a dit que si je ne donnais pas l'appel d'offres à Sutton Site Security, je le regretterais. C'est tout. Ça m'a secoué, mais j'ai déjà été menacé auparavant, ça fait un peu partie du métier, pour être honnête.

— Et qui a passé cet appel, d'après vous ? demanda Kay.

Brancourt enfonça ses mains dans les poches de son jean et contempla les dalles de la moquette un moment.

— Mark Sutton, le propriétaire. Après tout, pourquoi un parfait inconnu le ferait-il ? Il avait une voix différente cependant, comme s'il essayait de la déguiser, donc je ne peux pas en être sûr, d'accord ?

Kay perçut la note de panique dans sa voix et lui fit signe de retourner s'asseoir.

— Nous allions de toute façon parler à Mark Sutton, étant donné les circonstances de la mort de la victime, monsieur Brancourt.

Il s'affaissa dans le fauteuil de bureau en cuir avec un soupir.

— Ne vous méprenez pas, s'il vous plaît, si je peux aider de quelque manière que ce soit, je le ferai. Mais j'ai une famille à laquelle je dois penser ; je ne les mettrai pas en danger.

— Revenons à l'appel téléphonique, dit Barnes. J'imagine que vous avez ignoré l'avertissement ?

Brancourt acquiesça.

— Oui, jusqu'à ce que deux de nos générateurs disparaissent de la cour là-bas trois jours plus tard. Deux jours après, un de nos hangars à outils a été cambriolé et la moitié de l'équipement a été volée.

— Vous avez signalé le vol à la police ? demanda Kay.

Brancourt laissa échapper un rire étranglé.

— Bien sûr que non, bon sang. Ce qui se passait était assez évident. Une semaine après le premier appel, j'en ai reçu un autre. Le type à l'autre bout du fil, Sutton ou qui que ce soit, a dit qu'il avait entendu dire que j'avais un problème de sécurité, et que je voulais peut-être repenser à son conseil. Ça n'a pas aidé que l'entreprise de sécurité que nous utilisons ici était aussi l'un des sous-traitants dont nous attendions la réponse, ça les faisait paraître incompétents, surtout quand nous avons découvert qu'ils avaient fait des économies sur la surveillance. Deux des caméras de vidéosurveillance étaient également défectueuses.

— Qu'est-ce que vous avez fait ?

— J'ai dit à l'homme que je verrais ce que je pourrais faire.

Le visage de Brancourt rougit.

— Au final, j'ai dit à notre responsable des contrats d'inviter Sutton Site Security en plus des trois sous-traitants que nous avions déjà sollicités. La date d'ouverture des offres n'était que dans quelques jours et étant donné ce qui s'était passé ici, il a probablement pensé que je voulais faire appel à une autre entreprise.

— Mais vous deviez encore convaincre tout le monde, une fois les offres reçues, que Sutton Site Security était l'entreprise à laquelle le contrat devait être attribué, n'est-ce pas ? Je veux dire, n'importe laquelle des autres entreprises aurait pu les battre sur le prix ou l'expérience, remarqua Kay.

— Oh, ils ont de l'expérience, répondit Brancourt.
Quant au prix, eh bien, étant donné qu'ils ont reçu
l'appel d'offres après tout le monde, j'ai attendu la fin
d'après-midi pour publier un addendum à l'appel
d'offres prolongeant la date de clôture de quarante-
huit heures pour les trois autres parties. Bien sûr, à ce
moment-là, j'avais déjà deux des offres en main. Elles
sont envoyées par courriel et ensuite les copies papier
sont déposées dans la boîte d'appels d'offres à la
réception, de cette façon, nous pouvons transmettre
rapidement les offres ouvertes à l'équipe
d'évaluation. Ça économise du papier et des frais
d'impression.

— Et cela vous a donné l'excuse parfaite pour
ouvrir les courriels et vérifier les prix, dit Barnes, les
yeux plissés. Donc vous avez ensuite dit à Sutton Site
Security quel montant proposer, n'est-ce pas ?

Brancourt se pencha en avant pour poser ses
mains tremblantes sur le bureau.

— Je n'avais pas le choix.

— Nous allons avoir besoin des copies de leur
offre et de toute correspondance relative à l'offre.

— Je... je suis désolé. Je ne peux pas faire ça.

— Pourquoi pas ?

— Notre système informatique a eu un grave bug
en juillet, l'ingénieur informatique que nous avons

fait venir pour le réparer a dit qu'il pensait que la canicule de l'été était trop forte pour le système de ventilation de notre salle des serveurs. Le lundi suivant, quand nous sommes arrivés, nous avions perdu six mois de données, y compris les documents de l'appel d'offres pour le contrat de sécurité du site.

— Vous plaisantez, dit Barnes.

Le directeur des travaux secoua la tête, les joues rouges.

— Et les documents papier ? demanda Kay, consciente de la note de désespoir qui teintait ses mots.

— Je suis désolé, nous ne les gardons pas, répondit Brancourt en haussant les épaules. On n'en a plus besoin une fois que les offres sont ouvertes. Tout se fait de manière électronique de nos jours. C'est vraiment juste une formalité.

— Personne n'a remis en question le fait que vous ayez favorisé l'entreprise de Mark Sutton ?

— Non. Et l'offre que nous avons reçue répondait aux critères d'appel d'offres, donc pour tout le monde ici, c'était la bonne entreprise.

— Wow.

Kay jeta un coup d'œil à Barnes, qui arborait une expression perplexe.

— Pourquoi est-ce que personne ne les dénonce ?

dit-il. Après tout, c'est de l'extorsion ce qu'ils vous ont fait.

Brancourt haussa les épaules.

— Parce qu'ils sont bons. En plus, une fois qu'ils étaient sur le chantier, ça garantissait qu'aucun autre criminel n'allait cibler le projet ou mon entreprise, n'est-ce pas ?

CHAPITRE 12

Kay décida d'emmener Barnes avec elle pour interroger Mark Sutton le lendemain, étant donné l'expérience du détective.

Alors qu'elle faisait une marche arrière pour se garer près du complexe industriel, l'inspecteur leva les yeux de son téléphone portable.

— Ça dit que ça devrait être cette petite unité là-bas à gauche, dit-il. Celle du bout.

Kay regarda dans la direction qu'il indiquait et elle vit une rangée trapue de quatre locaux commerciaux peints en beige, tous identiques à l'exception des enseignes au-dessus des portes indiquant les entreprises à l'intérieur.

Chaque unité avait une porte enroulable, dont l'une était ouverte tandis que deux employés s'efforçaient de faire entrer un grand bureau depuis un camion de location.

— Qu'est-ce que tu sais des entreprises voisines ? demanda-t-elle. Celle-là a l'air d'être une sorte de magasin de meubles d'occasion.

— Ouais, leur site web dit qu'ils vendent du bric-à-brac et des trucs pour les bars et les restaurants, répondit Barnes. À côté, il y a un distributeur de cartouches d'imprimante, puis un pressing entre eux et Sutton Site Security.

— Ok. Tu peux planifier des entretiens avec ces entreprises une fois qu'on aura fini ici ? Fais appel à des agents en uniforme si nécessaire, mais découvre s'ils ont remarqué une activité inhabituelle.

— Je m'en occupe.

Kay retira les clés du contact.

— Allons-y.

Barnes remonta la fermeture éclair de sa veste et se dépêcha de la suivre, les mains enfoncées dans ses poches tandis qu'il se recroquevillait contre la bruine froide qui parsemait le parking.

— Je suppose que nous n'avons pas de rendez-vous ?

— Tu supposes bien, dit Kay.

Elle atteignit le côté des unités industrielles et essaya de s'abriter sous les pignons peu profonds, puis elle abandonna et se précipita vers la porte d'entrée de l'unité abritant Sutton Site Security.

La porte s'ouvrait sur une zone d'accueil spartiate et un homme que Kay estimait avoir une vingtaine d'années leva les yeux de son téléphone portable avec une expression de dérision.

— La police ?

Kay montra sa carte professionnelle en réponse.

— J'ai besoin de parler à votre patron, Mark Sutton. Je suppose que la nouvelle voiture de sport dehors est la sienne et pas la vôtre, et qu'il est ici ?

Le réceptionniste fronça les sourcils, puis désigna du menton deux chaises élimées qui avaient été placées sous une affiche de santé et de sécurité sur le mur du fond.

— Asseyez-vous. Je vais lui dire que vous êtes là. C'est à quel sujet ?

Kay sourit.

— Ça ne vous regarde pas.

Barnes attendit que le réceptionniste ait traversé en tapant des pieds une porte derrière le bureau, puis il se tourna vers Kay.

— Sympathique, dit-il.

— Mmm.

Kay se détourna de la petite caméra qu'elle avait repérée au plafond et baissa la voix :

— Gardes les yeux et les oreilles ouverts, Ian. Quoi que Sutton mijote, ce n'est pas entièrement légal. Je peux te le dire.

— C'est noté.

Son regard se porta sur un point au-dessus de son épaule et Kay se retourna pour voir un homme grand aux cheveux noirs rasés de près foncer sur eux.

Il tendit la main et afficha un sourire sous ses yeux bleus.

— Inspectrice Hunter. Je suis Mark Sutton. À quoi est-ce que nous vous devons ce plaisir ?

Kay garda ses mains dans les poches de sa veste.

— Nous avons quelques questions concernant les services de sécurité que vous avez fournis pour le chantier de construction du bâtiment Petersham. Vous avez un endroit où nous pourrions parler en privé ?

Il haussa ses larges épaules avant de faire un geste vers une porte sur le côté du bureau de réception.

— On n'utilise pas beaucoup le garage. On peut parler là-bas. J'espère que vous ne voulez pas de café. On n'en a plus.

Sutton tira sur un cordon à droite de la porte et une rangée de lumières fluorescentes clignotèrent au plafond du grand espace.

Kay prit un moment pour s'orienter et elle comprit que les bureaux occupaient la moitié de l'unité et avaient ensuite été étendus pour créer un niveau en mezzanine.

Des fenêtres offraient aux occupants du bureau au-dessus une vue sur le garage, mais la pièce semblait déserte pour l'instant. Tout comme le garage, à l'exception d'une rangée de cartons contre un mur et d'un chariot garé parmi les ombres du mur du fond.

— Où sont tous vos employés, monsieur Sutton ?

— Dehors en train de travailler, répondit-il. C'est pour ça qu'ils sont payés.

— Ça semble extravagant d'avoir tout cet espace et de le laisser vide.

— Vous êtes en train de me dire comment gérer mon entreprise ?

— Juste une observation, répliqua Kay. Dites-moi comment vous avez remporté le contrat pour fournir la sécurité du site autour du bâtiment Petersham.

— Nous avons répondu à tous les critères d'appel d'offres et battu les prix de nos concurrents.

Kay se dirigea vers les cartons.

— Qu'est-ce que vous faites ?

Mark Sutton commença à la suivre, mais Barnes se mit en travers de son chemin et l'homme le fusilla du regard.

Barnes tint bon. Le propriétaire de l'entreprise de sécurité avait peut-être la carrure d'un rugbyman, mais la taille de Barnes lui donnait un certain avantage. Il soutint le regard de l'homme et resta immobile.

Kay atteignit les cartons et passa sa main sur l'un d'eux avant de jeter un coup d'œil par-dessus son épaule.

— Qu'est-ce qu'il y a là-dedans ?

— Des fournitures de bureau, répondit Sutton en contournant Barnes, sans pour autant s'approcher davantage. On les a reçues hier. Des feuilles de présence et ce genre de choses.

Kay s'éloigna, peu convaincue mais incapable de poursuivre ses recherches sans motif valable. Elle savait que Sutton était conscient qu'elle le testait, et elle changea une nouvelle fois de tactique.

— On a entendu dire que vous aviez l'habitude d'intimider les gens pour vous assurer de remporter des contrats, dit-elle.

— Ce sont des mensonges, répliqua Sutton.

Il leva les mains dans un geste qui signifiait « je n'y peux rien ».

— Nos concurrents n'aiment pas que nous remportions les contrats. Nos clients, en revanche, ont tendance à toujours revenir.

— Est-ce que vous volez du matériel pour contraindre vos clients à vous embaucher ?

Il ricana.

— Non, détective, je ne le fais pas. Ce serait illégal. D'ailleurs, où est-ce que je mettrais ces choses ? Vous pouvez voir que nous ne sommes qu'une petite entreprise.

Kay regarda par-dessus son épaule alors que la porte de la zone d'accueil s'ouvrait et qu'une silhouette masculine apparaissait, se découpant dans la lumière plus vive au-delà.

— Patron, il y a un appel urgent pour vous, dit-il.

Barnes se retourna au son de la voix, puis de nouveau vers Kay, l'air incrédule.

Elle secoua légèrement la tête pour faire taire les mots qu'il s'apprêtait à prononcer, mais elle partageait sa surprise.

— Monsieur Sutton, je ne savais pas que vous connaissiez Gary Hudson. Hudson, quand est-ce qu'ils vous ont relâché ? Je pensais que vos activités avec Demiri vous avaient envoyé en prison pour longtemps.

L'homme s'avança, un rictus aux lèvres.

— J'ai été libéré plus tôt pour bonne conduite, pas grâce à vous.

Kay se tourna de nouveau vers le patron.

— Je ne pense pas que ce soit bon pour les affaires d'employer un criminel connu, Sutton. À moins que certaines de ses compétences ne vous soient utiles ?

Il écarta les mains.

— Ma femme a toujours dit que j'avais un faible pour les chiens errants.

— Elle doit être très compréhensive.

— Elle l'était, que Dieu bénisse son âme.

Sutton posa sa main sur son cœur tandis qu'un sourire bienveillant traversait ses lèvres.

— Elle est décédée il y a trois ans.

— Est-ce que vous avez une idée de comment un homme mort s'est retrouvé dans le faux plafond de l'espace de pause du bâtiment Petersham ?

— Quoi ? Non, répondit-il. Notre mission était d'assurer la sécurité le long du périmètre des travaux, détective. Personne n'est entré à moins d'y être invité. Pas de mon entreprise, en tout cas.

— Vous avez connaissance de quelqu'un d'autre qui aurait pu avoir accès, en particulier une fois que les entrepreneurs de revêtement du sol avaient terminé et avant que les poseurs de moquette ne soient sur le site ?

— Tous les registres que nous devions tenir concernant l'accès au site ont été transmis chaque jour à John Brancourt et Alexander Hill, répondit Sutton. Je n'ai pas besoin de les conserver. Ces documents faisaient partie des exigences du système qualité que nous devions respecter. Ce que nous avons fait. Vous devriez leur parler. Même si je suppose que vous l'avez déjà fait, puisque vous êtes ici.

Kay ne dit rien et fit signe à Barnes qu'ils partaient avant de tendre une carte à Sutton.

— Appelez-moi si vous vous souvenez de quoi que ce soit de suspect qui se serait passé sur le site.

Il les conduisit à la porte en passant devant Hudson qui lança un regard venimeux à Kay, puis il ouvrit la porte d'entrée pour elle.

Elle laissa Barnes passer devant elle avant de se tourner vers Sutton.

— Je pense que vous en savez beaucoup plus sur ma victime que vous ne le laissez entendre, Mark.

Il ricana et ses jointures blanchirent alors qu'il agrippait le cadre de la porte.

— Prouvez-le, dit-il avant de lui claquer la porte au nez.

CHAPITRE 13

Au moment où Kay appela son équipe à l'ordre pour la réunion de l'après-midi, les niveaux d'énergie dans la pièce avaient gagné en intensité.

Alors que de nouvelles informations étaient révélées et que de nouvelles pistes étaient suivies, l'enquête avait commencé à s'épanouir et le sentiment d'inertie quittait le groupe soudé de détectives.

— Commençons, tout le monde, annonça-t-elle. Nous allons être ici pendant le week-end, alors plus vite nous conclurons cette réunion, plus vite vous pourrez rentrer chez vous auprès de vos familles ce soir.

Une agitation s'ensuivit alors que les agents en uniforme rejoignaient les détectives et le personnel civil près du tableau blanc et s'emparaient de la chaise la plus proche, se perchaient sur les coins des bureaux ou s'appuyaient simplement contre le mur le plus proche.

La cacophonie finit par s'estomper et Kay passa en revue les tâches qui avaient été accomplies par chaque officier supérieur et leurs équipes. Une par une, les pistes étaient soit closes, soit à poursuivre jusqu'à ce que Kay se retourne vers l'équipe et s'éclaircisse la gorge.

— Lorsque nous avons interrogé John Brancourt, il nous a dit qu'il attendait toujours les plans de construction finaux approuvés d'Alexander Hill qui enregistrent tous les travaux réalisés sur le site. Qu'a-t-il dit à ce sujet quand vous lui avez parlé hier ?

— Ça n'a pas l'air d'être quelque chose d'anormal, chef, répondit Carys. Hill a confirmé que Brancourt and Sons recevra les plans, mais pour le moment ils passent par un processus d'approbation final et son contrôleur de documents ne travaille que trois jours par semaine. Avec tous les travaux de réaménagement dans lesquels il a été impliqué, ils ont un arriéré d'environ neuf semaines. Ces plans tels que construits ne seront pas finalisés avant fin mars.

Elle fit un signe du menton vers les papiers éparpillés sur le bureau de Debbie.

— Nous avons cependant obtenu des impressions

des plans issus du processus initial d'approbation du conseil municipal et ils vont être enregistrés pendant le week-end.

— J'y ai jeté un coup d'œil plus tôt, chef, ajouta Gavin, mais il n'y a rien d'inhabituel marqué dessus concernant la cuisine et l'espace de pause ou le bureau au-dessus.

— Ok, merci, dit Kay en luttant pour ne pas laisser transparaître la déception dans sa voix.

— Comment ça s'est passé avec le patron de Sutton Site Security ? demanda Carys.

— C'est une personne à suivre de près, répondit Kay. Il a répondu à toutes nos questions un peu trop facilement à mon goût, comme s'il avait passé les six derniers mois à répéter ses réponses. Je sais que la découverte de notre victime a fait la une des journaux cette semaine, mais j'ai eu l'impression que Mark Sutton s'attendait à ce qu'on passe. Et puis il y a le fait que Gary Hudson travaille pour lui depuis sa sortie de prison. Et le type qui était à la réception, Wayne Markham. L'un de vous l'a déjà croisé avant ?

— Son nom ne me dit rien, répondit Gavin. Tu as une photo ?

Kay fouilla dans un dossier sur le bureau à côté d'elle, puis elle épingla une image en couleur qu'elle avait imprimée quelques instants plus tôt.

— J'ai réussi à prendre un cliché pendant que Barnes sortait du parking. C'est un peu flou. J'ai aussi vérifié dans HOLMES. Il n'a pas de casier judiciaire et nous ne l'avons jamais interrogé auparavant.

Barnes sortit ses lunettes de lecture de sa veste, puis les percha sur l'arête de son nez pour mieux voir la photo.

— Moi, j'ai trouvé qu'il avait l'air inquiet. Il est resté silencieux pendant que nous parlions à Sutton, mais ses yeux étaient agités.

Kay leur fit signe de se rasseoir.

— Très bien. Gav, échange quelques mots avec certains de nos collègues de la division est. Vois si quelqu'un peut nous éclairer sur ce type et Mark Sutton. Il a l'air bien établi, donc il a manifestement réussi à rester clean jusqu'à présent.

— Je m'en occupe.

La sonnerie d'un téléphone de bureau interrompit le fil des pensées de Kay et Carys bondit de son siège pour se précipiter de l'autre côté de la pièce et répondre.

La voix de l'enquêteuse se transforma en murmure quand elle décrocha le combiné et Kay se tourna vers Philip Parker.

— Où en sont les dépositions des employés de bureau de l'entreprise de logiciels ?

— Elles sont toutes dans HOLMES, chef, répondit le jeune agent de police. Je les ai recoupées avec les déclarations que nous avons obtenues des autres entreprises d'en face, mais personne n'a rien vu de suspect à aucun moment. Nous avons également obtenu les images de vidéosurveillance du conseil municipal pour la période entre avril et octobre, quand l'entreprise de logiciels a repris le bail.

— Rien ?

— Désolé, non.

— Chef !

Kay aperçut Carys qui se précipitait entre les bureaux vers elle.

— Qu'est-ce qui se passe ?

Avant que l'enquêteuse n'ait eu le temps de répondre, et à la stupéfaction de Kay, Adam apparut à la porte de la salle des opérations, le visage blême.

Carys lui fit signe.

— Chef, il faut que je te parle. C'est urgent.

— Barnes, tu peux prendre le relais ?

Kay n'attendit pas de réponse et se fraya un chemin en bousculant un des agents en uniforme de l'équipe pour se précipiter vers l'endroit où Carys attendait derrière une rangée de chaises.

— Qu'est-ce qui se passe ?

En guise de réponse, Carys lui fourra son sac à main et son manteau dans les bras.

— Tu dois partir. Tout de suite.

Kay se laissa guider hors de la pièce par la jeune détective, sans comprendre, jusqu'au moment où elle atteignit Adam.

— Qu'est-ce que tu fais ici ?

— Abby essaie de t'appeler depuis trente minutes. Nous devons y aller. C'est ton père, expliqua-t-il. Il a fait une crise cardiaque.

CHAPITRE 14

Kay renifla, puis tourna la tête pour regarder le côté d'un camion articulé qu'Adam dépassait en accélérant, afin qu'il ne la voie pas pleurer.

Il avait déjà assez de soucis ; la circulation sur la M25 était atroce, le vent projetait des débris à travers les huit voies et dans les accotements de chaque côté.

La pluie battait contre le pare-brise, un flux persistant d'eau qui luttait contre les essuie-glaces et provoquait des ruissellements qui s'échappaient sur la vitre côté passager.

Son corps s'appuya contre la ceinture de sécurité qu'elle portait lorsqu'Adam freina, un juron étouffé sous son souffle.

Après être apparu dans la salle des opérations, il l'avait prise par le bras et l'avait guidée vers son véhicule garé dehors sur une ligne jaune double, puis il avait fait un doigt d'honneur à un conducteur qui klaxonnait tandis qu'ils ouvraient violemment les portières, avant de s'éloigner du trottoir à une telle vitesse que la tête de Kay avait heurté l'appuie-tête avant qu'elle n'ait eu le temps d'attacher sa ceinture.

— Je n'arrive pas à croire qu'elle n'ait pas appelé mon téléphone fixe, dit Kay.

— Elle a probablement paniqué.

Kay ravala sa colère. Elle n'allait pas passer ses frustrations sur Adam.

Elle se retourna pour voir sa mâchoire serrée, ses yeux fixés sur la circulation qui défilait devant eux.

— Ce foutu feu de Leatherhead ne change jamais, dit-il entre ses dents. Allez. Bougez-vous, les gens.

— Je peux prendre le relais quand tu seras fatigué. On a encore un long chemin à faire.

— Je ne te laisse pas approcher de ce volant dans l'état où tu es.

Kay expira et ferma les yeux.

Elle savait qu'il ne servait à rien de discuter, et il avait raison après tout.

Son esprit était un fouillis de tâches qu'elle n'avait pas eu le temps de déléguer à son équipe d'enquête et de conseils qu'elle aurait dû donner à

Barnes pour l'aider en son absence. Comme un torrent d'eau sous-jacent, il y avait la pensée qu'elle n'avait jamais remercié son père pour ce qu'il avait fait pour elle ; qu'elle n'en aurait peut-être pas l'occasion.

Elle ouvrit les yeux et se pencha en avant.

— Qui s'occupe de Cornflake ?

— Scott l'a emmené chez lui. J'étais au cabinet quand Abby m'a appelé, alors je lui ai donné les clés et j'ai utilisé le double pour entrer et prendre nos affaires. Arrête de t'inquiéter pour la gerbille, Kay. Il va se remettre.

Kay marmonna une réponse puis regarda à nouveau son portable.

Alors qu'elle se précipitait en dehors de la salle des opérations, elle s'était rendu compte que sa sœur avait téléphoné trois fois, chaque appel ayant été dirigé vers la messagerie vocale pendant que Kay dirigeait le briefing de fin d'après-midi de son équipe. Elle avait essayé d'appeler Abby dès qu'ils avaient quitté Maidstone, une fois qu'elle avait réussi à contenir les sanglots qui l'avaient secouée dès qu'ils avaient atteint la M20, mais sa sœur n'avait pas répondu.

Au lieu de cela, elle avait dû écouter un joyeux message vocal pour laisser un message après le *bip*, le bruit des deux nièces de Kay en train de rire aux éclats en arrière-plan lui déchirant le cœur.

Était-ce un mauvais signe, ou est-ce que sa sœur l'ignorait ?

Depuis, l'écran restait vide. Pas de nouveaux messages, pas d'appels manqués.

— Ils sont probablement dans une partie de l'hôpital où il n'y a pas de réseau.

La voix d'Adam coupa court à ses pensées et elle laissa tomber le téléphone dans son sac.

— Peut-être.

Le système de navigation par satellite de la voiture émit un *bip*, et les yeux de Kay se posèrent sur l'écran du tableau de bord.

— Il dit d'éviter la M4. Il y a un accident avec plusieurs véhicules.

— Où ça ?

— À l'est de Newbury.

— D'accord.

Adam mit son clignotant et passa sur la voie de dépassement en accélérant.

— Nous allons passer par Reading et couper à travers la campagne. De toute façon, le temps qu'on reste bloqués dans les embouteillages et qu'on se fraye un chemin jusqu'à Swindon, ça ne fera pas une grande différence.

Kay regardait la circulation sur les voies plus lentes passer dans un flou de feux arrière, la pluie ne cessait de marteler le toit du 4x4 sauf lorsqu'ils passaient sous des ponts, et des panneaux bleus indiquaient des destinations où elle ne s'était pas rendue depuis des années.

Elle ferma les yeux.

Quand avait-elle vu son père pour la dernière fois ?

Elle lui avait parlé au téléphone il y a quelques semaines à peine ; ils avaient pris l'habitude qu'il l'appelle le mardi après-midi quand sa mère sortait avec une amie. C'était leur moyen de parler librement sans que sa mère ne le sache.

Sa mère ne les avait pas invités au dîner de Noël.

Un an plus tôt, elle avait parlé à ses parents de la fausse couche qu'elle avait subie alors qu'elle faisait l'objet d'une enquête du service des normes professionnelles qui s'était avérée injustifiée. Le problème, c'était qu'elle le leur avait caché pendant un an avant cela, et la relation déjà tumultueuse qu'elle entretenait avec sa mère s'était détériorée au point qu'elles ne se parlaient plus.

Kay serra le poing et enfonça ses ongles dans sa paume pour lutter contre la nausée qui menaçait de l'envahir.

Sa mère savait à quel point le père de Kay comptait pour elle, et il était évident qu'elle avait délibérément choisi de garder sa fille aînée dans l'ignorance concernant sa santé.

À peine quelques mois plus tôt, son père avait été transporté d'urgence à l'hôpital pour des douleurs thoraciques. Il avait eu de la chance cette fois-là – le médecin qui le soignait avait mis cela sur le compte d'un cas sévère de brûlures d'estomac, mais si Abby ne l'avait pas appelée pour le lui dire, elle n'en aurait jamais rien su. Sa mère tenait sa promesse de silence quand il s'agissait d'exclure Kay de sa vie, et son père ne parlait jamais de sa santé.

Elle gémit et réalisa qu'elle devenait paranoïaque.

Adam tendit la main vers elle et serra ses doigts un instant avant de reprendre le volant.

— Tiens bon.

Kay ferma les yeux et acquiesça alors qu'une grosse larme roulait sur sa joue.

CHAPITRE 15

Kay se précipita vers les portes automatiques de l'aile des urgences et s'arrêta avec une impatience mal dissimulée tandis que le verre glissait en s'ouvrant.

L'atmosphère lui parut empreinte de peur teintée d'un ton sous-jacent irrépressible d'efficacité alors que le personnel travaillait pour calmer les patients traumatisés et les membres de leurs familles.

— Par ici.

Adam enroula ses doigts autour de son bras et la guida à travers le sol carrelé jusqu'à un bureau d'accueil, où le personnel administratif faisait de son mieux pour diriger les gens vers les bons services tout en gérant une avalanche de paperasse.

Dès qu'une femme raccrocha son téléphone, Adam fit usage de son charme et sourit.

— Je vois que vous êtes occupée, alors je vais être bref. Nous avons un membre de notre famille, Phillip Hunter, qui a été transporté ici en urgence plus tôt dans la journée pour une crise cardiaque. Est-ce que vous pouvez nous dire où nous pouvons le trouver ?

La femme leur donna les indications et Adam s'éloigna du comptoir en entraînant Kay avec lui.

Il marchait vite à travers le labyrinthe de couloirs qui serpentaient dans le grand complexe hospitalier, mais la taille de Kay lui donnait l'avantage de pouvoir le suivre alors qu'ils traversaient les brancards des patients et le personnel hospitalier qui se précipitait d'un service à l'autre.

Au détour d'un coin, un cri de surprise parvint à ses oreilles avant que sa sœur, Abby, ne lui fonce dessus.

— Tu es là.

Kay la serra dans ses bras, puis leva les yeux pour voir le reste de sa petite famille debout devant un ensemble de doubles portes.

La bouche de sa mère se tordit en une moue de déception.

— Alors. Tu as réussi à venir. Tu es sûre qu'ils peuvent se passer de toi au commissariat ?

— Ils s'en sortent.

Kay réprima sa colère face à ce commentaire acerbe.

— Pourquoi est-ce que tu ne m'as pas appelée pour me dire qu'il était malade à ce point ?

— Je ne sais jamais si j'ai le bon numéro. Tu travailles toujours. J'avais des doutes sur le fait que tu aurais tout laissé tomber pour être avec nous de toute façon.

— Ça suffit, Marion, dit Adam, d'une voix dangereusement basse. Nous avons conduit six heures pour être ici.

Il tourna son attention vers Abby et lui fit une bise rapide avant de se tourner vers son mari, Silas, et de lui serrer la main.

— Des nouvelles ?

— Les médecins sont avec lui. Nous attendons qu'ils reviennent, répondit Abby en prenant la main de Kay.

Kay sentit la pression familière de ses doigts, quelque chose qu'Abby faisait depuis qu'elles étaient enfants chaque fois qu'elle avait besoin d'être rassurée. Elles ne parlèrent pas pendant un moment, puis Abby se retira et essuya ses joues.

— Où sont les filles ?

Malgré l'urgence de la situation, Kay ne pouvait

s'empêcher de se demander où étaient ses deux nièces, et si elles étaient au courant de l'état de leur grand-père.

— Liz s'occupe d'elles, répondit Silas.

Kay exhala. La sœur de son père serait une compagne parfaite pour les filles pendant qu'elles attendaient des nouvelles.

— Qu'est-ce qui se passe ? Pourquoi est-ce qu'il a été transporté ici en urgence ?

— Ils disent qu'il a besoin d'un stimulateur cardiaque. Qu'il a eu de la chance, renifla Abby.

Elle agita ses mains devant son visage.

— Oh mon Dieu, il nous a fait peur, Kay.

— Qu'est-ce qui s'est passé ?

Kay se tourna vers leur mère, qui haussa les épaules.

— Eh bien, si tu avais été là, tu l'aurais su.

— Maman... commença Abby.

— Marion, s'il vous plaît, dit Adam. Ce n'est pas le moment de—

La mère de Kay se retourna pour lui faire face et le pointa du doigt avec un ongle manucuré.

— Mêle-toi de ce qui te regarde. Tu n'es même pas de la famille, alors je ne sais pas ce que tu fais ici. À moins que vous n'ayez fini par vous marier sans me le dire ?

Un silence choqué suivit son éclat et fit rompu seulement lorsque Silas s'éclaircit la gorge et posa sa main sur le bras de sa belle-mère.

— Arrêtez, dit-il. C'est déplacé.

— Vous savez quoi ? Ça suffit. Maman, si tu ne peux pas être bien élevée, alors je suggère qu'Abby et moi nous parlions seule à seule.

Kay se tourna vers Adam.

— Tu veux nous accompagner pour un café ? Je crois avoir vu un distributeur au bout du couloir.

— Ça me va.

Kay tourna le dos à sa mère et à Silas, puis elle passa son bras sous celui d'Adam et se mit en route, sans attendre de voir si sa sœur les suivait.

Elle se détendit légèrement en entendant l'écho des talons coûteux d'Abby sur le sol carrelé derrière elle alors qu'elle franchissait les portes battantes pour s'éloigner du service des urgences, puis elle ralentit en atteignant le coin près du poste des infirmières.

— Si tu comptes partir en trombe, fais-le au moins lentement, grommela Abby. Ces talons me tuent.

Kay desserra son étreinte d'Adam et s'appuya contre le mur en croisant les bras sur sa poitrine.

— Qu'est-ce qui ne va pas chez elle ? explosa-t-elle. Après tout ce que Papa a traversé, elle pourrait se contenir.

— C'est probablement le stress.

Adam fouilla dans la poche de son jean avant d'en sortir une poignée de pièces de monnaie et il se mit à les glisser dans le distributeur.

Abby renifla.

— C'est probablement parce que c'est une garce.

— Ça a dû être dur ces derniers temps, pour que tu dises ça, dit Kay.

— Honnêtement, je ne sais pas ce qui lui prend. Elle devrait être reconnaissante que vous ayez conduit toute la nuit pour être ici.

— Peut-être qu'elle a peur, suggéra Adam en leur tendant à chacune un gobelet en plastique rempli à ras bord d'un liquide sombre et visqueux. La peur peut faire ressortir le pire chez les gens et elle ne gère probablement pas très bien la situation.

Kay prit l'un des verres.

— Merci. Et tu es trop bienveillant, surtout après ce qu'elle t'a dit.

Il lui fit un clin d'œil.

— Je peux la gérer. Que s'est-il passé avec ton père, Abby ? Est-ce que ça dure depuis longtemps ?

— Il a eu des examens réguliers avec son médecin local, répondit Abby, encore sous le choc. Il nous a toujours dit que ce n'était rien pourtant. Puis, il s'est effondré aujourd'hui pendant que lui et Maman faisaient des courses. Quelqu'un au supermarché a appelé l'ambulance. J'ai parlé avec l'urgentiste qui était dans l'équipe qui l'a amené ici, ils sont revenus deux fois de plus ce soir avec différents patients. Si le directeur du magasin n'avait pas eu la présence d'esprit d'utiliser le défibrillateur qu'ils ont là-bas, il n'aurait pas... il aurait pu...

Kay passa son café à Adam et entoura les épaules de sa jeune sœur de ses bras.

— Il est là maintenant, donc il est entre de bonnes mains, Abby. Tu as mentionné un stimulateur cardiaque ?

Abby hocha la tête en s'écartant, puis elle fouilla dans sa veste pour trouver un mouchoir en papier.

— Oui. Ils disent qu'il est stable maintenant et qu'il parle avec l'équipe de soignants qui s'occupe de lui. Apparemment, ils vont le surveiller toute la nuit et voir s'ils peuvent l'opérer demain matin.

— On peut le voir ?

— Maman est allée le voir il y a environ une heure. Le médecin nous a dit, à moi et à Silas, qu'il valait probablement mieux le laisser se reposer ce soir et qu'on pourra le voir demain matin après l'opération. Tu veux faire pareil ?

Kay se tourna vers Adam, qui hocha la tête.

— Absolument. Je dois prendre des dispositions à la clinique pour le reste du week-end, mais on peut trouver un motel à proximité et revenir demain matin.

— Et je vais devoir appeler le commissariat, dit Kay.

Elle tendit à nouveau la main vers Abby.

— Mais nous sommes de la famille. Et nous restons.

CHAPITRE 16

Kay se tenait sur le seuil de la chambre du motel, l'esprit en ébullition.

Entre le coup de téléphone d'Abby et le fait d'aller chercher Kay au commissariat, Adam avait eu la présence d'esprit de préparer une valise pour la nuit.

— Je ne sais pas si j'ai pris les bonnes choses pour toi, dit-il en passant la carte magnétique sur la poignée de la porte avant de la pousser. Je n'avais pas l'esprit très au clair.

Elle passa sa main dans son dos alors qu'il entrait dans la chambre.

— Peu importe. Ce qu'il y a dedans ira très bien. Merci.

Adam traversa la pièce jusqu'à la fenêtre et tira

les rideaux pour masquer un ciel nocturne fouetté par une forte pluie, puis il passa une main dans ses cheveux mouillés.

— Je vais appeler Scott, lui faire savoir qu'il est responsable pour le moment. Au moins jusqu'à ce qu'on sache comment va ton père.

— Il va s'en sorti tout seul ?

Adam haussa les épaules.

— Il le faudra bien. On ne peut rien y faire, n'est-ce pas ?

Il sourit pour adoucir ses propos.

— Tu devrais en faire de même. Annule le week-end avec ton équipe pour que tu puisses te concentrer sur ce qui se passe ici.

Kay enleva sa veste et la suspendit au dossier d'une des chaises de la petite suite, en ignorant l'eau qui gouttait sur la moquette fine.

Elle sortit son téléphone portable de son sac et fronça les sourcils en regardant l'écran.

— Ne t'inquiète pas, j'ai apporté un chargeur, dit Adam.

Il enleva ses chaussures et remonta les oreillers d'un côté du lit, puis il s'allongea et appuya sur la touche de numérotation rapide du téléphone. Il lui fit un clin d'œil lorsque son collègue répondit.

Kay s'effondra dans un fauteuil et fit défiler le

répertoire de son téléphone jusqu'à ce qu'elle trouve le numéro qu'elle cherchait, en se demandant comment elle aurait fait face si elle avait été seule.

Le calme d'Adam l'enveloppa suffisamment pour qu'elle puisse se concentrer, du moins l'espace d'un instant.

Barnes décrocha dès la première sonnerie.

— Kay ?

— Salut.

— Qu'est-ce qui se passe ?

— Mon père a eu une crise cardiaque, mais il est en convalescence. Ils veulent lui poser un pacemaker.

Elle entendit le tremblement dans sa voix en parlant.

— Nous devons rester à Swindon ce week-end jusqu'à ce que nous sachions comment il va, donc—

— Pas de problème, l'interrompit Barnes. Toute l'équipe va travailler ce week-end comme tu l'as demandé, pour pouvoir faire avancer l'enquête.

Kay relâcha le souffle qu'elle retenait.

— Tu es un ange, Ian.

— Tu ferais la même chose pour moi. Tu veux une mise à jour rapide ?

— Oui, ce serait bien, merci.

Elle sourit. Son inspecteur aurait pu sembler brusque et efficace à n'importe qui d'autre, mais elle le connaissait trop bien et elle pouvait déceler l'émotion dans sa voix.

Il savait que la seule façon de l'empêcher de s'effondrer était de maintenir son esprit occupé, et tandis qu'il la mettait au courant de la fin du briefing qu'elle avait quitté si brusquement, ses pensées se tournèrent vers la gestion de l'enquête.

Elle savait que les prochaines vingt-quatre heures mettraient à l'épreuve toutes ses capacités de leader.

Elle devait faire confiance à son équipe ; elle devait apprendre à déléguer.

Elle aida Barnes à tracer une voie à suivre qui maintiendrait l'élan en son absence : évaluer chaque tâche, faire des suggestions sur le plan d'action qu'il proposait, et l'encourager là où elle sentait qu'il avait besoin d'être guidé.

Une fois tout cela fait, elle mit fin à l'appel, brancha son chargeur de téléphone à côté de la table de chevet et fit signe à Adam qu'elle allait prendre une douche.

Sa voix portait jusque dans la salle de bain alors qu'il discutait avec Scott des rendez-vous à annuler et des animaux qui avaient besoin d'une surveillance attentive. Des rires s'ensuivirent tandis qu'Adam écoutait son employé et Kay sourit en se déshabillant puis en se glissant sous les jets d'eau chaude.

Cependant, alors qu'elle laissait le stress des dernières heures se laver de sa peau, une mélancolie s'empara d'elle.

En dehors de sa vie personnelle et professionnelle, elle réalisa qu'elle n'avait rien.

Pas d'amis à appeler quand la vie lui jouait des tours. Personne en dehors de la police à qui elle pouvait parler de...

Elle se figea, les mains recouvertes de shampoing.

Parler de quoi ?

Elle vivait pour son travail. C'était pour cela qu'elle s'était jetée corps et âme pour prouver son innocence lorsqu'elle avait été mise en cause par une allégation des normes professionnelles. C'était pour cela qu'elle sacrifiait ses week-ends pour diriger des enquêtes majeures et donner l'exemple à ses jeunes collègues.

Le travail d'Adam impliquait aussi souvent des horaires impensables, et elle réalisa en commençant à frotter ses cheveux avec une vigueur renouvelée qu'ils vivaient tous les deux pour leur travail. Ils aimaient ce qu'ils faisaient, mais quel choix s'étaient-ils laissé ?

Un sentiment familier d'angoisse commença à lui serrer la poitrine et elle tendit la main vers le robinet et le referma d'un coup sec en s'enveloppant dans une grande serviette qu'elle noua sous ses bras.

Elle essuya la condensation qui s'accrochait au miroir, puis scruta le visage effrayé qui la regardait.

Et si quelque chose arrivait à Adam ?

Qu'est-ce qu'elle ferait ?

Vers qui pourrait-elle se tourner pour avoir du soutien ?

Elle renifla en essayant de chasser cette pensée. Elle se sécha et enfila des vêtements propres avant de rejoindre la chambre.

Adam termina son appel et croisa son regard, une expression circonspecte sur le visage.

— C'est dingue, Hunter. On ne peut pas continuer comme ça. Il faut qu'on apprenne à lâcher prise, non ?

Elle se mordit la lèvre, puis tendit la main vers la sienne sans savoir quoi lui répondre.

CHAPITRE 17

Kay sentit la main d'Adam se glisser autour de ses doigts alors qu'elle poussait la porte du service trente-six heures plus tard et avançait sur le sol carrelé vers un lit près de la fenêtre, séparé des autres occupants de la pièce par un rideau.

Son souffle se bloqua dans sa gorge lorsqu'elle jeta un coup d'œil autour du pied du lit.

Son père était assis droit, mais elle n'avait jamais vu son visage aussi pâle.

Sa crinière de cheveux blancs partait dans différentes directions et ses yeux témoignaient du combat que son corps avait mené ces trois derniers jours.

Pourtant, il parvint à esquisser un faible sourire à la vue de sa fille aînée.

— Ça doit être urgent si vous avez tous les deux réussi à vous esquiver du travail.

— Oh, Papa.

Kay se précipita vers lui et le serra contre elle.

— Tu nous as fait une de ces peurs.

Il la serra fort, puis l'écarta doucement pour serrer la main d'Adam.

— Comment allez-vous, Phil ?

— C'est douloureux. Comme si j'avais été piétiné par un cheval.

— Nous serions venus hier mais ils ont retardé ton opération et nous ont tenus à l'écart.

Le père de Kay haussa les épaules.

— Manque de personnel, apparemment. C'est comme ça.

Il leva la main et tapota le côté gauche de sa poitrine.

— J'ai un nouvel ami maintenant.

Il baissa le col de sa blouse d'hôpital et Kay grimaça à la vue des bandages qui couvraient sa poitrine et des ecchymoses violettes et jaunes qui couvraient son épaule.

— Ça va aller bien maintenant, n'est-ce pas ? parvint-elle à demander.

— Aussi bien que possible. Le chirurgien est passé il y a environ une demi-heure et il a dit que l'opération s'était bien passée. Ils vont me garder ici quelques jours pour s'assurer que je ne fais pas de bêtises.

Il tendit la main vers celle de sa fille.

— Je suis content que vous soyez venus tous les deux.

— Papa, nous n'aurions pu être nulle part ailleurs. Tu le sais bien.

— Je sais, mais je vais bien maintenant. Abby m'a dit que tu as une enquête pour meurtre ?

Kay hocha la tête.

— C'est vrai, mais j'ai une bonne équipe qui travaille avec moi. Ils ont la situation sous contrôle.

Son père sourit.

— Mais il y a une autre famille qui a besoin de toi maintenant, n'est-ce pas ? Une famille qui a besoin de réponses. Et c'est ce que tu fais de mieux, Kay.

Elle soupira.

— J'aimerais que Maman le voie comme ça.

— Ta mère ne comprendra jamais, ma grande. Ce n'est pas dans sa nature.

Il leva les yeux vers Adam qui se tenait au pied du lit.

— J'imagine que les choses sont aussi occupées à la clinique, n'est-ce pas ?

— Sous contrôle, Phil. Scott s'en sort sans moi.

— Il s'en sort, oui, mais ces gens dépendent de vous deux.

Le père de Kay changea de position, puis il leva la main alors que Kay s'approchait de lui.

— Ça va. Ça a l'air bien pire que ça ne l'est.

— Tu es en train de nous dire de déguerpir, Papa ?

Elle garda un ton léger, mais ne put cacher son froncement de sourcils. Il rit.

— Pas dans le mauvais sens, non. Mais regarde autour de toi, je reçois les meilleurs soins possibles, je suis hors de danger et dans deux ou trois jours, ils vont me mettre à la porte. Qu'est-ce que tu vas faire si tu restes dans les parages ? Tourne en rond en t'inquiétant de ce qui se passe à la maison ?

— Eh bien—

— Exactement.

Il inclina la tête en entendant des pas approcher et une voix parvint aux oreilles de Kay alors que ses yeux croisaient les siens.

— Et voilà ta mère. J'ai cru comprendre par ta sœur que les choses se sont un peu enflammées quand tu es arrivée l'autre soir ?

Kay se mordit la lèvre.

— On peut dire ça.

Son père lui tapota la main, puis fit un geste pour la chasser.

— Allez-y. Ça me fait plaisir de vous voir tous les deux et merci d'être venus. Mais je ne pense pas que l'infirmière en chef appréciera le feu d'artifice si ta mère et toi passez trop de temps ensemble.

— Tu es sûr, Papa ?

Il sourit.

— J'en suis sûr. Je t'appellerai la semaine prochaine.

KAY ÉTAIT d'humeur introspective alors qu'elle et Adam retournaient vers le Kent après un déjeuner rapide avec Abby et Silas.

Les mots de son père résonnaient dans sa tête ; il avait toujours été le plus compréhensif de ses parents, mais elle se demandait s'il savait à quel point ses observations étaient proches de la vérité.

Elle et Adam n'avaient pas arrêté de consulter leurs téléphones toute la journée de la veille, et elle avait presque été tentée d'utiliser le centre d'affaires du motel pour se connecter à un ordinateur et vérifier ses courriels.

Presque.

Un sourire ironique traversa ses lèvres en se rappelant leur conversation.

— À quoi tu penses ? demanda Adam avant de démarrer à un feu vert et de traverser le carrefour animé.

— Juste à ce que Papa nous a dit. Il a raison. Nous ne faisons rien d'autre *que* travailler. Nous ne sommes pas très doués pour déléguer non plus, n'est-ce pas ?

— Je pense qu'une fois que tu auras terminé cette enquête, nous devrions prendre des vacances, dit Adam. De vraies vacances. Je veux dire des semaines, pas des jours.

Kay retira ses chaussures et remua ses orteils.

— J'aimerais presque sentir le sable.

— Tu aimerais aller où ?

— N'importe où. De préférence un endroit sans réseau ni wifi.

Adam rit.

— Tu ne tiendrais pas trois jours sans réseau.

— Je suis prête à essayer.

— D'accord. Qu'est-ce que tu dirais d'un coin reculé de la Thaïlande ?

— Ça me semble bien. Nous ne sommes jamais allés en Asie.

Elle fronça les sourcils lorsque son téléphone commença à vibrer dans son sac et elle se pencha pour le sortir.

— Comme je l'ai dit, tu ne tiendrais pas, dit Adam.

— Très drôle.

Elle appuya sur le bouton « répondre ».

— Inspectrice principale Hunter.

— Chef, c'est Barnes. Je suis sur le point de partir pour la journée, alors j'ai pensé que tu aimerais avoir une mise à jour. J'ai Gavin avec moi en haut-parleur. Comment va ton père ?

— Il se remet, Ian, merci.

Kay changea de position sur son siège et regarda la campagne défiler.

— On lui a posé un pacemaker et les médecins sont satisfaits de l'opération. Il a besoin de beaucoup de repos et de convalescence. Il n'est pas encore tiré d'affaire. Comment vont les choses là-bas ?

Elle écouta Barnes lui faire un compte rendu des briefings qu'il avait donnés à l'équipe en son absence et des maigres informations qui avaient été révélées. Sa frustration était palpable face au manque de progrès.

— Il y a encore une chose, dit Barnes d'une voix hésitante.

— Quoi donc ?

— Simon Winter a appelé de la morgue de Darent Valley. Il a dit que Lucas avait réussi à rattraper son retard ces derniers jours et qu'il ferait l'autopsie de notre victime demain matin à la première heure. Je peux y aller, si tu veux. Tu ne sauras probablement pas comment va ton père avant un jour ou deux, n'est-ce pas ?

Kay jeta un coup d'œil à Adam qui se frottait les yeux en essayant de réprimer un bâillement alors qu'il se faufilait dans la circulation rapide.

— Écoute, dit-elle. Nous sommes en route pour le Kent maintenant, donc je vais assister à l'autopsie. Par contre, tu pourrais faire le briefing de demain matin à ma place ?

Adam lui jeta un regard en coin et leva les yeux au ciel.

Elle essaya de se défaire du sentiment de culpabilité à l'idée de reprendre l'enquête si tôt après le problème de santé de son père, et elle se concentra plutôt sur les tâches à accomplir. Malgré ce qu'elle avait dit à Adam quelques instants auparavant sur le fait de déléguer, en tant qu'inspectrice chargée de l'enquête, elle préférait assister à une autopsie simplement pour pouvoir écouter ce que le médecin légiste découvrait plutôt que de le lire dans un rapport. Elle avait appris de Sharp que c'était essentiel, même si toute la procédure pouvait être désagréable.

— Pas de problème pour le briefing, dit Barnes. Je pourrai te faire un compte rendu quand tu seras de retour ici.

— Super, merci.

Kay éleva la voix pour que l'enquêteur aux côtés de Barnes puisse mieux l'entendre par-dessus le bruit du moteur de la voiture :

— Gavin, c'est ton tour. Je te retrouve au poste à sept heures et ensuite on ira ensemble à la morgue.

L'enquêteur soupira.

— Je suppose que je ne prendrai pas de petit-déjeuner demain, alors.

CHAPITRE 18

Gavin serra la mâchoire en retrouvant Kay au poste de police le lendemain matin et il la suivit jusqu'à la voiture sans se plaindre, mais son teint resta blême pendant qu'ils roulaient sur la M20 en direction de l'hôpital.

Il avait toujours eu du mal à accepter le fait qu'assister à une autopsie était essentiel pour comprendre les blessures mortelles d'une victime afin de mener une enquête, et Kay s'était engagée à le guider dans ce processus autant que possible.

Cependant, elle ne pouvait rien faire pour calmer ses nerfs ou la nausée qui le secouait chaque fois qu'il devait y assister, et laisser Barnes accompagner le jeune détective à travers les portes du laboratoire où travaillait Lucas Anderson ne ferait que traumatiser davantage Gavin, elle en était certaine.

— Comment tu te sens ? demanda-t-elle en lui jetant un coup d'œil alors qu'ils marchaient sur l'asphalte vers les portes du bâtiment.

— Ça ne s'améliore pas avec le temps.

— Je me disais bien que tu étais un peu silencieux sur le trajet.

— Comment va ton père, si je peux me permettre ?

— Il nous a fait une sacrée frayeur, pour être honnête, répondit Kay, mais son médecin dit qu'il est fort et il devrait bien se rétablir avec le temps.

— C'est une excellente nouvelle, chef.

Gavin tint la porte ouverte et la suivit jusqu'au bureau de réception.

Kay fronça les sourcils en entendant le son de carillons éoliens tandis que Gavin griffonnait sa signature sous la sienne.

— De la musique de relaxation ? s'étonna-t-elle. Depuis quand est-ce que Lucas met ça ici ?

La réceptionniste d'une vingtaine d'années leva les yeux au ciel et reprit la feuille de présence des mains de Gavin.

— La semaine dernière. Je lui ai dit que ça ne

servait à rien, je veux dire, ce n'est pas comme si ça allait faire du bien à ses patients, n'est-ce pas ?

— Allons, allons.

Le médecin légiste du quartier général se tenait à la porte de la morgue, son masque baissé sur le cou et la bouche agitée d'un tic.

— Cela offre une introduction relaxante à tous ceux qui nous rendent visite.

— C'est ce que tu penses, dit Gavin d'une voix rauque. Mon dentiste a la même playlist. Je n'y retournerai plus jamais.

Kay rit et éloigna le jeune détective de la réception.

— Allons-y. Plus vite nous entendrons ce que Lucas a à nous dire, plus vite je pourrai te ramener au poste.

Elle fit signe au médecin légiste qu'ils seraient bientôt avec lui, puis elle se rendit dans le vestiaire des dames.

Elle rangea ses objets de valeur dans un casier et mit la clé dans sa poche, puis elle prit une nouvelle combinaison de protection dans un sac en plastique et l'enfila par-dessus son chemisier et son pantalon.

Elle fredonnait un air tout bas en s'habillant ; rien de reconnaissable, simplement quelque chose pour ne pas penser à ce qui pouvait l'attendre sur la table derrière les portes de la morgue.

En remettant ses bottines, elle ouvrit la porte et vit Gavin qui faisait les cent pas dans le couloir.

Il s'arrêta quand elle apparut et redressa les épaules.

— Prête ?

— Après toi.

La porte de la morgue s'ouvrit alors qu'ils approchaient et Simon Winter, l'assistant de Lucas, apparut.

— Vous arrivez au bon moment, dit-il, les yeux pâles sous une frange sombre. Nous avons presque terminé.

Il se mit de côté pour les laisser passer et Kay commença à respirer par petites bouffées pour atténuer l'odeur qui menaçait de la submerger.

— Par ici, venez, dit Lucas en leur faisant signe de s'approcher de la table d'examen.

Des lumières vives s'allumèrent au-dessus du cadavre rétréci allongé. Ses vêtements en lambeaux avaient déjà été retirés et mis dans un sac pour un examen plus approfondi par l'équipe de Harriet.

En s'approchant, Kay se souvint d'une exposition qu'elle avait vue au British Museum plusieurs années auparavant et elle se rappela la colère qui l'avait envahie alors que des foules se bousculaient pour dévisager un corps desséché.

Cela lui avait semblé si irrespectueux.

Son regard suivit les mouvements de Simon qui commençait à rassembler les sacs, puis elle se tourna vers le médecin légiste du quartier général.

— Je suppose qu'il n'y avait pas d'effets personnels cachés dans les coutures, rien pour nous dire qui il était ?

— J'ai bien peur que non. Aucun signe de bagues à ses doigts, rien dans ses poches, et aucune blessure antérieure à retracer dans les dossiers médicaux.

— Un vrai mystère, dit Gavin en remettant un tube de baume au menthol dans la poche de sa veste et en frottant son doigt au-dessus de sa lèvre supérieure.

— Malheureusement pour vous, oui, dit Lucas.

— Qu'est-ce que tu *peux* nous dire ? demanda Kay en réprimant un sentiment de désespoir qui lui rongeait les entrailles. Tu as sûrement quelque chose pour nous aider à travailler ?

— Attends. Je vais vous expliquer ce que je sais après mon examen et ensuite nous verrons ce qui manque.

Kay acquiesça et se força à se détendre. Lucas

avait raison, il n'y avait aucun sens à s'inquiéter tant qu'elle n'avait pas appris ce qu'il avait glané de l'autopsie.

Il lui fit signe de s'approcher de la table jusqu'à ce qu'elle et Gavin soient près de la tête de la victime.

— J'avais raison à propos du traumatisme crânien, dit-il en soutenant le crâne de l'homme tandis qu'il passait son petit doigt dessus. Ce n'est pas ce qui l'a tué.

Lucas se déplaça vers la gauche, puis tendit la main et souleva le bras de la victime pour tourner sa main jusqu'à ce que les bouts des doigts soient exposés.

— Tu as pu prendre des empreintes ? demanda Kay.

— Pas de cette main. Tu te souviens que j'ai dit sur la scène de crime que les bouts étaient lisses ?

— Quelqu'un au poste a suggéré qu'il pourrait avoir été guitariste, dit Gavin.

— Ce n'est pas une si mauvaise théorie.

— Mais ce n'est pas la bonne ? ajouta Kay.

— Non, je ne pense pas.

Lucas abaissa le bras de la victime et fit un geste vers les pieds de l'homme.

— Venez par ici.

Kay essaya d'ignorer la peau rétrécie qui couvrait le corps de l'homme et elle se concentra sur les os longs des orteils de l'homme alors qu'elle s'approchait.

— Qu'est-ce que je dois regarder ?

Lucas attendit qu'elle et Gavin soient à côté de lui, puis il pointa du doigt une marque noire difforme sur la plante du pied gauche.

Le front de Gavin se plissa.

— C'est un tatouage ?

Lucas parvint à sourire.

— Ce serait une première pour moi. Non, c'est une plaie. Une marque de brûlure.

Kay recula d'un pas.

— Pas d'empreintes digitales et une plaie sur le pied. Il a été électrocuté, n'est-ce pas ?

— Bien joué, Hunter. Oui, tu as raison.

— C'est ce qui l'a tué ?

Lucas se pencha et tira un drap coloré sur les restes momifiés, laissant uniquement la tête exposée.

— Oui. J'en suis sûr à quatre-vingt-dix pour cent.

— Et il a eu la fracture à l'arrière de la tête après ? demanda Gavin.

Il fit un geste vers la forme desséchée, les orbites vides pâles sous les lumières du laboratoire.

— Je veux dire, quand il était déjà mort ?

— Je pense que oui, répondit Lucas.

Il tira le drap sur le visage de la victime et commença à retirer ses gants.

Kay expira.

— Alors, tu as obtenu des empreintes digitales de sa main droite ?

— Je t'ai envoyé les résultats par courriel et j'ai mis l'agent qui s'occupe des preuves en copie.

— Fantastique, merci.

— Ce bâtiment grouillait d'entrepreneurs et d'agents de sécurité pendant les travaux de réaménagement, alors pourquoi personne ne l'a signalé ? demanda Gavin.

— Les poseurs de moquette ont mentionné à Hughes dans leurs déclarations initiales qu'ils avaient été retardés un matin parce que l'électricité était coupée dans le bâtiment, répondit Kay. Peut-être que notre victime ici a été électrocutée et que quelqu'un d'autre a caché son corps pour dissimuler le fait qu'ils étaient là.

— Mais John Brancourt dit qu'il a employé Sutton Site Security pour surveiller l'endroit après qu'ils l'ont menacé.

Le regard de Kay revint vers la forme sous le drap et un frisson parcourut ses épaules.

— Eh bien, il n'a pas fini dans ce trou de son

plein gré, Gav. Quelqu'un était là quand il est mort et sait ce qui lui est arrivé. Tout ce que nous avons à faire, c'est de découvrir de qui il s'agit.

CHAPITRE 19

De retour au poste de police sur Palace Avenue, Kay décida d'interroger Tom Walsh, le superviseur des poseurs de moquette.

Carys avait réussi à localiser les deux poseurs de moquette avant qu'ils n'atteignent le pub après avoir terminé tôt sur un chantier où ils travaillaient dans le village de Leeds, et maintenant ils attendaient dans des salles d'interrogatoire séparées pendant que Kay et Gavin faisaient face à leur chef de l'autre côté de la table dans la salle d'interrogatoire numéro trois.

— Merci d'être venu, dit Kay. Pour commencer, est-ce que vous pourriez nous parler de votre travail ?

L'homme de quarante-neuf ans tira sur son col, ajusta une cigarette à moitié fumée derrière son oreille, puis croisa les bras sur la table.

— Je travaille pour l'entreprise de revêtement de sol depuis environ quinze ans, commença-t-il. J'ai gravi les échelons et j'ai ensuite commencé à former les apprentis. Il y a environ huit ans, on m'a fait superviser certains des plus gros chantiers. Ceux pour des clients d'entreprises comme Hill qui compensaient les creux du travail chez des particuliers.

— Ça vous plaît ?

Il haussa les épaules.

— C'est pas mal, je suppose.

— Comment est-ce que vous avez obtenu le contrat dans le bâtiment Petersham cet été ?

— Nous avions déjà travaillé pour John Brancourt auparavant, répondit-il, donc nous n'avons pas eu à postuler. Il a obtenu la permission du propriétaire, Hill, de nous employer sur la base des précédents travaux. Donc, une fois que notre équipe commerciale avait noté les préférences de Hill pour les moquettes et la sous-couche, il a passé la commande et ensuite Brancourt lui a dit quand nous devions y être. Vous savez, conformément au calendrier du projet.

— Combien de temps avez-vous passé sur le site ?

— Quelques jours pour commencer, pour m'assurer que les gars allaient bien. Parfois, vous arrivez à un endroit et les mesures n'ont pas été prises correctement ou le client a changé d'avis pendant les travaux, donc vous arrivez et tous les angles sont faux. Heureusement, cette fois-là il fallait juste vérifier les mesures et ensuite laisser les gars s'en occuper. Après ça, je suis revenu une fois par semaine jusqu'à ce que les travaux soient terminés.

— Comment est John Brancourt ?

— C'est un type bien. De la vieille école, si vous voyez ce que je veux dire. Il fait du bon boulot, il nous fait confiance et il répond aux appels de Hill.

— Oh ? Alexander Hill a tendance à causer des problèmes ?

— Non, je n'ai pas dit ça. C'est juste un de ces types qui doit toujours savoir ce qui se passe. Il aime garder un œil sur les choses sur le site. Il n'aime pas quand le calendrier prend du retard. C'est son investissement, après tout.

— Est-ce qu'il a déjà été agressif d'une quelconque manière envers vous ou vos hommes ?

— Mon Dieu, non.

Sa bouche se tordit.

— Il y avait suffisamment de clauses dans le contrat qui pouvaient nous nuire si les choses tournaient mal. Il n'aurait jamais eu à lever le petit doigt.

Kay termina l'entretien, puis alla vers la salle

suivante et fit signe à Gavin de commencer la prochaine série de questions avec Michael Blake.

Blake était affalé sur son siège quand ils entrèrent, mais il se redressa rapidement, une expression interrogative sur le visage.

— Tout ce que je peux faire pour aider, dit-il alors que Gavin finissait de lire l'avertissement formel d'entretien. Vraiment tout.

— Qui vous attribuait le travail quotidiennement ? demanda Gavin.

— Notre superviseur, Tom, répondit Michael. Nous avions une rapide discussion sur place avec lui quand nous arrivions chaque matin, pour nous assurer qu'il n'y avait pas de problèmes de la veille ou pour savoir s'il y avait des changements dans les pièces où nous devions travailler.

Kay ouvrit le dossier devant elle et fit glisser une page à travers la table vers le poseur de moquette.

— Voici la feuille de travail quotidienne que vous avez fournie le jour où la sous-couche dans le bureau au-dessus de l'espace de pause a été posée, mais où les moquettes ne pouvaient pas être posées parce que l'électricité était coupée. Que s'est-il passé ?

Michael jeta un coup d'œil à la feuille de travail avant de la repousser vers elle.

— Ça arrive parfois, des retards mineurs. Rien

d'inquiétant en ce qui concerne le contrat parce que nous sommes simplement allés travailler dans une autre pièce du bâtiment ce jour-là. L'électricité était rétablie dans les vingt-quatre heures. C'était juste un vieux disjoncteur défectueux qui avait sauté dans le boîtier de fusibles principaux, mais il a fallu un moment pour trouver un électricien disponible pour revenir sur le site.

— Quand vous êtes retourné travailler dans le bureau au-dessus de la zone de cuisine, est-ce que vous avez vu ou peut-être ressenti quelque chose d'inhabituel ?

Michael frissonna.

— Non, et ça me donne la chair de poule de penser qu'on travaillait juste au-dessus de l'endroit où il était.

— Est-ce que la sous-couche semblait avoir été dérangée d'une quelconque façon ?

— Non, c'est justement ça. On l'avait fixée deux jours avant, et je l'aurais remarqué si quelque chose n'allait pas. C'est le truc avec les vieux bâtiments, vous voyez, on s'attend à ce que les sols soient irréguliers. Dans cet endroit, ils avaient redessiné l'intérieur, donc le sol d'origine avait été arraché. Le nouveau était parfait. C'était l'un des chantiers les plus faciles sur lesquels j'ai travaillé dans le coin.

— Vous avez déclaré dans votre déposition initiale que vous aviez terminé de travailler dans cette pièce et dans les bureaux en dessous quelques jours plus tard, dit Kay en lisant le texte photocopié qu'elle tenait. Est-ce que vous avez remarqué des odeurs inhabituelles pendant que vous travailliez ?

Michael secoua la tête.

— J'y ai réfléchi depuis que le flic m'a posé la question plus tôt cette semaine. Il n'y avait rien. Je veux dire, quelque chose comme ça, ça doit puer, non ?

Un autre frisson parcourut les épaules de l'homme et Kay ressentit un élan de sympathie pour lui.

Sans aucun doute, depuis que la nouvelle était tombée, lui et son collègue avaient fait leur liste de « si ». Son horreur semblait certainement réelle.

Estimant qu'elle ne pourrait en apprendre davantage de Michael Blake, Kay mit fin à l'entretien, le remercia pour son temps et laissa Gavin le raccompagner jusqu'à l'accueil.

Lorsque l'enquêteur revint, il s'assit en face d'elle avec un long soupir.

— Alors, qu'est-ce que tu en penses, chef ?

Kay ferma le dossier et posa ses mains dessus.

— Nous allons parler à l'autre poseur de moquette,

Andy James, pour boucler cette piste, mais je ne pense pas que nous allons apprendre quoi que ce soit de nouveau, dit-elle. Celui qui a caché le corps de notre victime dans le trou savait ce qu'il faisait et, même s'il ne le savait pas, d'après la description de Michael sur l'état du nouveau revêtement de sol, il n'avait pas besoin d'être un expert pour refixer la sous-couche après coup. Je vais vérifier auprès de Harriet et de son équipe, mais je parie que la composition de la sous-couche a masqué toute odeur de décomposition et ensuite, comme l'a dit Lucas, la nature a suivi son cours et le corps s'est momifié relativement rapidement.

— Tu ne soupçonnes donc pas Michael ou son collègue ?

— Non.

Kay tapota le dossier du doigt.

— Tout ce qu'il nous a dit correspond aux feuilles de travail dans le dossier. À moins qu'Andy James ne nous dise le contraire, je ne pense pas que ces hommes aient quoi que ce soit à voir avec notre victime. Et nous devons surveiller Alexander Hill. Jette un œil aux documents et vois si nous avons une copie du contrat des poseurs de moquette. Découvre à quel point Hill pourrait leur nuire s'ils ne terminaient pas dans les temps.

Kay repoussa sa chaise et se leva en glissant le dossier sous son bras.

— Bien… où est Andy ?

— Dans la pièce d'à côté.

— Apporte-lui un café, Gav, il attend depuis un moment.

— Ok, chef.

CHAPITRE 20

Lorsqu'ils étaient revenus dans la salle des opérations, le teint blafard que Gavin arborait toute la journée avait disparu et le jeune enquêteur engloutissait un hamburger double tandis que Kay lui tenait la porte ouverte.

— Bon sang, on dirait un fou de la bouffe, dit Barnes en tendant une liasse de documents à Kay alors qu'elle passait devant sa chaise.

— Tu m'en diras tant. C'est le deuxième qu'il mange, dit-elle. La cantine va être à court à ce rythme-là.

— Je n'ai pas pris de petit-déjeuner, chef, tu te souviens ? dit Gavin entre deux bouchées.

Il avala.

— Je ne sais pas comment vous faites, vous autres.

Barnes fit un clin d'œil à Kay.

— Je pense qu'il devrait y aller à chaque fois pour s'endurcir.

Gavin se figea, le hamburger à mi-chemin de sa bouche.

— Tu plaisantes.

— Il plaisante. On se relaie.

Kay pointa du doigt Barnes.

— Et c'est ton tour la prochaine fois.

Barnes poussa un gémissement théâtral, puis désigna le rapport dans sa main alors qu'elle s'asseyait.

— Carys a quelques personnes qui travaillent sur les empreintes digitales que Lucas a envoyées avec son rapport. Je crois comprendre que ça aurait pu être une mort accidentelle ?

— Peut-être. Mais ce qui est sûr, c'est que la dissimulation n'était pas accidentelle, dit Kay.

Carys les rejoignit, puis fit circuler un paquet de biscuits et leva les yeux au ciel lorsque Gavin en prit trois.

— Nous avons commencé la recherche dans la base de données pour les empreintes digitales de notre victime, dit-elle. Nous nous concentrons d'abord sur l'ouest du Kent, et ensuite nous élargirons la recherche si nous ne trouvons rien.

— Élargis la recherche au Sussex, au Surrey et au grand Londres si ça ne donne rien, dit Kay. Si ça ne donne toujours pas de résultats, nous allons peut-être devoir envisager de faire une demande à Interpol.

— Je n'avais même pas pensé au fait qu'il pourrait ne pas être britannique, dit Gavin.

— J'ai préparé les documents, dit Carys. Il ne manque que ta signature, chef, si nous voulons aller de l'avant. Un avertissement cependant, j'ai entendu dire qu'il y a au moins quatre semaines de délai pour obtenir des résultats.

— Ok, merci, dit Kay. J'imagine qu'on croise les doigts pour qu'il soit du coin. Comment s'en sont sortis les agents en uniforme ce matin pour interroger les anciens locataires du bâtiment ? Quelque chose d'intéressant ?

Carys fronça le nez.

— Pas vraiment. Quelques employés de l'agence pour les licences équines étaient un peu énervés d'avoir perdu leur emploi parce que le propriétaire a déménagé hors de la région, et comme les employés étaient en contrat temporaire, ils n'ont pas été indemnisés. Mais je ne pense pas qu'ils aient quoi que ce soit à voir avec la dissimulation de ce corps. La femme qui possède la boutique travaille maintenant de chez elle et gère une entreprise de vente à domicile et elle a dit à Hughes et Parker qu'elle n'avait jamais été aussi heureuse parce qu'elle n'a plus à traiter avec le public en face à face.

— On dirait que les travaux de construction n'ont pas froissé grand monde, alors.

— Oh, je ne dirais pas ça, dit Carys. Il y a eu quelques petites manifestations au moment des différents travaux de réaménagement en ville, rien n'est remonté jusqu'ici parce que les agents en uniforme s'en sont occupés et il n'y a eu que quelques infractions mineures. C'est juste que je ne trouve rien dans les dépositions qui suggère que quelqu'un à qui les agents en uniforme ont parlé avait un mobile pour tuer ou cacher notre victime.

— Et l'ADN ? demanda Kay. Est-ce que quelqu'un a commencé à se coordonner avec le service des personnes disparues pour voir si nous avons une correspondance ?

— Nous avons commencé en même temps que le recoupement des empreintes digitales, répondit Barnes. Bien sûr, si notre victime a été adoptée—

— Alors c'est une tâche inutile, termina Kay. Oui, je sais, mais nous devons tout vérifier.

— Quelqu'un doit sûrement le chercher, dit Gavin. Je veux dire, il est dans ce plafond depuis quoi... cinq ou six mois au moins ?

— Six mois et demi, répondit Carys.

Elle se dirigea vers son bureau et revint avec une copie d'une facture.

— Voici une copie de la facture finale des poseurs de moquette datée de mi-juillet que Tom Walsh m'a donnée. Ils avaient fini la semaine précédente.

— Et personne n'a signalé de signe de perturbation dans cette moquette, donc il a définitivement été placé dans le sol avant qu'elle ne soit posée, dit Kay.

Elle ramassa une photographie du corps momifié parmi les papiers que Carys lui avait donnés.

— Pauvre bougre. Électrocuté, puis fourré dans un trou du bâtiment.

Elle soupira et rendit la photographie et les documents à Carys, puis elle passa sa main dans ses cheveux et jeta un regard noir au tableau blanc de l'autre côté de la pièce, qui représentait la chronologie des événements connus à ce jour.

— Très bien. Contacte John Brancourt et planifie

un entretien avec lui cet après-midi si possible. Demain matin au plus tard, peu importe où il est ou ce qu'il fait, je veux lui parler.

— Chef, je pense que tu devrais voir ça d'abord.

Phillip Parker se précipita entre les bureaux vers elle et lui tendit une page encore chaude sortie de l'imprimante.

Elle la prit sans un mot et son front se plissa tandis qu'elle parcourait les lignes de texte sur la page. Elle laissa échapper un hoquet en lisant les derniers mots.

— Merde.

— Qu'est-ce que c'est ? demanda Carys.

— Les résultats des empreintes digitales.

Kay retourna la page et la tint de façon à ce que Barnes et Carys puissent la lire, puis elle leva les yeux vers Parker qui se tenait là, le visage impatient.

— Tu es absolument sûr de ça ? Il n'y a pas d'erreur ?

— Pas d'erreur, chef. Je l'ai fait vérifier par le sergent Hughes.

— Qu'est-ce qui se passe ?

Gavin repoussa sa chaise.

— Qu'est-ce que c'est ?

— Les empreintes digitales correspondent à celles

de Damien Brancourt, dit Kay en lui tendant le rapport.

Elle le dépassa et attrapa sa veste sur le dossier de sa chaise.

— Barnes, avec moi. Nous ferions mieux d'aller annoncer la nouvelle à John Brancourt et à sa femme.

CHAPITRE 21

— Que diable faisait Damien Brancourt à une manifestation il y a douze mois ?

Barnes retourna la page photocopiée de la fiche d'inculpation originale tandis que Kay mettait son clignotant à droite et s'engageait dans une ruelle étroite hors de Loose Road.

— Il devait avoir quoi... vingt-trois ? Vingt-quatre ans ?

Il plia la page et la fourra dans la poche intérieure de sa veste.

— Assez âgé pour savoir ce qu'il faisait, en tout cas.

— Tu ne trouves pas étrange qu'il ait participé à une manifestation contre les travaux de réaménagement ? demanda Kay. Surtout que son père gérait le projet de rénovation du bâtiment de la banque ?

— Tu penses qu'il l'a fait juste pour contrarier son père ?

— Peut-être. C'est quelque chose à garder à l'esprit. Je suppose qu'il n'a pas été condamné ?

— Non.

— Il a eu des problèmes après ça ?

— Non. Pas jusqu'à ce qu'il soit retrouvé mort, en tout cas.

— Rappelle-moi de demander à Carys de passer en revue les dossiers et de voir qui d'autre a été arrêté avec lui. J'aimerais entendre ce qu'ils ont à dire.

Barnes ouvrit son carnet et griffonna sur la page, avant de le refermer d'un coup sec et de pointer du doigt à travers le pare-brise une grange convertie qui apparut au détour d'un virage.

— C'est ici.

— Très joli, en effet, murmura Kay en conduisant entre deux piliers de briques avant de freiner devant un ensemble de baies vitrées.

Elle tendit le cou en sortant de la voiture et en marchant sur le gravier vers une porte d'entrée en chêne, mais elle réalisa rapidement que des vitres teintées avaient été installées dans les cadres.

Elle vérifia que Barnes était prêt, elle tendit la

main et appuya sur un bouton à gauche des doubles portes, où elle remarqua une petite caméra encastrée dans le mur juste au-dessus.

Elle garda un visage impassible, puis se retourna vers Barnes.

— C'est l'un de ces dispositifs de sécurité qu'on peut relier à son téléphone portable. Ils ne sont peut-être pas—

Kay se tut lorsqu'un mécanisme de verrouillage fut libéré, puis un côté des portes s'ouvrit vers l'intérieur et une femme en jean bleu foncé et chemisier noir apparut, l'air perplexe.

— Oui ? Que voulez-vous ?

Kay brandit sa carte de police.

— Madame Brancourt ? Je suis l'inspectrice principale Kay Hunter. Est-ce que nous pourrions vous parler, à vous et à votre mari ?

La femme examina la carte à travers ses lunettes, puis s'appuya contre la porte.

— De quoi est-ce qu'il s'agit ?

— Votre mari est là, madame Brancourt ?

Barnes fit un pas en avant, sa voix calme.

— Nous aimerions vous parler à tous les deux, s'il vous plaît.

La femme soupira, puis ouvrit la porte.

— Entrez, alors.

Kay s'essuya les pieds sur le paillasson et la suivit sur les dalles d'ardoise.

À sa droite, un escalier en bois menait à une galerie de ménestrel qui surplombait le hall d'entrée, tandis qu'à sa gauche une grande cheminée brillait d'un tas de bûches qui flambaient derrière une vitre. La chaleur l'enveloppa lorsqu'elle passa, lui donnant envie de rester dans le hall.

— Qui est-ce, Annabelle ?

La voix de John Brancourt résonna depuis le fond du couloir et sa femme fit signe à Kay et à Barnes de la suivre à travers une porte qui menait à une grande cuisine sur mesure.

À une extrémité, une cuisinière moderne brillait dans un renfoncement en brique. Les meubles environnants avaient été laissés dans leurs couleurs naturelles, égayant les murs tandis qu'une grande table occupait l'extrémité opposée de la pièce, un canapé élimé à côté lui conférait un charme rustique.

Une chaise racla sur le carrelage lorsque John Brancourt se leva de l'endroit où il travaillait sur un ordinateur portable à la table. Ce faisant, l'attention de Kay fut attirée par un Border Collie qui leva la tête sur le canapé. Il cligna des yeux puis les ferma à nouveau lorsque John Brancourt lui murmura un ordre.

Kay lui serra la main, puis fit un geste vers la table.

— Cela vous dérange si nous nous asseyons tous ?

Elle vit Annabelle échanger un regard avec son mari, mais aucun d'eux ne protesta. Au lieu de cela, Annabelle s'éclaircit la gorge.

— Je peux vous offrir du thé ou un verre d'eau ?

— Ce ne sera pas nécessaire, merci.

John Brancourt retourna à son ordinateur portable, le ferma et poussa des feuilles sur le côté avant de s'asseoir, et Annabelle le rejoignit.

Kay choisit un siège en diagonale face à eux et Barnes s'installa à sa gauche.

Il sortit son carnet, fit sortir la pointe de son stylo à bille, puis Kay croisa les mains et se pencha vers les Brancourt.

— Monsieur et madame Brancourt, comme vous le savez, le corps d'un homme d'une vingtaine d'années a été découvert dans le plafond du bâtiment Petersham sur High Street à Maidstone. Je suis désolée de devoir vous l'annoncer, mais après une analyse des empreintes digitales, nous avons des raisons de croire que le corps trouvé est celui de votre fils, Damien.

Un silence s'installa dans la cuisine, puis, à la surprise de Kay, les traits de John se fendirent d'un sourire.

Confuse, elle ouvrit la bouche pour parler mais il agita la main pour l'arrêter.

— Ça ne peut pas être Damien, expliqua-t-il, il est au Népal depuis fin juin.

Kay échangea un regard avec Barnes, puis se retourna vers les Brancourt.

— Vous en êtes sûrs ?

— Évidemment.

Le front d'Annabelle se plissa.

— Est-ce que vous vous rappelez la date de son départ ?

— Le vingt-huit, répondit John. Il avait un vol tôt le matin ce jour-là, alors il est monté à Heathrow la veille au soir. Je l'ai déposé à la gare après le dîner.

— Est-ce qu'il semblait préoccupé par quoi que ce soit dans les semaines précédant son voyage ? demanda Barnes.

Annabelle sourit.

— Pas du tout. Il était content d'avoir terminé son diplôme, je pense qu'il a eu du mal avec la dernière année et il voulait faire une pause avant de trouver un emploi.

— Qu'est-ce qu'il étudiait ? demanda Kay.

— Le commerce, avec une spécialisation en gestion de projet, répondit John.

Annabelle tendit la main vers celle de son mari et la serra.

— Il va suivre les traces de John.

— Vous avez eu de ses nouvelles depuis son départ ? insista Kay.

— Non, mais il n'y a rien de surprenant, dit John. Il fait du bénévolat pour aider à reconstruire les zones touchées par le tremblement de terre, donc les canaux de communication sont coupés.

— Il ne vous a pas fait savoir qu'il était arrivé ?

— Il a vingt-quatre ans, détective. Vingt-cinq en juillet. Il peut se débrouiller tout seul.

— Combien de temps va durer son voyage ? demanda Barnes.

— Il doit revenir à temps pour Pâques, répondit Annabelle. Le dix-sept avril, pour être exacte. À moins que son vol ne soit retardé bien sûr.

— Pour en revenir à sa dernière année d'université, reprit Kay. Vous dites qu'il a eu du mal avec ses études. Est-ce qu'il y a une chance que cela soit lié à son arrestation lors d'une manifestation il y a douze mois ? C'est comme ça que ses empreintes digitales ont été enregistrées dans notre base de données puis analysées.

— Quel idiot, dit John en secouant la tête. Il aurait dû savoir à quoi s'en tenir.

— C'est à cause d'une fille à l'université, dit Annabelle. Une mauvaise influence. Toujours à se plaindre de quelque chose, il faut sauver ceci, sauver cela. C'était son idée de participer à une manifestation contre les travaux en cours dans la ville. En fait, je pense qu'elle a peut-être eu quelque chose à voir avec l'organisation de la manifestation. Damien s'est retrouvé dans une sorte de bagarre devant un bâtiment en rénovation près de la rivière.

— Nous avons vu la fiche d'accusation, dit Barnes. Damien a menacé un ouvrier du chantier et a été vu par un policier. Si vous étiez impliqué dans les travaux de réaménagement en ville, pourquoi votre fils menacerait-il directement quelqu'un employé pour garder un bâtiment similaire pendant les travaux en cours ?

John soupira.

— Je n'en ai aucune idée. Je n'ai rien vu. Damien connaissait des gens qui travaillaient sur les différents projets dans la région, alors il a peut-être vu quelque chose, je suppose.

Il haussa les épaules.

— Peut-être que c'était l'objet de l'altercation. Damien n'en a jamais reparlé par la suite. Dieu merci, vos hommes ont jugé bon de ne lui donner qu'un avertissement sévère et rien d'autre.

— Nous allons avoir besoin du nom de la fille, dit Kay.

— Julie Rowe, répondit Annabelle. Elle vit avec sa mère du côté d'East Malling.

— Merci.

Kay sortit un kit ADN de son sac à main et leva à nouveau les yeux vers John.

— J'aimerais prélever un échantillon sur vous pour que notre médecin légiste puisse tester les résultats avec ceux que nous avons pour notre victime. Est-ce que vous acceptez ?

— Bien sûr. Mais je vous le dis, ce n'est pas Damien. Il doit y avoir une erreur dans votre système.

Kay effectua le test après avoir mis des gants et utilisé un petit écouvillon pour essuyer l'intérieur de la bouche de John avant de sceller l'échantillon et d'écrire sur l'étiquette.

Elle prit son sac à main et y laissa tomber le kit, puis elle remercia les Brancourt.

— Je vous contacterai avec les résultats, quels qu'ils soient, dit-elle alors qu'Annabelle les conduisait vers la porte d'entrée. Et s'il vous plaît, si Damien vous contacte, faites-le-nous savoir ?

— Bien sûr, répondit John. Mais comme Annabelle l'a dit, nous ne nous attendons pas à avoir de ses nouvelles avant la mi-avril, quand il sera de retour à Katmandou.

— Merci.

Kay suivit Barnes jusqu'à la voiture et la porte d'entrée se referma alors qu'elle atteignait le véhicule.

Elle s'arrêta à côté.

— Ian, il n'y a pas une sorte d'erreur dans le système, n'est-ce pas ?

— Hughes a vérifié, mais écoute, peut-être qu'il y en a une. Au moins, nous avons un échantillon de l'ADN de John qui va le confirmer une fois pour toutes quand nous aurons les résultats.

Barnes prit les clés de sa main et fit un geste vers le siège passager.

— Monte.

— Sachant que les Brancourt sont persuadés que leur fils est au Népal, il va encore falloir attendre la semaine prochaine avant que Lucas ne puisse nous donner des résultats de ce prélèvement ADN, dit-elle en fermant la portière côté passager et en bouclant sa ceinture de sécurité. En attendant, on va se renseigner sur cette manifestation.

— Tu penses que ça pourrait être lié à la mort de notre victime ?

Kay soupira.

— Pour l'instant, Barnes, je n'en ai aucune idée, mais ça vaut le coup d'essayer.

CHAPITRE 22

Le lendemain matin, Kay entra tôt dans le commissariat au même moment que Carys. La jeune enquêteuse dénoua l'écharpe autour de son cou alors qu'elle suivait Kay à travers la porte d'entrée. Elle souffla sur ses doigts pour les réchauffer.

Kay avait fait un compte rendu à l'équipe à son retour de la maison des Brancourt avec Barnes, puis elle avait travaillé avec Debbie pour organiser le planning du personnel. Elle s'était assurée que chaque membre de son équipe ait un jour de congé, mais elle savait qu'elle-même ne se reposerait pas tant que l'enquête ne serait pas terminée. Elle serait au travail chaque matin sans faute, à diriger son équipe jusqu'à ce qu'elle obtienne justice pour leur victime.

Alors que Carys lui tenait la porte, Kay regarda les rangées de bureaux et s'arrêta net.

Sa surprise fut rapidement suivie d'un sentiment de fierté lorsqu'elle réalisa que tous les membres de son équipe avaient ignoré le planning et qu'ils étaient présent, en train de répondre au téléphone et de s'appeler à travers la pièce avec des expressions tout aussi déterminées que la sienne.

— Bonjour, chef, dit Gavin alors qu'elle arrivait à son bureau et accrochait son manteau à un crochet derrière la porte du bureau du commandant divisionnaire Sharp.

— Bonjour. Alors, quand est-ce que vous comptiez me dire que le nouveau planning était une perte de temps ? demanda-t-elle, incapable de retenir son sourire.

— On pensait que ce serait une belle surprise, répondit Barnes.

Il posa son téléphone portable sur le bureau à côté de sa tasse de café et poussa un sac en papier vers elle en pointant celui-ci et le gobelet de café à emporter à côté de son ordinateur.

— Voilà des croissants. Je me suis dit que tu n'aurais pas pris de petit déjeuner.

— Merci, Ian.

Elle ouvrit le sac, en sortit la viennoiserie encore

chaude, et en arracha un coin pour la manger tout en se dirigeant vers le tableau blanc, enveloppée par le bourdonnement d'activité.

Il était inutile d'avoir une réunion préparatoire ce matin ; toutes les tâches avaient été assignées la veille à travers un mélange de rapports extraits de HOLMES et des propres exigences de Kay en tant que responsable de l'enquête.

Au lieu de cela, elle laissa son esprit vagabonder en examinant les informations mises à jour qu'elle avait ajoutées l'après-midi précédent. Elle passa un œil critique sur l'enquête à ce jour et réfléchit à ses options pour progresser.

Il était impératif qu'elle maintienne l'énergie de l'équipe concentrée et en état d'alerte face à tout ce qui pourrait les aider à déduire quelle était l'implication de Damien Brancourt dans le réaménagement du bâtiment Petersham – si leur victime était effectivement le fils du chef de projet.

La rencontre de la veille avec John et Annabelle Brancourt l'avait mise mal à l'aise, et avait remis en question ses propres affirmations sur l'identité de la victime.

Kay finit le croissant en retournant à son bureau.

— Ian, en attendant que les résultats ADN nous parviennent, on va travailler sur l'hypothèse que les

Brancourt ont raison et que nous avons tort. Vérifie à nouveau leur histoire sur le voyage de Damien au Népal. Est-ce que nous avons reçu quelque chose du quartier général, Harry ?

Le sergent Davis se détourna du photocopieur et secoua la tête.

— Non, chef. J'ai contacté quelqu'un là-bas tard hier, mais elle m'a dit qu'ils manquent de personnel cette semaine. Il est peu probable que j'obtienne une réponse avant lundi.

— Qu'en est-il des images de vidéosurveillance de Heathrow ?

— Nous avons fait une demande auprès de l'agence des frontières du Royaume-Uni, dit Gavin. Je vais les rappeler dans une heure pour les relancer. Dès que quelque chose nous parviendra, je le transmettrai à Andy Grey au quartier général.

— Merci.

Kay écouta Gavin expliquer qu'il avait parlé à l'expert en décryptage numérique la veille, et que l'homme avait offert les services de deux de ses collaborateurs, conscient de l'urgence pour Kay et son équipe.

— Qu'en est-il des informations liées à son passeport ?

— Nous attendons toujours, répondit Barnes. J'ai

demandé les documents pour prouver sa date de départ. Annabelle Brancourt ne se souvenait pas de la compagnie aérienne ou de l'agence de voyage que Damien a utilisée pour prendre son vol, donc nous n'avons aucune information à ce sujet. Si l'agence des frontières peut obtenir les données de son passeport, nous pourrons peut-être remonter à partir de là.

— Appelle aussi le consulat britannique au Népal, Ian. Si Damien était censé faire du bénévolat dans des communautés touchées par le tremblement de terre, il s'est peut-être enregistré auprès d'eux en cas d'urgence. Autant traiter cela des deux côtés de son voyage. Dieu sait quand l'agence des frontières va nous répondre étant donné leur charge de travail ces jours-ci.

— Bonne idée, je m'en occupe.

Barnes griffonna dans son carnet.

— J'ai réussi à joindre Amanda Miller avant ton arrivée, c'est l'une des inspectrices financières basées au quartier général. Elle sera là demain pour commencer l'enquête sur Sutton Site Security afin que nous puissions savoir s'il y a du vrai dans les accusations d'Alexander Hill et John Brancourt.

— C'est parfait, merci. Plus tôt elle pourra nous fournir des orientations, mieux ce sera.

Kay appela Carys et attendit que l'enquêteuse s'approche.

— Tu peux passer en revue les dossiers avec Debbie et découvrir qui a été arrêté aux côtés de Damien lors de la manifestation étudiante ? J'aimerais les interroger dès que possible pour entendre ce qu'ils ont à dire, en particulier une jeune femme nommée Julie Rowe. Selon Annabelle Brancourt, c'est à cause d'elle que Damien s'est attiré des ennuis.

— Pas de problème, dit Carys. Tu veux assister à tous les entretiens ?

— Non, c'est bon, faites-les ensemble, Debbie et toi. Je ne participerai qu'à celui de Julie avec toi.

Carys hocha la tête et retourna vers son bureau en s'arrêtant pour parler à Debbie qui rechargeait les imprimantes.

Kay se détourna des deux femmes et rapprocha sa chaise de son écran d'ordinateur. Elle remua sa souris pour réveiller l'écran, puis elle parcourut du regard la liste des courriels arrivés ce matin-là.

Elle réprima un gémissement – elle s'habituait progressivement à la charge de travail accrue qui occupait une grande partie de son rôle quotidien, et elle avait mis au point un système pour donner la priorité à ce qu'elle devait faire et déléguer le reste.

Elle but une grande gorgée de café, fit craquer ses doigts et se plongea dans son travail.

Elle lui avait pris la joue que déjà il reprenait sa douloureuse litanie. Dans son reflet, l'

CHAPITRE 23

Douze heures plus tard, Kay baissa le sèche-cheveux, tous ses sens en alerte, puis elle le laissa tomber sur la couette et se précipita sur son téléphone portable lorsqu'elle entendit la sonnerie, pour voir un numéro inconnu affiché à l'écran.

— Allô ?

Il y eut un silence.

C'était bien beau de distribuer ses cartes de visite pendant une enquête, mais cela signifiait parfois qu'un personnage peu recommandable trouvait son numéro, alors elle retint son souffle. Les plaisanteries échangées autour d'un souper de fish and chips qu'elle avait partagé avec son équipe à la fin d'une longue journée devinrent un lointain souvenir tandis qu'elle attendait une avalanche d'injures au bout du fil.

— Kay ?

Elle faillit lâcher le téléphone sous le choc et le rattrapa de justesse avant qu'il ne tombe au sol, puis elle le porta à son oreille, le cœur battant.

— Maman ? dit-elle en s'asseyant sur le lit et en passant une main dans ses cheveux encore humides, le front plissé. Qu'est-ce qui ne va pas ?

— Rien. Enfin, ton père est toujours là. À l'hôpital, je veux dire.

— Est-ce que ça va ? Papa va bien ?

Un soupir tremblant et le grincement d'une chaise lui parvinrent.

— Maman—

— Ne dis rien, Kay. Laisse-moi parler.

Quelques instants s'écoulèrent et Kay se demanda si sa mère était toujours au bout du fil, puis elle l'entendit renifler.

— J'ai beaucoup parlé avec ton père depuis le week-end, dit-elle. On s'est disputés. Quand j'ai appris que toi et Adam étiez partis, ça résumait tout ce que je pensais de vous deux. Que vos vies, vos emplois, sont plus importants que nous. Je l'ai dit à ton père. Je ne voulais plus que tu viennes à l'hôpital, Kay. Je ne comprenais pas pourquoi vous étiez venus de si loin le week-end, j'étais sûre que j'entendrais Abby en parler après ; que tu avais sacrifié ton travail, que l'entreprise d'Adam en avait souffert.

Elle fit une pause. Une profonde inspiration tremblante remplaça le venin qui avait coulé de ses lèvres et Kay ferma les yeux.

Elle aurait préféré un criminel endurci, n'importe quand, un autre Mark Sutton ; n'importe qui d'autre que la femme assise dans un couloir d'hôpital à plus de cent cinquante kilomètres de là, qui détestait la carrière choisie par Kay.

— Maman—

— Ton père m'a dit de me taire.

— Pardon ? Il a fait ça ?

— Mmm. Avec le recul, il aurait probablement dû le dire plus souvent par le passé.

Elle laissa échapper un rire amer.

— Je suppose qu'il est trop tard maintenant. J'ai toujours détesté ton travail, Kay, je le déteste toujours. Je déteste le danger auquel tu t'exposes. Je déteste ne pas savoir si Adam va nous appeler tard un soir pour nous dire que tu es morte en poursuivant un criminel parce que tu ne lâches pas prise. Tu n'abandonnes pas jusqu'à ce que tu obtiennes justice car tu penses que les victimes le méritent. Et quand ça a tué ma petite-fille et que tu ne me l'as pas dit pendant plus d'un an, je...

Kay entendit le bruit du téléphone portable de sa mère être couvert avant que des voix étouffées ne poursuivent une conversation en arrière-plan. Elle essaya de comprendre les mots, mais elle abandonna et s'allongea sur la couette en fixant le plafond.

— Tu es toujours là ?

La voix de sa mère grésilla.

— Je suis là.

— Bien. Alors, Kay, je te dois des excuses.

— Q... quoi ?

— Je suis désolée. Je suis désolée d'avoir été si affreuse avec toi. Et avec Adam. Je vois à quel point vous vous aimez tous les deux, et il est bon pour toi, je le sais.

Kay fronça les sourcils.

— Maman, tu me fais peur. Qu'est-ce qui t'a pris ? Papa va bien ?

Un silence répondit à sa question avant que sa mère ne se reprenne.

— Bien sûr que oui. Il va toujours bien, n'est-ce pas ? Rien à craindre.

— Alors pourquoi—

— Parce que si la prochaine fois il ne va pas bien ? répondit sa mère, sa voix devenue un murmure angoissé. Qu'est-ce qui se passe alors ? Il est le seul lien que j'ai avec toi.

— Maman, je déteste le dire, mais c'est ton choix. Tu ne nous as pas facilité les choses, tu sais ?

— Je sais. C'est ce que j'essaye de dire. Je suis désolée. Je veux faire amende honorable.

Kay passa une main sur ses yeux fatigués et se leva du lit avant de se diriger vers la coiffeuse. Elle passa une brosse à cheveux dans ses mèches humides et fixa son reflet d'un air renfrogné, la mâchoire serrée.

— Je ne vais pas supplier, Kay. Pardonne-moi. Mettons le passé derrière nous. Pour ton père, au moins.

— Pour Papa ? Et pour toi ?

— Pour moi aussi. Je veux un nouveau départ. Tu veux bien ?

Kay laissa tomber la brosse à cheveux sur la surface en noyer avec fracas et elle soupira.

— On pourrait essayer, je suppose.

— C'est bien.

— Pourquoi est-ce que tu ne me dis pas ce que le médecin a dit à propos de Papa aujourd'hui ? Je suppose qu'il n'est pas autorisé à recevoir des appels dans le service ?

— Pas encore, non.

Tandis que Kay écoutait les nouvelles sur la santé de son père, elle réalisa soudain que c'était de sa mère qu'elle tenait son don pour se souvenir des détails et de la terminologie compliquée. Cette pensée la stupéfia un instant, et elle s'assit au bord du lit, le regard dans le vide.

— Kay ? Tu es toujours là ?

— Oui. Je suis là. Alors, tout va bien ?

— Oui. Écoute, peut-être que quand ton père rentrera à la maison et qu'il sera assez en forme, toi et Adam pourriez venir ici pour un rôti un dimanche ? Ça lui ferait plaisir, n'est-ce pas ?

Kay sourit.

— Oui. Et à moi aussi.

CHAPITRE 24

Kay retira ses gants en laine, les fourra dans son sac et entra dans le hall d'accueil animé du commissariat de la ville.

Il n'était que sept heures et demie du matin, mais l'agent de garde à l'accueil avait déjà l'air harassé lorsque Kay pressa son badge de sécurité contre le verrou intérieur. Le téléphone sonnait sans cesse pendant que l'homme essayait de converser avec une femme âgée qui avait visiblement du mal à entendre.

Elle lui adressa un sourire, puis franchit le seuil du couloir et laissa la porte se refermer derrière elle avant de se dépêcher de monter les escaliers.

Après s'être rapidement débarrassée de ses couches de vêtements, Kay traversa la salle des opérations jusqu'à la bouilloire, appuya sur l'interrupteur et entreprit de préparer quatre tasses pour elle et son équipe.

Barnes fut le premier à arriver, pestant à pleine voix sur l'état de la circulation et le manque de places de parking près du commissariat, avant d'être noyé par Carys qui fit irruption par la porte sur les talons de Gavin en proclamant que l'armoire à fournitures avait été mise à sac par un inspecteur en train de mener une série d'enquêtes sur des cambriolages dans la pièce d'à côté.

— Debbie va piquer une crise quand elle va voir ce qu'il a fait, dit-elle en prenant une tasse de café fumant des mains de Kay. Merci, chef.

— Eh bien, tu peux le lui dire, moi je ne vais pas le faire, dit Gavin. Elle fait peur quand elle est en colère.

Kay laissa les plaisanteries se calmer pendant que ses collègues allumaient leurs ordinateurs, puis elle les rassembla autour de son bureau.

— Bien, je vais faire le briefing à huit heures trente, alors vérifiez vos emails, obtenez les mises à jour du reste de l'équipe et ensuite nous allons commencer, dit-elle. Notre priorité aujourd'hui est de déterminer si Damien Brancourt a quitté le pays et, si c'est le cas, où il se trouve. Cet après-midi, nous allons examiner tout lien éventuel entre lui et les manifestations de l'année dernière. À quelle heure sont prévus les entretiens avec ses amis et connaissances, Carys ?

— Neuf heures trente, chef.

Carys sourit.

— Je me souviens de comment j'étais quand j'étais étudiante, alors j'ai pensé qu'il était inutile de leur demander de venir plus tôt.

— Bien vu. Tu as réussi à joindre Julie Rowe ?

— Oui, elle a rendez-vous à onze heures quarante-cinq. Voici la liste complète. Est-ce qu'il y a quelqu'un d'autre que tu aimerais interroger ?

Kay parcourut du regard les noms et les brefs résumés que Carys et Debbie avaient rassemblés pendant le week-end, puis elle pointa la page du doigt.

— Celui-ci est nouveau. Shaun Browning. Il est écrit ici qu'il connaît Damien depuis le lycée.

— Hughes a arrangé l'entretien après avoir parlé avec l'un des autres amis de Damien, dit Carys. Il doit venir à quinze heures, ça te va ?

— Oui, ça devrait aller, merci.

Kay rendit les documents avant de parcourir une liste d'actions de la base de données HOLMES affichée sur son écran, toutes issues des entrées faites par l'équipe d'enquête au cours de leur travail, puis hiérarchisées par les algorithmes du logiciel pour l'aider dans la gestion de l'enquête.

Elle regarda sa montre.

— Trop tôt pour s'attendre à un coup de fil de l'agence des frontières, Gav. Qu'en est-il de ces images de vidéosurveillance ?

— J'ai relancé mon contact à Heathrow il y a une demi-heure. Il venait de commencer son service, répondit l'enquêteur. Il va les télécharger directement sur un site de transfert de fichiers sécurisé qu'Andy Grey lui a fourni. De cette façon, Andy et son équipe pourront commencer dès qu'elles arriveront. Je vais recevoir un message d'Andy quand il les aura et je ferai l'enregistrement dans le système.

— Merci. Préviens-moi dès qu'Andy aura des nouvelles de Damien. Ian, où en est ton contact au consulat britannique du Népal ?

— J'ai reçu un courriel ce matin pour me dire qu'il attend une confirmation de l'aéroport de Katmandou, mais...

Barnes s'interrompit alors que son téléphone sonnait.

— Allô ?

Kay résista à l'envie de faire les cent pas pendant qu'il parlait au téléphone, sachant par expérience qu'une piste pouvait surgir de n'importe où, à n'importe quel moment. Il n'y avait jamais de déroulement préétabli pour une enquête et les interruptions étaient une constante à laquelle il fallait s'attendre.

Le détective reposa le combiné et pointa son pouce par-dessus son épaule vers la porte.

— C'était Simon à l'accueil en bas. Amanda Miller est là, l'inspectrice financière du QG.

— Nous allons utiliser l'ancien bureau de Sharp. Tu veux aller la chercher ?

— Je reviens dans une minute. Oh, et comme je le disais, toujours rien du Népal.

Kay prit note de la mise à jour, puis boutonna sa veste de tailleur et entra dans l'ancien bureau du commandant divisionnaire.

Heureusement, les femmes de ménage étaient passées la semaine précédente avant que l'enquête ne commence vraiment, donc la fine couche de poussière qu'elle avait remarquée sur le bureau et les classeurs avait été balayée, les vestiges de la présence de Sharp rangés en piles soignées de dossiers et de manuels d'enquête sur le côté d'un ordinateur en veille.

Kay tira une chaise élimée loin du bureau et la poussa sous la fenêtre avant de la remplacer par une autre, plus confortable, puis elle essaya de ne pas piétiner dans la pièce pendant qu'elle attendait.

La moquette était déjà usée depuis l'époque où Sharp dirigeait les enquêtes depuis le petit commissariat, et compte tenu des coupes budgétaires qui balayaient les services de police, elle ne pensait pas qu'on la changerait de sitôt.

Un toussotement poli de Barnes précéda l'entrée dans le bureau d'une petite femme brune d'une cinquantaine d'années, le visage empreint d'une expression déterminée et une mallette en cuir usé à la main.

Kay tendit la main.

— Amanda Miller ?

— C'est moi. Ravie de vous rencontrer, inspectrice Hunter.

— Je vous en prie, appelez-moi Kay. Vous voulez du thé ou du café ?

Kay fit un geste vers les chaises alors que Barnes suivait Amanda dans la pièce et fermait la porte.

— Ça va aller, merci.

— Ok.

Kay prit l'ancien siège de Sharp et posa ses mains sur le sous-main usé que le commandant divisionnaire avait insisté pour utiliser.

— Je vais être complètement honnête avec vous, Amanda. Je n'ai jamais travaillé avec une inspectrice

financière auparavant, alors de quoi allez-vous avoir
besoin de ma part ?

Les lèvres de la femme se plissèrent en un sourire.

— Eh bien, pourquoi ne pas commencer par vous
dire ce que je fais, et ensuite nous élaborerons un plan
pour votre problème en particulier ?

CHAPITRE 25

Amanda Miller ouvrit sa mallette et tendit à Kay et à Barnes un mince document relié chacun.

— Lorsque l'inspecteur Barnes m'a contactée à la fin de la semaine dernière, la première chose que j'ai faite a été de demander un aperçu de votre enquête à ce jour, ainsi que les points qui vous préoccupent et pour lesquels mon expertise peut vous aider, dit-elle. Sur cette base, j'ai établi un champ d'action qui va me servir de guide pour ma contribution. Nous pouvons en discuter maintenant et c'est l'occasion pour vous d'apporter des modifications afin que nous comprenions tous clairement ce que vous attendez de moi. Ça vous convient ?

Kay hocha la tête en feuilletant les pages devant elle.

— Oui. Donc, compte tenu de ce que vous avez lu jusqu'à présent sur nos relations avec Sutton Site Security et les allégations portées contre eux, qu'est-ce que vous suggérez que nous fassions ensuite ?

Amanda posa sa mallette sur le sol à côté de sa chaise et croisa les jambes.

— Je vais commencer par utiliser notre base de données ELMER. C'est là que nous enregistrons tous les rapports d'activité suspecte, ce qui aide à construire un historique sur une entreprise ou une personne au fil du temps, et permet de garder toutes les informations. C'est très similaire, je suppose, à votre système HOLMES. Les rapports d'activité sont fournis par l'industrie financière, des banques, des fonds de retraite, etcetera. En utilisant ELMER, je vais chercher toute preuve sur des capitaux, des dépôts ou des versements inhabituels en espèces, ce genre de choses. J'ai accès aux numéros de compte, aux relevés bancaires, aux fonds de retraites, aux hypothèques, tout. Nous saurons bientôt si les recettes de l'entreprise de sécurité de Mark Sutton suffisent pour son train de vie.

— En quoi est-ce que ça va nous aider ? demanda Barnes. Je veux dire, nous essayons de savoir s'il a eu quelque chose à voir avec la mort de Damien Brancourt, pas s'il a payé ses impôts l'année dernière.

Amanda sourit.

— Je comprends. Cette première étape de mon travail consiste à établir un profil de Sutton, pour que nous puissions voir à quoi nous avons affaire. Une fois que j'aurai tout cela, nous pourrons commencer à analyser ses comptes et à décortiquer son entreprise à un niveau micro. Par exemple, est-ce qu'il a plus d'employés sur ses différents contrats qu'il ne prétend en payer ? Cela indiquerait qu'il les paie en espèces. Maintenant, pour moi, cela indique deux choses, soit il évite de payer ses impôts, soit il utilise de l'argent liquide qu'il verse aux employés non déclarés pour blanchir de l'argent. Un autre exemple, vous avez indiqué dans votre courriel, Ian, que vous aviez reçu des allégations contre Mark Sutton selon lesquelles il aurait menacé une entreprise de construction afin de gagner un contrat et aurait volé deux générateurs et du matériel pour les contraindre à lui attribuer le contrat. Vous avez également déclaré que lorsque vous vous êtes rendu dans les bureaux de Sutton la semaine dernière, il n'y avait pas de véhicules de chantier près du bâtiment. Alors, comment a-t-il volé l'équipement ? Est-ce qu'il a loué des véhicules pour le retirer de la cour de Brancourt and Sons ? S'il l'a fait, comment les a-t-il payés ? Est-ce que nous pouvons trouver des preuves de cette manière ? Vous voyez ce que je veux dire ?

— Je comprends, dit Barnes. Et pour les gens qui travaillent pour lui ? Je n'imagine pas Mark Sutton se salir les mains, il demanderait à quelqu'un d'autre de voler l'équipement pour lui et de menacer sur le site.

— Eh bien, il y a toujours l'utilisation des distributeurs automatiques et la possibilité de les relier à toutes les images de vidéosurveillance que vous pouvez obtenir, dit Amanda. Une fois que j'aurai fouillé dans les relevés bancaires de l'entreprise, je pourrai déterminer quelles cartes de débit ont été émises pour Sutton et son personnel. Je peux également voir si ces cartes ont été utilisées à proximité des locaux, du domicile ou des sites de travail de Brancourt. Je vais établir une carte complète de la zone avec l'utilisation de chaque carte de crédit et nous pourrons partir de là. Ça vous convient ?

Kay se renversa sur son fauteuil, elle sentait l'espoir revenir.

— Oui, c'est parfait. De quoi est-ce que vous avez besoin de notre part à ce stade ?

— J'ai déjà obtenu l'autorisation du QG pour les dossiers HOLMES relatifs à cette enquête, répondit

Amanda. La meilleure façon de procéder, et j'en ai fait l'expérience, c'est de me laisser quelques jours pour finaliser les derniers détails dont j'ai besoin sur Sutton Site Security à partir des rapports d'activité suspecte enregistrés et de vos entretiens à ce jour, puis je vous fournirai un rapport intermédiaire dans quelques jours pour vous faire savoir où j'en suis et les étapes à suivre. Ne vous inquiétez pas, ajouta-t-elle en voyant l'expression d'horreur qui traversa le visage de Barnes, il n'y aura pas beaucoup de paperasse ; je suis tout à fait consciente que vous avez d'autres angles à suivre dans cette enquête. C'est plutôt comme une liste, un moyen de vous assurer que nos deux enquêtes se complètent. Cela vous donne également l'occasion de m'orienter vers d'autres questions que vous avez trouvées et que vous voulez que j'examine.

Kay tourna une nouvelle page de son carnet et nota le plan d'action convenu.

— Ça me semble bien. Autre chose que nous devrions savoir ?

— Oui. Je dois insister pour que, jusqu'à la conclusion de mon enquête, nous gardions ma participation confidentielle. Nous ne pouvons pas nous permettre de laisser quiconque chez Sutton Site

Security savoir ce que nous faisons. Pour l'instant, ce n'est qu'une étude théorique, mais si je peux trouver quelque chose à utiliser comme levier contre eux en relation avec votre affaire, je vous le ferai savoir immédiatement.

Kay se leva de son siège et tendit la main.

— C'est un champ d'action très complet, merci. Nous avons un bureau prêt et qui vous attend dans la salle des opérations. Barnes, tu peux montrer à Amanda où trouver tout ce dont elle a besoin là-bas, et ensuite nous allons faire le point ?

— Entendu, chef.

Le détective plus âgé accompagna Amanda jusqu'à la porte, et lorsqu'ils disparurent, Kay s'approcha de la fenêtre et laissa son regard errer sur le parking en contrebas.

L'enthousiasme de l'inspectrice financière était contagieux ; Kay sentait l'excitation lui serrer la poitrine.

Ils trouveraient sûrement quelque chose qu'ils pourraient utiliser contre Mark Sutton.

Et si celui-ci avait menacé Damien Brancourt afin de contraindre son père à lui attribuer le contrat ? Est-ce que Damien avait découvert l'appel d'offres frauduleux et fait face à Sutton ?

Elle se retourna en entendant des bruits de pas.

Barnes ferma la porte et leva un sourcil.

— Bon sang, Kay, elle est douée.

— J'espère bien, Ian. Nous n'avons pas grand-chose d'autre pour le moment.

CHAPITRE 26

Kay tapa le code sur le clavier de la porte de la salle d'interrogatoire numéro deux avec son index et elle franchit le seuil, puis elle referma la porte avant de traverser jusqu'à la table au fond de la pièce.

Carys était assise d'un côté, son carnet ouvert à une nouvelle page.

En s'approchant, Kay observa la femme mince assise en face de l'enquêteuse.

Julie Rowe triturait la peau autour de son ongle de pouce, ses cheveux bruns étaient tirés en un chignon serré qui ne la mettait pas en valeur. Sa bouche arborait une expression boudeuse lorsqu'elle leva les yeux vers Kay.

— Julie Rowe ? Merci d'être venue, dit-elle.

— Je n'avais pas vraiment le choix, n'est-ce pas ?

Kay ignora la remarque et se tourna vers Carys.

— On commence ?

Carys acquiesça, puis récita l'avertissement standard pour un entretien avec un témoin. Elle ouvrit ensuite le dossier.

— Julie, est-ce que vous pouvez commencer par nous dire comment vous connaissez Damien Brancourt ?

Kay félicita silencieusement sa jeune protégée. Pour l'instant, elles travaillaient sur la base de l'opinion des Brancourt selon laquelle le corps trouvé dans le plafond du bâtiment Petersham n'était pas celui de Damien, et Carys avait choisi d'interroger chacun de ses amis et connaissances en conséquence. Aucune mention de la possibilité que Damien Brancourt ait trouvé la mort sur le chantier de construction de son père ne devait être faite pendant les discussions.

— Depuis la fac. Il y a quelques années.

— Vous avez étudié dans le même domaine ? demanda Carys.

— Mon Dieu, non.

Julie laissa échapper un rire.

— Il a étudié le commerce, la gestion de projet, ce genre de choses. Moi, je terminais un master en sciences politiques à l'époque.

— Vous êtes plus âgée que lui ?

— D'environ un an et demi, oui. On a commencé à discuter au bar de l'association étudiante un soir. Il y travaillait pour gagner un peu d'argent.

— Il y a un grand pas entre prendre un verre et organiser une manifestation, dit Carys. Comment est-ce que vous vous êtes retrouvée impliquée là-dedans ?

Julie haussa les épaules en baissant les yeux sur ses mains.

— Ça semble stupide maintenant, avec le recul.

— Continuez.

— Eh bien, on voulait juste faire passer un message, vous voyez ? Il y a des choses sur lesquelles le conseil municipal pourrait dépenser de l'argent ici plutôt que de rénover de vieux bâtiments.

— Qui a organisé les manifestations ?

— Moi.

Julie se redressa sur sa chaise.

— Je savais que si je ne le faisais pas, elles n'auraient jamais lieu. Tous les autres, y compris Damien, étaient des beaux parleurs, mais ils n'agissaient pas.

— Comment est-ce que vous avez convaincu Damien Brancourt de s'impliquer, étant donné que son père était l'un des directeurs de chantier pour les projets de réaménagement ?

Un léger sourire passa sur les lèvres de Julie.

— Je crois qu'il s'était disputé avec son père quelques jours avant. Je pense que c'était la façon de Damien de faire un doigt d'honneur à ses parents, c'est tout.

Son visage s'assombrit.

— Hé, il n'a pas d'ennuis, n'est-ce pas ? Damien, je veux dire.

— Quand est-ce que vous l'avez vu pour la dernière fois ? demanda Kay.

La femme expira en regardant le plafond.

— Euh, je suppose que ça devait être en juin. Ouais. Avant qu'il ne fasse vraiment chaud.

— Est-ce qu'il a dit quels étaient ses projets pour l'été ?

— Ouais. Ce chanceux allait voyager. Au Népal, je crois.

— À quel point étiez-vous proches de Damien avant son départ ? demanda Carys.

— On ne couchait pas ensemble si c'est ce que vous voulez savoir, répondit Julie en plissant le nez. Pas mon genre. Un peu snob, pour être honnête. Vous avez vu la maison de ses parents ? Elle est immense.

— Vous y êtes allée ?

Julie secoua la tête.

— Pas à l'intérieur, j'ai dû le déposer là-bas après l'une de nos manifestations.

— Il ne conduisait pas ?

— Il disait qu'il ne voulait pas de voiture. Probablement parce qu'il partait en voyage, pas la peine d'en avoir une et qu'elle reste dans l'allée pendant presque un an, pas vrai ?

— Parlez-nous de l'incident lors de la manifestation, dit Kay. Damien a été arrêté pour une altercation avec l'un des agents de sécurité.

— Quel idiot. J'avais dit à tout le monde que ça devait être une manifestation pacifique, mais Damien n'a pas écouté. Je ne sais pas ce qui l'a déclenché, j'ai seulement entendu le gars crier quand Damien s'est jeté sur lui, mais après, quand j'ai demandé, Damien a dit que l'homme avait insulté son père, alors il l'a frappé.

Carys feuilleta ses notes.

— C'était l'agent de sécurité Jeff Donovan ?

— Je ne connais pas son nom. Il portait un de ces uniformes avec les trois S brodés sur le devant, au niveau du cœur.

— Vous avez parlé à Damien après sa libération ?

— Seulement brièvement.

Julie soupira et se pencha en arrière sur sa chaise.

— Je lui ai dit que je ne voulais plus qu'il vienne

aux manifestations s'il ne pouvait pas contrôler son tempérament. Je n'ai pas besoin de ce genre de problèmes dans mon casier judiciaire.

— Votre casier judiciaire ? s'étonna Carys.

Le visage de Julie s'illumina.

— Oui. Je prévois de me présenter au Parlement un jour. Pour représenter les intérêts locaux au niveau national.

— Est-ce que vous ou Damien avez été menacés pendant ou après la manifestation ? demanda Kay.

La femme secoua la tête.

— Non. C'est ça le truc. La seule personne qui a menacé quelqu'un, c'était Damien quand il s'en est pris à ce type. Je l'ai entendu le dire.

— Dire quoi ?

— Que si lui et son patron ne laissaient pas le père de Damien tranquille, ils allaient le regretter.

CHAPITRE 27

Kay s'appuya contre le mur plâtré du couloir et observa Carys qui raccompagnait Julie Rowe vers l'accueil.

La déclaration de la témoin la troublait.

Elle avait lu les documents officiels à la suite de l'arrestation de Damien Brancourt et aucune plainte formelle n'avait été déposée contre lui concernant les menaces présumées qu'il aurait proférées à l'encontre de Jeffrey Donovan, l'agent de sécurité.

Ils n'avaient que l'affirmation de Julie selon laquelle l'altercation était plus qu'une simple manifestation étudiante.

Que mijotait Damien ? Qu'est-ce qu'il essayait d'accomplir ?

Kay se détacha du mur lorsque Carys réapparut en arborant une expression perplexe qui, Kay en était sûre, reflétait la sienne.

— Qu'est-ce que tu en penses, chef ? demanda-t-elle.

— Est-ce que quelqu'un d'autre parmi ses amis a mentionné quoi que ce soit à propos de menaces envers Sutton Site Security ?

— Je n'ai rien entendu pour l'instant, mais Gavin et Parker devraient terminer les derniers entretiens dans environ une demi-heure.

— Très bien. Nous allons faire un point rapide pour passer en revue les éléments importants plutôt que d'attendre que toutes les informations soient mises à jour dans HOLMES. Pourquoi est-ce que tu ne prendrais pas une pause pour déjeuner ? Tu n'as pas arrêté depuis la semaine dernière.

— Merci, chef. J'avoue que je meurs de faim.

Kay pointa du pouce par-dessus son épaule.

— Je vais m'installer dans la salle d'observation et voir si je peux apprendre quelque chose de cet entretien avant qu'il ne se termine. Tu pourrais me prendre un sandwich ou quelque chose ?

— Pas de problème. À tout à l'heure.

Carys s'éloigna rapidement et Kay remonta le

couloir jusqu'à une porte massive avec un avertissement de sécurité sur un panneau fixé à sa surface.

Elle passa sa carte de sécurité sur le mécanisme de verrouillage sur le côté, puis entra dans la pièce.

Une série d'écrans d'ordinateur était disposée sur un long bureau en bois encastré face à la porte, dont deux étaient allumés.

Kay tira une chaise devant eux et s'y laissa tomber avec un soupir, puis elle tendit la main pour augmenter le volume sous l'un des écrans.

À l'écran, Gavin et Parker étaient assis d'un côté d'un bureau face à un homme d'une vingtaine d'années qui passait une main dans sa frange sombre trempée de sueur.

Kay feuilleta son carnet jusqu'à trouver une note avec le nom de l'homme.

Shaun Browning.

Les recherches de l'équipe avaient montré que Browning était allé au lycée avec Damien Brancourt, avant d'obtenir une place à l'Université de Winchester.

Il avait clairement l'air de vouloir être dans le Hampshire plutôt qu'assis dans une salle d'interrogatoire sinistre d'un commissariat du Kent.

— Quand est-ce que vous avez vu Damien pour la dernière fois ? demanda Gavin.

Sa voix avait une tonalité métallique due à la configuration des microphones dans la pièce.

— En avril, répondit Browning. On ne se fréquente plus beaucoup ces temps-ci, mais quelqu'un qu'on connaissait au lycée s'est fiancé et on a tous les deux étés invités à la fête.

— Les fiançailles de qui ? demanda Gavin.

— Ian Marlow.

Parker poussa un stylo et du papier de l'autre côté du bureau.

— Il va nous falloir ses coordonnées, s'il vous plaît. Adresse et numéro de téléphone.

Browning s'exécuta et Kay plissa les yeux devant l'écran.

La main de l'homme tremblait alors qu'il griffonnait sur la page et il lâcha le stylo quand il eut fini comme s'il lui brûlait les doigts.

— De quoi est-ce que vous avez discuté avec Damien ? demanda Parker.

— Bon sang, je ne m'en souviens pas. C'était il y a sept ou huit mois. Je sais qu'il prévoyait de voyager au Népal. Il en a parlé.

— Comment vous a-t-il semblé la dernière fois

que vous l'avez vu ? Est-ce qu'il a dit ou fait quelque chose qui vous aurait inquiété ? demanda Gavin.

La tête de Browning eut un sursaut lorsqu'il se tourna vers l'enquêteur alors que ses traits viraient au rose.

— Comme quoi ? Il a des ennuis ou quoi ?

— Répondez à la question, s'il vous plaît.

— Non, c'était juste Damien. Comme d'habitude. Toujours à se plaindre de quelque chose et heureux d'en parler à quiconque voulait bien l'écouter. J'en ai eu marre au bout de dix minutes et j'ai trouvé une excuse pour partir. J'ai fini par discuter avec une fille de Paddock Wood. Je vais d'ailleurs l'épouser l'année prochaine.

— Félicitations.

Kay renifla face au ton de Gavin ; il était évident que le détective était frustré par le manque de progrès dans l'interrogatoire et après vingt minutes supplémentaires de questions, il semblait que Shaun Browning n'allait plus être d'aucune utilité pour l'enquête.

Gavin mit fin à l'entretien et éteignit le matériel d'enregistrement, mais il laissa l'homme assis au bureau lorsqu'il quitta la pièce avec Parker.

Kay se fraya un chemin dans le couloir et alla à leur rencontre alors qu'ils se dirigeaient vers la sortie.

— Pourquoi est-ce que Shaun Browning avait l'air si nerveux pendant que vous l'interrogiez ? demanda-t-elle.

Parker sourit.

— Les uniformes l'ont ramassé ce matin avant qu'on ait eu le temps de le contacter, dit-il. Ils ont trouvé une petite quantité de cannabis sur lui.

Kay leva les yeux au ciel.

— Génial. Vous l'avez inculpé ?

Parker secoua la tête.

— On va s'en tenir à un avertissement. Il a un entretien demain avec l'une des grandes entreprises d'Aylesford. On n'a pensé que ça ne valait pas le coup de gâcher sa semaine, étant donné que c'est une première infraction.

— De toute façon, il n'aura pas le poste s'il ne passe pas le test de dépistage de drogues et d'alcool que cette entreprise exige, dit Gavin, un sourire aux lèvres. Quel idiot. On s'est dit qu'on allait le laisser mijoter un peu là-dedans avant de demander à quelqu'un de lui montrer la sortie.

— Pas plus d'informations sur cette rancune de Damien Brancourt ?

— Pas vraiment une rancune, dit Parker en tournant une page de son carnet et en scrutant ses notes. Apparremment, John Brancourt a toujours attendu de Damien qu'il reprenne l'entreprise et Damien ne veut pas. Il pense que c'est trop bas pour lui.

— La famille, hein ? dit Kay. Très bien, allez lui faire la leçon sur le cannabis et ensuite je vous vois en haut. On fait le point dans une demi-heure.

— Entendu, chef.

———

KAY ÉPOUSSETA les miettes de son pantalon de costume et froissa le sac en papier en léchant les dernières traces de beurre sur ses doigts.

Elle saisit un mouchoir en papier de la boîte qu'elle partageait avec Barnes et s'essuya les mains puis jeta les déchets dans la poubelle sous son bureau et verrouilla l'écran de son ordinateur.

— Ok, tout le monde, briefing, appela-t-elle en repoussant sa chaise. Carys, tu peux nous faire un résumé des autres entretiens menés aujourd'hui ?

L'enquêteuse se fraya un chemin jusqu'à l'avant de la salle avant de s'adresser à ses collègues.

— Nous avons interrogé huit témoins depuis ce matin, et à part Julie Rowe et Shaun Browning, personne n'a rien de mal à dire sur Damien Brancourt.

Trois d'entre eux n'avaient pas gardé contact avec lui depuis l'université, l'un d'eux avait brièvement travaillé avec lui à la station-service sur l'A20 quand ils étaient en terminale, et les quatre autres étaient à l'université avec lui jusqu'à l'année dernière. Aucun d'entre eux n'était proche de lui, ils se suivaient sur les réseaux sociaux, mais c'est à peu près tout. Sur ce point, nous leur avons demandé s'ils avaient vu des publications de Damien pendant son séjour au Népal, mais ce n'était pas le cas, tous ont déclaré qu'ils pensaient qu'il n'avait pas de connexion Internet là-bas.

— Ça se tient. Merci.

Kay attendit que Carys ait regagné sa place avant de mettre l'équipe au courant des entretiens avec Julie Rowe et Shaun Browning.

Elle tapota du doigt leurs photos épinglées au tableau blanc.

— Bien, qu'est-ce que vous en pensez ? Quelqu'un ?

— Et si la menace de Damien envers Jeff Donovan avait été prise au sérieux par Mark Sutton, qui aurait décidé d'administrer sa propre forme de châtiment ? suggéra Gavin.

— Une sorte d'œil pour œil qui aurait mal tourné, tu veux dire ? répondit Barnes.

— Oui. Peut-être qu'ils voulaient juste lui donner une bonne leçon, mais que ça a dérapé.

Kay fronça les sourcils et se détourna du tableau blanc en faisant tournoyer le stylo entre ses doigts.

— C'est possible, mais nous savons de Lucas que Damien, en supposant que ce soit lui, a été électrocuté avant de subir la blessure à la tête. Faisons venir Donovan pour l'interroger à la première heure demain matin. Je serai intéressée d'entendre ce qu'il a à dire sur Damien et leur altercation.

— Tu penses qu'il a été torturé, chef ? demanda Carys. Avec l'électrocution, je veux dire.

Un silence choqué remplaça les conversations étouffées qui avaient lieu dans la salle des opérations tandis que ses paroles faisaient leur effet.

— Bon sang, dit Barnes.

Le regard de Kay se posa sur la moquette pendant un moment alors qu'elle réfléchissait à sa réponse.

— Carys, tu peux contacter Lucas juste après et lui demander de revoir son rapport d'autopsie à la lumière de ta théorie ? Pour voir s'il peut trouver quelque chose pour l'étayer.

— Je m'en occupe, chef.

— Si notre victime a été torturée, alors Mark Sutton est beaucoup plus dangereux que nous ne l'avions pensé. À partir de maintenant, je veux que vous travailliez par deux en dehors de cette pièce, c'est compris ?

— Entendu.

— Oui, chef.

— Et personne, je répète, *personne* ne s'approche de Mark Sutton à moins que moi ou Barnes ne soyons avec vous. C'est un ordre.

CHAPITRE 28

Kay se tenait derrière l'épaule de Gavin et observait à travers la vitre l'homme assis dans la salle d'interrogatoire numéro un, avant de plisser les yeux.

— Il s'attend au pire s'il a Brian Sutherland pour le représenter, marmonna-t-elle.

— C'est un bon avocat ? demanda Gavin en faisant glisser un carnet vierge sur le bureau vers Barnes.

— Patient. Il n'a pas le choix, avec les personnes qu'il fréquente. Tu es prêt, Ian ?

— Oui, chef.

Barnes saisit le carnet, glissa un stylo dans sa poche et ouvrit la marche jusqu'à la salle d'interrogatoire.

Il mit en marche l'enregistrement, donna

l'avertissement nécessaire à Jeffrey Donovan et
présenta les personnes présentes avant de faire un
signe à Kay.

— Commençons par votre emploi chez Sutton
Site Security, monsieur Donovan, dit Kay en ignorant
l'avocat qui leva les yeux au ciel et décapuchonna son
stylo-plume.

— Qu'est-ce que vous voulez savoir ?

— Depuis combien de temps travaillez-vous pour
Mark Sutton ?

— Depuis ma sortie de prison il y a quatre ans.

— Et comment avez-vous postulé ?

— Postulé ?

— Comment avez-vous obtenu le poste ?

— Je connais Mark depuis quelques années,
répondit Donovan. Je conduisais un taxi avant. Quand
j'ai arrêté, il m'a proposé du travail.

— Pourquoi avez-vous arrêté de faire le taxi ?

— Quel rapport avec votre enquête, détective ?
intervint Sutherland en haussant un sourcil.

— Le contexte, répondit-elle avant de se retourner
vers son client. Répondez à la question, Jeffrey.

Donovan jeta un coup d'œil à son avocat, qui
haussa légèrement les épaules.

— J'ai perdu mon permis.

— Pourquoi ?

— Je me suis fait prendre pour conduite en état d'ivresse. Ils m'ont suspendu pour douze mois, alors j'avais besoin d'argent parce que je ne pouvais pas travailler. Mark m'a donné un boulot et quand j'ai récupéré mon permis, j'ai décidé que je n'avais plus envie de conduire un taxi, et je suis resté avec lui.

Kay ouvrit le dossier que Barnes lui tendit.

— Est-ce que vous avez des qualifications pour travailler dans la sécurité ?

— Non. Je n'en ai pas besoin. Je ne travaille pas dans des établissements sous licence et ce n'est pas comme si je gardais des enfants, n'est-ce pas ?

— Alors qu'est-ce qui vous qualifie pour travailler pour l'entreprise de sécurité de Mark Sutton ?

Sa lèvre supérieure se retroussa.

— L'expérience.

— Parlez-moi de Damien Brancourt.

— Qu'est-ce que vous voulez savoir ?

— Pourquoi est-ce qu'il vous a frappé ?

— Il faudra lui demander. Je ne sais pas.

— Un témoin à qui nous avons parlé nous a dit que Damien Brancourt vous a dit, à vous et à Mark Sutton, de laisser son père tranquille.

Donovan cligna des yeux, mais resta silencieux.

— De plus, notre témoin affirme que Damien a

sous-entendu qu'il y aurait des conséquences si vous ne teniez pas compte de son avertissement.

Kay croisa les mains et fixa Donovan.

— Comment est-ce que vous connaissez John Brancourt ?

Donovan croisa les bras sur sa poitrine, puis s'adossa à sa chaise.

— J'ai travaillé sur l'un de ses chantiers. Par l'intermédiaire de Mark. Sécurité et tout ça. Mais il a décidé de ne pas me payer à temps.

— Qu'est-ce que vous avez fait ?

— Moi ? Je n'ai rien fait. Mark me paie quoi qu'il arrive entre lui et ses clients. Ça ne change rien pour moi si Brancourt ne paie pas ses factures.

— Mais qu'a fait Mark ?

Donovan leva les mains.

— Comment est-ce que je pourrais le savoir ? La seule chose que je sais, c'est que son fils m'a repéré, qu'il a lâché la pancarte qu'il agitait en l'air et qu'il s'est jeté sur moi.

Kay se retourna en entendant frapper à la porte.

— Entrez.

Carys apparut, une note entre les doigts. Elle la tendit à Kay avant de tourner les talons et de fermer la porte derrière elle.

Kay regarda Donovan.

— Intéressant. Il semblerait que vous ne soyez plus employé par Mark Sutton. Depuis quand ?

— Depuis mai environ. Oui, au mois de mai, avant qu'il ne fasse chaud.

— Pourquoi ?

— Je ne sais pas. Je suppose qu'il y avait moins de travail.

— Où est-ce que vous travaillez maintenant ?

— Ici et là. Je fais quelques extras dans un des pubs de la ville.

— Pourquoi est-ce que vous n'avez pas porté plainte contre Damien Brancourt ?

Kay feuilleta les pages du dossier.

— Vous n'avez même pas répondu aux appels de mes collègues pour venir faire une déposition sur l'agression.

— Ce n'était pas nécessaire, n'est-ce pas ? Je veux dire, le gamin est un idiot, mais il ne m'a rien fait. Je pense que vos gars en ont fait toute une histoire, pour être honnête. Ça m'aurait causé plus d'ennuis que nécessaire.

Kay fit glisser une photographie du corps momifié sur la scène de crime à travers la table vers Donovan.

— Nous avons des raisons de croire qu'il s'agit des restes de Damien Brancourt. La victime a été retrouvée dans le plafond d'un autre bâtiment où

Sutton Site Security était chargée de la sécurité. Ce contrat avait été attribué à Mark Sutton par John Brancourt dans des circonstances douteuses.

Donovan détourna les yeux de la photographie.

— Et alors ?

— Est-ce que vous avez tué Damien Brancourt et caché son corps ?

— Non !

De la salive couvrit les lèvres de l'homme.

— Je n'ai jamais tué personne. Vous l'avez dit vous-même, je ne travaille plus pour Mark depuis mai, donc je n'aurais pas pu faire ça, n'est-ce pas ?

Brian Sutherland posa une main apaisante sur le bras de son client, puis lança un regard noir à Kay.

— Expliquez-vous, détective Hunter. Mon client est offensé par de telles accusations.

Kay attendit que Donovan se soit calmé.

— Alors expliquez-moi pourquoi Damien vous a menacé seulement quelques mois avant sa mort et comment vous semblez être au courant que Damien a disparu en juin.

— Je vous l'ai dit, je n'ai aucune idée de pourquoi il m'a menacé. Ça semblait venir de nulle part. Il m'a probablement ciblé parce qu'il a dû voir le logo sur ma chemise. Ça aurait pu arriver à n'importe lequel d'entre nous.

Il haussa les épaules.

— Et ça doit être quelqu'un d'autre qui travaille pour Mark qui m'a dit que Damien n'était pas là en juin. Il partait en vacances ou quelque chose comme ça, non ?

— Faire du bénévolat au Népal, en fait.

Le visage de Donovan se fendit d'un sourire mesquin.

— Du bénévolat, mon cul. Le petit morveux fuyait ses responsabilités, n'est-ce pas ? Il ne voulait pas travailler pour son vieux. À quoi bon reprendre une entreprise qui est au bord du gouffre ?

CHAPITRE 29

Kay réprima la sensation familière d'impatience en regardant l'équipe de détectives et d'agents en uniforme se rassembler dans la salle des opérations le lendemain matin.

Enfin, après des jours de spéculations et de remise en question de ses décisions, il semblait qu'ils avaient fait une percée qui leur permettrait de réduire le nombre de suspects.

Le plus jeune agent de police de l'équipe venait à peine de s'asseoir au milieu de la petite foule lorsque Kay commença.

— Gavin, est-ce que tu pourrais mettre nos collègues au courant de ce que nous avons appris ce matin ?

— Oui, chef.

Gavin se leva de sa chaise et fit un signe de tête à deux membres du personnel administratif qui s'écartèrent pour le laisser passer, avant de se mettre sur le côté de la pièce près de la fenêtre.

Il attendit que le murmure des voix se soit dissipé, puis ferma son carnet.

— J'ai reçu un courriel pendant la nuit du consulat britannique à Katmandou. Ils n'ont aucune trace de Damien Brancourt qui les aurait contactés en détresse pour quelque raison que ce soit, ni de note indiquant qu'il soit arrivé dans le pays.

Le brouhaha des voix reprit, l'excitation était palpable.

Gavin leva la main pour faire taire ses collègues.

— Nous avons également reçu un appel téléphonique ce matin de l'agence des frontières du Royaume-Uni. Damien Brancourt n'a pas utilisé son passeport depuis un voyage d'une semaine à Magaluf il y a deux ans et demi.

La salle des opérations explosa de voix.

— Merci, Gavin.

Kay éleva la voix au-dessus de celle de ses collègues.

— Très bien, taisez-vous s'il-vous-plait. Barnes, à toi.

— Oui, chef.

Barnes se détacha du mur contre lequel il était appuyé.

— J'ai parlé à Andy Grey et il confirme que son équipe a terminé de visionner les images de vidéosurveillance des principales gares londoniennes et de l'aéroport d'Heathrow, les cinq terminaux. Il n'y a eu aucune trace de Damien Brancourt sur aucune des images, ni à l'intérieur ni à l'extérieur. Andy a confirmé qu'ils avaient vérifié douze heures avant et après le vol prévu de Damien pour s'en assurer. Il n'a jamais pris l'avion.

— Très bien, dit Kay. Passons aux prochaines étapes. Amanda, je me demande si nous pourrions faire appel à votre expertise pour savoir si Damien a utilisé sa carte bancaire quelque part dans les vingt-quatre heures précédant sa mort ? Je veux attendre les résultats du test ADN que Lucas effectue sur l'échantillon fourni par John Brancourt avant d'annoncer la nouvelle aux parents, alors profitons de ce laps de temps pour retracer les derniers déplacements de Damien. Il est clair qu'il n'est jamais arrivé à Heathrow, donc à un moment donné après avoir dîné chez ses parents ce soir-là et après que John l'a déposé à la gare de Maidstone East, Damien est allé au bâtiment Petersham, où il est mort par la suite.

— Je m'en occupe, dit Amanda. Je remonterai aussi d'une semaine, pour avoir une idée de ses déplacements dans les jours précédant sa mort.

Barnes sortit son carnet.

— Et Mark Sutton ?

— Laissons-le de côté pour l'instant. Je veux savoir ce qui est arrivé à Damien avant de lui reparler. Je n'ai pas envie de l'interroger alors que je n'ai que la moitié des informations dont nous avons besoin.

Barnes hocha la tête, puis baissa les yeux et mit à jour ses notes.

Kay se tourna vers les agents en uniforme qui composaient plus de la moitié de son équipe d'enquête.

— On se retrouve dans six heures. Je veux un tableau complet de l'endroit où se trouvait Damien Brancourt le jour où il était censé partir pour l'aéroport. Explorez toutes les pistes possibles, parlez à vos collègues qui patrouillent régulièrement dans le centre-ville et mettez la main sur les images de vidéosurveillance. Quelqu'un doit savoir ce qui lui est arrivé.

La salle se remplit du bruit des chaises raclant la moquette alors que l'équipe se dispersait, et Kay expira.

À un moment donné, elle allait devoir reparler aux

parents de Damien Brancourt, mais tant qu'elle n'aurait pas de preuves que c'était bien leur fils qui avait été découvert dans le plafond du bâtiment Petersham, elle devait attendre les conclusions de Lucas Anderson pour étayer sa théorie.

Peu importe le temps que cela prendrait.

KAY PRIT le plateau en carton des mains de l'assistante derrière le comptoir du café et elle se fraya un chemin vers la sortie à coups de coude. Une rafale d'air froid qui venait de la rivière et remontait Earl Street la fit haleter.

Elle maintint les deux gobelets de café à emporter d'une main et enfonça son autre main dans la poche de son manteau en laine, en regrettant de ne pas avoir pensé à porter l'écharpe qui était pliée dans le tiroir de son bureau.

Elle accéléra le pas, atteignit le bas de la rue et tourna à gauche en direction du palais de l'archevêque.

Pendant que l'équipe s'était relayée pour sortir en vitesse et trouver quelque chose à manger pour le déjeuner, Barnes s'était glissé jusqu'à son bureau et lui avait demandé si elle voulait le retrouver dans leur refuge habituel pour discuter.

Elle avait accepté sans hésiter en remarquant la réticence de son collègue, et elle s'était rappelé le conseil qu'elle avait donné à son équipe de prendre un peu d'air frais.

Elle n'avait simplement pas prévu que l'air serait si frais.

Un frisson la parcourut alors qu'elle attendait au passage piéton que le feu passe au vert, puis elle traversa rapidement en jetant un coup d'œil à la circulation entre College Road et Fairmeadow.

Elle trouva Barnes sur le banc derrière le palais de l'archevêque. Recroquevillé dans son épais manteau, il fixait la rivière d'un air maussade comme si elle était la seule responsable de la vague de froid qui s'abattait sur la ville du comté.

— Tiens. Deux sucres.

— Merci.

Il se décala sur le banc pour lui faire de la place et enroula ses doigts autour du gobelet.

Après quelques minutes de silence pendant lesquelles ils regardèrent un bateau touristique quitter son amarrage avant que son pilote ne le dirige en aval, Kay se tourna vers son collègue.

— Bon. Qu'est-ce qui ne va pas ? Tu n'es pas aussi silencieux d'habitude.

Un rictus tordit le coin de sa bouche.

— Profites-en.

Kay resta silencieuse en attendant qu'il rassemble ses pensées.

Barnes finit par se mettre à parler.

— Je m'inquiète de ne pas avoir le soutien de l'équipe, Kay.

— Quoi ?

— Je veux dire, quand tu n'es pas là. Je me demande s'ils me font confiance comme ils te font confiance à toi.

Sa voix se brisa et il détourna le regard.

— Je me demande s'ils me respectent, et puis je m'inquiète qu'ils ne le fassent pas et que ça affecte cette enquête, et d'autres.

Kay se balança sur le banc, abasourdie.

— Barnes, je t'assure que tous ceux qui sont dans cette salle te soutiennent, tout comme moi et Sharp. Il m'a dit encore la semaine dernière à quel point il était content que tu aies accepté le rôle d'inspecteur. Je ne me vois pas travailler avec quelqu'un d'autre.

— C'est juste que... je commence à remettre en question mes propres capacités, tu sais ? J'avais oublié à quel point il fallait jongler dans ce rôle. J'ai peur de te décevoir, Kay.

Elle renifla, puis se leva du siège, épousseta l'arrière de son manteau et jeta le gobelet de café vide dans la poubelle avant de se retourner vers Barnes.

— Tu ne m'as jamais déçue, Ian. Et je ne crois pas que tu vas commencer maintenant. Je sais que prendre ce poste était une grande décision pour toi, mais crois-moi, il n'y a personne d'autre que je voudrais avoir à mes côtés. Tu es le ciment de cette équipe.

Barnes baissa les yeux.

— Merci.

— Il y aura des jours comme celui-ci où tu remettras en question chaque décision que tu prends, et tu te demanderas si tu es dépassé, mais c'est à ce moment-là que tu dois regarder autour de toi. Voir qui dans l'équipe a les compétences et la force dont tu penses avoir besoin, et déléguer.

Elle sourit.

— Et c'est *vraiment* un travail de forçat, de jongler avec tout ça.

Il expira, puis se redressa.

— Merci. Parfois, je t'observe et tu donnes l'impression que c'est si facile que j'oublie ce que tu as traversé pour arriver là où tu es.

— Je ne pourrais pas le faire sans toi.

Elle se pencha et lui donna un coup de poing amical sur l'épaule.

— Allez. On se remet en selle !

Barnes se leva, épousseta l'arrière de son manteau en laine et jeta son gobelet dans la poubelle à côté du banc avant de la suivre sur le chemin sinueux longeant le palais de l'archevêque.

Kay sourit alors qu'il se dépêchait de la rattraper pour marcher à ses côtés.

— Eh bien, ce discours semble t'avoir donné un coup de fouet.

— Ne le prends pas mal, chef. Ce n'est pas à cause de ton style de management. J'ai hâte de rentrer à l'intérieur, il fait un froid de canard ici.

CHAPITRE 30

— Damien Brancourt apparaît sur les caméras de surveillance l'après-midi où il était censé aller au Népal, dit Gavin.

Kay jeta son manteau sur le dossier de sa chaise et se précipita vers l'endroit où il était assis avec deux agents en uniforme, les yeux rivés sur les écrans d'ordinateur devant eux.

— Et nous avons un modèle de son utilisation des distributeurs automatiques, ajouta Amanda.

Elle traversa la pièce et tendit une liasse de documents à Kay avant de donner une copie à Gavin.

— Il a sorti de petits montants, vingt livres la plupart du temps, mais ensuite deux cents livres le matin de sa mort.

— De l'argent de poche pour les vacances ? suggéra Kay.

Elle tourna la page en parcourant du regard la liste des transactions.

— C'est ce que je pensais, dit Amanda. Mais cette dernière transaction a été effectuée à dix heures trente-deux du matin.

— Et le bâtiment Petersham était plein d'entrepreneurs à ce moment-là, donc il a dû y retourner dans la soirée.

— C'est ce que nous sommes en train de regarder ici, chef, ajouta Gavin.

L'un des agents en uniforme bondit de son siège et fit signe à Kay de prendre sa place.

— Merci, dit-elle. Voyons voir ça, alors.

L'enquêteur à côté d'elle manipula les commandes et appuya sur le bouton « pause » lorsqu'une silhouette sombre apparut à l'écran.

— C'est le distributeur automatique au coin où Rose Yard débouche sur High Street. C'est celui qu'il a utilisé ce matin-là. Cette fois, il passe juste devant.

— Et il ne porte aucun bagage. C'est un peu étrange pour quelqu'un qui est censé prendre un vol ce soir-là, commenta Kay.

— Il a l'air assez heureux, dit Barnes. Pas comme

s'il allait s'enfuir en pleine nuit ou fuir quelque chose ou quelqu'un.

— On perd sa trace ici quand il tourne à Wyke Manor Road, dit l'enquêteur.

— Il n'y a pas de caméras de surveillance dans cette rue ?

— Pas à l'époque, mais étant donné que le conseil s'était concentré sur les travaux de réaménagement, son remplacement a peut-être été au bas de leur liste de choses à faire, dit Gavin. J'ai vérifié ce matin auprès d'eux, la caméra était opérationnelle à partir de fin juillet.

— Et peut-être qu'aucune des entreprises qui a passé des contrats avec le conseil ne s'inquiétait, étant donné que beaucoup d'entre elles avaient leurs propres mesures de sécurité, dit Barnes.

Il se pencha par-dessus l'épaule de Kay et tapota l'écran.

— Damien aurait pu couper derrière ces bâtiments depuis cette rue et atteindre le bâtiment Petersham de cette façon. Si nous devons parler à nouveau à Mark Sutton, nous pouvons lui dire que Damien Brancourt a été vu dans les environs du périmètre qu'il était chargé de surveiller et voir quelle sera sa réaction.

Kay repoussa la chaise et remercia les deux agents avant de conduire Barnes et Gavin vers le tableau blanc. Elle examina les photos qui avaient été rassemblées depuis le début de l'enquête et résista à l'envie de soupirer.

Elle fit signe à Carys de les rejoindre.

— Bien, Julie Rowe pense avoir entendu Damien menacer l'un des hommes de Sutton lors de la manifestation et une bagarre s'en est suivie, entraînant l'arrestation de Damien. L'employé de Sutton n'a pas porté plainte, donc il s'en est sorti avec un simple avertissement. Quelques mois plus tard, Damien est sur le point de quitter le pays pour un voyage prévu au Népal, mais il décide de faire un détour par Maidstone cette nuit-là. Vous avez vu l'heure indiquée sur les images de la caméra ? C'est après qu'Annabelle Brancourt a dit qu'ils avaient dîné ensemble, et John l'avait déjà déposé à la gare à ce moment-là. Alors, où diable est la valise de Damien, ou alors son sac ?

Trois visages perplexes la regardèrent.

— John n'a jamais mentionné que Damien avait fait un détour par le centre-ville quand nous lui avons parlé, dit Barnes après un moment.

— Peut-être parce qu'il n'en savait rien, suggéra Carys. Si Damien a demandé à être déposé pour faire une course ou quelque chose comme ça, peut-être que ça ne semblerait pas étrange à son père.

Kay passa une main dans ses cheveux en regardant la photo de Damien.

— Que diable faisait-il ?

Un téléphone sonna sur un bureau dans le coin éloigné de la pièce et il lui fallut quelques secondes pour réaliser que c'était son portable, tant sa frustration était grande.

— Chef ? dit Carys. Le téléphone ?

— Bon sang, que quelqu'un décroche !

Kay sprinta entre les bureaux alors que Philip Parker tenait son téléphone en l'air.

— C'est Lucas Anderson, chef.

— Merci.

Kay prit le téléphone et le mit sur haut-parleur tandis que les autres détectives la rejoignaient.

— Tu as du nouveau, Lucas ?

— Nous avons une correspondance, répondit le médecin légiste. L'ADN de John Brancourt a été testé positif. Le corps qui était dans le plafond est celui de Damien Brancourt, sans aucun doute.

CHAPITRE 31

Barnes appuya sur la sonnette, fit un pas en arrière et leva les yeux vers la grande fenêtre encadrée de fer forgé au-dessus du porche de la maison des Brancourt.

— Ça ne devient jamais plus facile, ces visites à domicile, marmonna-t-il. Surtout quand on l'a déjà fait une fois.

Kay ne répondit pas, elle pensait la même chose que son collègue.

Elle se détourna et jeta un coup d'œil sur le jardin orné à l'avant, où les plantes étaient flétries dans l'air froid. Au-delà d'une nuée d'oiseaux couverte de mousse, un merle picorait la pelouse à la recherche d'un moyen de subsistance.

Lucas avait raccroché une heure plus tôt en lui

annonçant la nouvelle que l'électrocution de Damien
Brancourt n'indiquait pas qu'il avait été torturé, au
grand soulagement de toute l'équipe.

Cela n'éliminait toujours pas Mark Sutton de
l'enquête, cependant, et Kay avait réitéré son
avertissement à ses collègues que l'homme ne devait
pas être approché seul.

Elle reporta son attention sur la maison lorsqu'un
verrou fut tiré de la porte une seconde avant qu'elle
ne s'ouvre.

Annabelle Brancourt fronça les sourcils en les
voyant.

— Encore vous ?

— Nous pouvons vous dire un mot, s'il vous
plaît ? dit Barnes. Votre mari est là ?

La femme se mit de côté et leur fit signe d'entrer.

— Il est dans la cuisine. Allez-y, vous savez où
c'est.

Kay ouvrit la marche le long du couloir, le regard
fixé sur le sol plutôt que sur l'environnement luxueux
cette fois. Elle savait que les Brancourt ne se
remettraient jamais de la nouvelle qu'elle était sur le
point de partager avec eux, et que la maison ne serait
plus le même foyer.

Elle fut submergée d'un sentiment de tristesse, ce
qui la prit par surprise. Elle se mordit la lèvre pour

refouler ses émotions et poussa la porte de la cuisine. Un arôme d'ail et d'herbes flotta vers elle.

John Brancourt se détourna de l'évier, un torchon et un verre de vin à la main.

— Quelque chose ne va pas, détective Hunter ? Nous étions sur le point de dîner.

Kay attendit qu'Annabelle ait suivi Barnes puis elle s'approcha de la table, observa les couverts et la bouteille de merlot qui semblait avoir été ouverte quelques instants auparavant.

— Vous attendez quelqu'un d'autre ?

— Non, c'est juste nous deux ce soir. Christopher et Bethany, les jumeaux, sont sortis, dit Annabelle.

— Oh ? Quel âge ont-ils ? demanda Kay.

— Seize ans, répondit Annabelle. Écoutez, je suis censée servir le repas dans quinze minutes. Que voulez-vous ?

Barnes tourna son attention vers John.

— Lors de notre premier entretien, vous avez déclaré avoir conduit votre fils à la gare pour qu'il puisse se rendre à Heathrow et prendre son vol pour le Népal en juin dernier. Est-ce qu'il y a quelque chose que vous souhaiteriez ajouter ?

John baissa les yeux avant de poser son verre de vin sur le plan de travail et il s'assit à table en triturant le torchon entre ses doigts.

— J'avais bien l'intention d'emmener Damien à la gare, mais alors qu'on se rapprochait de la ville, il m'a demandé de le déposer avant plutôt qu'à la gare même. Il a dit qu'il avait prévu de retrouver un ami et qu'ils devaient se rendre ensemble à l'aéroport.

Kay tira une chaise en face de lui et se pencha en avant, son intérêt piqué au vif.

— Où est-ce que vous l'avez déposé ?

— À un arrêt de bus sur Sittingbourne Road, près du pub au rond-point.

— Pourquoi est-ce que tu ne me l'as pas dit ?

Annabelle fusilla son mari du regard.

— Tu m'as dit que tu l'avais emmené à la gare. Tu m'as dit qu'il n'y avait eu aucun problème.

— Il n'y a pas eu de problème.

John soupira et leva les mains en l'air.

— Écoute, je suis désolé. Mais il était tellement excité par ce voyage, et quand il m'a parlé de cet ami qu'il voulait retrouver, j'ai compris que j'allais être de trop. Apparemment, ils devaient prendre quelques verres avant de se rendre en ville pour prendre le train.

— Est-ce qu'il vous a dit le nom de son ami ? demanda Barnes.

— Non. Je ne lui ai pas demandé non plus. Je n'y ai vu aucun mal.

Kay soupira et se tourna vers Annabelle.

— Vous voulez vous asseoir ?

— Je suis bien ici.

La femme croisa les bras sur sa poitrine.

— Très bien. Écoutez, je suis navrée d'être porteuse de cette nouvelle. Nous avons reçu un appel de notre médecin légiste il y a environ une heure. Les résultats ADN sont positifs. Nous avons tout vérifié, y compris auprès du consulat britannique à Katmandou. Je suis vraiment désolée, Annabelle, John. Le corps découvert dans le bâtiment Petersham est bien celui de Damien. Il n'a jamais pris son vol pour le Népal.

— Quoi ? Non.

La lèvre inférieure de la femme trembla, puis elle fit un pas en arrière tandis qu'un gémissement s'échappait d'elle, l'agonie de la nouvelle clairement visible dans ses yeux baignés de larmes. Elle haletait comme si elle avait du mal à respirer.

John Brancourt s'effondra sur sa chaise, la tête entre les mains.

— Qu'est-ce qu'on va faire maintenant ? Damien...

Kay se leva de sa chaise et traversa la cuisine jusqu'à une carafe filtrante posée à côté d'une bouilloire. Elle remplit deux verres, puis revint à la table pour en donner un à John avant d'apporter l'autre à Annabelle.

— Tenez, dit-elle. Buvez à petites gorgées.

Elle resta à côté d'elle et l'observa attentivement tandis qu'elle luttait pour contrôler sa respiration.

Annabelle finit par lui rendre le verre après une gorgée et agita la main pour le refuser.

— J'en ai assez.

Kay prit le verre.

— Asseyez-vous. S'il vous plaît.

Elle attendit qu'Annabelle rejoigne son mari à table, et elle nota qu'elle ne s'asseyait pas à côté de lui mais qu'elle choisissait plutôt de se percher sur le coin de la banquette sous la fenêtre.

— Nous avons analysé les images de vidéosurveillance de toutes les gares de Londres et des terminaux à Heathrow, dit Barnes. Damien n'apparaît sur aucune d'entre elles, donc d'après ce que vous nous avez dit, John, nous allons élargir la recherche pour inclure les caméras le long de Sittingbourne Road afin de voir si nous pouvons retracer les derniers déplacements de Damien et découvrir qui était cet ami.

— Je ne comprends pas pourquoi il est resté dans les parages, dit John. Pourquoi est-ce qu'il n'est pas allé à Heathrow ? Pourquoi est-ce qu'il ne m'a pas appelé ? J'avais mon portable en mode mains libres. J'aurais pu faire demi-tour et aller le chercher s'il était inquiet.

Le cœur de Kay se serra en entendant la détresse dans la voix de Brancourt.

— Nous ne le savons pas encore, mais je vous donne ma parole que nous allons trouver la réponse, dit-elle.

CHAPITRE 32

Le lendemain matin, Kay fit face à ses collègues pour les mettre au courant de l'entretien qu'elle et Barnes avaient mené avec les parents de Damien Brancourt.

— Gavin, tu peux examiner les caméras de surveillance le long de Sittingbourne Road et des environs ? Nous devons trouver ce soi-disant « ami » que Damien devait retrouver, découvrir qui il est et ce qu'il sait de sa mort. Fais-en ta priorité ce matin.

— Bien reçu, chef.

— Carys, pendant qu'il s'en occupe, contacte les agents en uniforme et demande-leur de l'aide pour interroger les gérants et le personnel de tous les pubs dans un rayon d'un kilomètre et demi autour du point où Damien a été déposé. Là encore, nous devons obtenir ces informations le plus rapidement possible, alors fais ce que tu peux pour accélérer les choses.

— Oui, chef.

Kay parcourut du regard le rapport HOLMES que Debbie avait imprimé pour elle, vérifiant les tâches que la base de données avait assignées et les déléguant à son équipe. Lorsque le dernier ordre fut donné, elle ramassa une liasse de papiers et la brandit.

— Voici les conclusions initiales d'Amanda concernant Sutton Security Services. Elles ont été enregistrées dans HOLMES, alors lisez-les quand vous retournerez à vos bureaux. Amanda, vous pouvez faire un résumé pour tout le monde ?

L'inspectrice financière recula sa chaise et rejoignit Kay à l'avant de la salle.

— D'après ce que nous avons pu glaner d'ELMER, il semble à première vue que Mark Sutton gère une entreprise bien ordonnée. Il n'y a aucun des signes évidents que nous recherchons : pas de gros dépôts ou de crédits inexpliqués sur les comptes de l'entreprise, pas d'audits fiscaux effectués sur l'entreprise au cours des huit années d'activité.

Barnes s'appuya sur ses coudes et poussa un long soupir.

— Donc, nous n'avons rien contre lui, c'est bien ça ?

Amanda sourit.

— Non, bien au contraire. Nous avons simplement dû creuser un peu plus profondément dans le système. Détective Hunter, je peux utiliser le vidéoprojecteur un moment ?

— Bien sûr.

Kay fit signe à Parker et s'écarta pendant qu'il traînait une petite table sur la moquette et installait le projecteur dessus, le pointant vers le mur vide au-dessus d'un classeur.

— Merci.

Après s'être connectée, Amanda exécuta une série de commandes pour faire apparaître une photographie d'une entreprise de lavage de voitures.

— Je connais cet endroit, dit Gavin.

— En effet, et il y en a plusieurs dans le coin, mais celui-ci est l'un de ceux que nous surveillons, car la plupart des employés y sont payés en espèces. Le problème avec ces lavages auto en bord de route, c'est qu'ils sont populaires parmi les gangs de trafic d'êtres humains dans tout le pays, dit Amanda.

Elle s'approcha de l'image et tapota du doigt une silhouette qui se cachait en arrière-plan, le visage dans l'ombre.

— Voici Barry Esher, un proche collaborateur de Mark Sutton. M. Esher est une personne qui intéresse mon équipe car il a déjà purgé une peine aux frais de Sa Majesté pour fraude et extorsion.

— Quand est-ce qu'il est sorti de prison ? demanda Kay.

— Il y a deux ans. Depuis lors, et tout comme Gary Hudson, il a agi en tant qu'homme de main pour Mark Sutton. Sutton n'aime pas se salir les mains, c'est évident.

— En quoi est-ce que ça nous aide ? demanda Carys. Aucune des personnes à qui nous avons parlé au sujet de Damien Brancourt n'a mentionné qu'il s'était approché de cet endroit.

— Parce que Barry Esher est aussi connu sous le nom d'Adrian Sutton. C'est le cousin de Mark Sutton.

Dans le silence stupéfait qui remplit la salle des opérations, Amanda sortit une page de son dossier et la tendit à Kay.

— Il a changé de nom il y a douze ans après une altercation à Bromley qui a fait un mort. Adrian s'en est tiré, mais il a disparu pendant quelques années. Quand il est revenu sous son nouveau nom, il semblait qu'il n'avait pas retenu la leçon car il a battu un client d'un pub à Chatham si violemment que l'homme en a perdu un rein. Il a aussi fait de la prison pour ça. En plus de ça, Adrian Sutton a signé le registre de sécurité pour entrer dans le bâtiment

Petersham le jour où Damien Brancourt était censé s'envoler pour le Népal. Il a gribouillé sa signature sur la page, donc c'est difficile à reconnaître, mais je l'ai déjà vue avant. Il s'agit bien de lui.

Barnes émit un long sifflement.

— Bon sang, Amanda. Bon travail.

— Je ne peux qu'approuver, dit Kay, incapable de cacher son émerveillement dans sa voix alors qu'elle parcourait rapidement le rapport. Merci.

Elle attendit qu'Amanda ait repris sa place, puis elle se dirigea vers le tableau blanc, un stylo à la main.

— Bien, prochaines étapes. Je veux que Barry Esher, également connu sous le nom d'Adrian Sutton, et Gary Hudson soient amenés ici pour être interrogés dès que possible. Nous les considérons comme suspects, alors agissez en conséquence. Gavin, tu peux te charger de prévenir les agents en uniforme ?

— Oui, chef.

— Ensuite, Carys, tu peux emmener Debbie et Hughes avec toi et interroger les employés du lavage auto ce matin ? Je sais que vous n'obtiendrez peut-être pas grand-chose d'eux s'ils sont effectivement ici illégalement, mais faites de votre mieux. Enfin, Ian et Amanda, je veux que des ordonnances du tribunal soient obtenues aujourd'hui pour saisir les dossiers et les ordinateurs de Sutton Site Security pour un examen immédiat. Il nous faut des preuves sur la façon dont ils ont retiré l'équipement volé de la cour de John Brancourt et toute autre activité d'extorsion qui aurait pu conduire à la mort de Damien.

Le sergent Hughes leva la main.

— Vous voulez que je prenne une équipe pour aller sur les lieux quand vous les aurez, chef ?

— S'il vous plaît, dit Kay.

Elle brandit le rapport.

— Quelqu'un dans l'entreprise de Mark Sutton sait ce qui se passe, et je parie que si nous mettons suffisamment de pression, nous allons trouver les réponses. Mettons-nous au travail.

CHAPITRE 33

Six heures plus tard, Kay suivit Carys jusqu'à la table où Gary Hudson était assis à côté de son avocat.

Il avait perdu un peu de sa superbe depuis la dernière fois qu'elle l'avait vu, un profond sillon apparaissait entre ses sourcils lorsqu'il aperçut l'épais dossier que Carys plaça devant Kay avant d'ouvrir son carnet et de tendre la main vers l'équipement d'enregistrement.

Kay écouta pendant que sa collègue lisait l'avertissement formel, puis elle savoura le silence qui suivit.

Hudson s'agita sur son siège et prit une inspiration.

— Peut-être que vous pourriez expliquer à mon client pourquoi il est ici ? dit l'avocat. C'est un homme occupé, détective Hunter, et son temps est précieux. Il vous a déjà parlé pour vous aider dans votre enquête et il n'a pas d'autres informations à vous donner.

Kay ouvrit le dossier, puis fit glisser une photographie d'Adrian Sutton.

— Quand cet homme a-t-il commencé à travailler pour Sutton Site Security ?

Hudson cligna des yeux.

— Barry ? Il y a environ deux ans.

— Quel est son nom de famille ?

— Esher.

— D'où vient-il ?

— Aucune idée.

— Vous l'appelez par un autre nom ?

— Non.

— Est-ce que Mark Sutton l'appelle par un autre nom ?

Hudson haussa les épaules.

— Je ne pense pas.

— Vraiment ?

Kay sourit à Hudson, puis sortit un certificat photocopié du dossier et le plaça sur la table à côté de la photographie.

— Vous voyez, nous savons que Barry Esher est Adrian Sutton. C'est le cousin de Mark, n'est-ce pas ?

La mâchoire de Hudson se crispa, mais il resta silencieux.

— Est-ce que vous saviez que Barry Esher était le cousin de Mark Sutton ? demanda Carys.

— Il l'a peut-être mentionné.

— Il a une sacrée réputation, n'est-ce pas ?

— Qu'est-ce que vous voulez dire ?

Carys tourna quelques pages de son carnet.

— Coups et blessures, intimidation, est-ce que c'est vraiment le genre de personne que vous voudriez voir travailler pour une société de sécurité réputée ?

— Ce n'est pas à moi d'en juger.

— Qui a eu l'idée de l'employer ?

— Mark, je suppose. Je ne sais pas. Il est juste apparu un jour et Mark a dit qu'il pouvait nous aider pour un contrat que nous avions à ce moment-là.

— Où est-ce que c'était ?

— Bon sang, je ne sais pas, c'était il y a deux ans. Vous devriez demander à Mark. Il l'a probablement noté quelque part.

— Nous le ferons, dit Kay. Qui prend la décision finale concernant les nouveaux employés ?

— Mark, bien sûr. C'est le patron.

— Est-ce que Barry a travaillé sur le projet du bâtiment Petersham cet été ?

— Je ne pense pas, non. Il gérait un chantier quelque part à Thanet.

Kay poussa un autre document vers lui.

— Alors expliquez-moi pourquoi il s'est enregistré au bâtiment Petersham le vingt-sept juin, le jour où Damien Brancourt a disparu.

Hudson se pencha pour parcourir la page des yeux, mais il garda ses mains dans ses poches. Il finit par lever les yeux.

— Je ne sais pas.

— Mais vous étiez responsable de ce chantier ?

— Ça ne veut pas dire que j'y étais tout le temps. C'est pour ça qu'on a du personnel.

Un sourire suffisant lui effleura les lèvres.

— Donc, vous me dites que vous n'avez jamais vu Adrian Sutton, Barry Esher, au bâtiment Petersham ce jour-là ?

— C'est exact.

Le cœur de Kay fit un bond, mais elle garda un visage impassible en sortant une photographie du dossier et en la claquant devant lui.

— Alors peut-être que vous pouvez expliquer pourquoi nous avons cette image de vidéosurveillance de vous et Adrian à côté du monument de la reine Victoria sur High Street à quinze heures trente cet après-midi-là.

La pomme d'Adam de Hudson tressauta tandis qu'une expression paniquée traversait son visage.

Son avocat posa une main sur son bras.

— J'aimerais parler avec mon client, s'il vous plaît, détective Hunter.

— Je m'en doutais.

Kay rassembla les documents et la photographie dans le dossier, puis elle mit fin à l'enregistrement de l'entretien et suivit Carys en dehors de la pièce.

— Qu'est-ce que tu en penses ? demanda Carys après avoir fermé la porte et s'être éloignée dans le couloir de la salle d'interrogatoire.

— Il va essayer de prendre ses distances avec tout ce que les Sutton mijotaient, dit Kay. Hudson a déjà fait de la prison et il ne va pas vouloir y retourner de sitôt.

— Peut-être qu'il sait qu'ils ont tué Damien.

— Peut-être.

Kay se retourna lorsque l'avocat apparut dans le couloir et lui fit signe.

— Ok, allons voir.

Elle attendit que Carys recommence l'enregistrement et énonce la date et l'heure, puis elle croisa les mains sur la table.

— Très bien, Gary. Qu'avez-vous à nous dire ?

— Mark Sutton m'a dit d'aller voir Barry, Adrian,

à Maidstone cet après-midi-là. Tout ce que j'ai fait, c'est lui passer un téléphone portable et lui dire d'attendre un appel de Mark plus tard dans la journée.

— Ce téléphone portable était-il différent du téléphone habituel d'Adrian ?

— Ouais.

— Pourquoi est-ce que Mark aurait fait ça ?

— Je ne sais pas. Je vous jure, je ne sais pas. Je lui ai donné le téléphone, puis je suis retourné au bureau. C'est tout. C'est tout ce que j'ai fait.

— Est-ce que vous avez vu Adrian entrer dans le bâtiment Petersham ?

— Non.

— Dans quelle direction est-il allé quand vous vous êtes séparés ?

— Je ne sais pas. Il m'a fait partir en premier. Il a dit qu'il n'avait pas besoin que je traîne dans les parages.

— Vous avez regardé en arrière ?

— Non. Je sais quand il faut suivre les ordres.

Il se redressa.

— Mark gère une équipe soudée, d'accord ? Il était peut-être un peu turbulent dans sa jeunesse, mais il sait ce qu'il fait. Il a de bonnes personnes qui travaillent pour lui.

Kay tapota des doigts sur le bureau et fronça les sourcils.

— Alors pourquoi Mark aurait-il engagé Adrian en sachant qu'il avait un casier judiciaire pour coups et blessures ?

Hudson écarta les mains.

— Tout le monde mérite une seconde chance, détective Hunter.

CHAPITRE 34

L'homme assis en face de Kay et Carys dans la salle d'interrogatoire numéro quatre avait l'allure et la présence de quelqu'un qui avait fait de la prison et savourait sa réputation.

Adrian Sutton n'avait rien du charme ni de l'apparence de son cousin. Son nez avait été cassé à plusieurs reprises au fil des ans et il confirma son nom d'une voix empreinte de haine.

Kay souleva la couverture du dossier devant elle.

— Eh bien, eh bien, vous avez été un homme occupé, n'est-ce pas ?

Sa mâchoire se crispa.

— Je n'ai pas enfreint la loi.

— Les images de vidéosurveillance de High Street à Maidstone vous montrent en train de retrouver Gary Hudson et de prendre un téléphone portable de ses mains, dit Kay en faisant pivoter la photo pour la lui montrer. Pourquoi ?

— Il était cassé et devait être réparé.

— Vous voulez dire qu'il ne pouvait pas s'occuper de ça lui-même ?

— Je suis responsable de ce genre de choses.

— Alors, pourquoi le retrouver au milieu de Maidstone ? Pourquoi est-ce que Mark lui aurait dit de faire ça ?

— Je ne sais pas. Vous devriez demander à Mark. C'est lui le patron.

— Est-ce que vous avez menacé John Brancourt pour obtenir le contrat du bâtiment Petersham ? demanda Kay.

— Quoi ?

— Vous m'avez entendue.

— Ne soyez pas stupide. C'est illégal, et je vous l'ai dit, je n'ai pas enfreint la loi.

— Mais vous l'avez déjà fait par le passé, n'est-ce pas, avant de travailler pour Sutton Site Security ? Quel job est-ce que vous faites pour votre cousin ?

Adrian ricana en guise de réponse, mais resta silencieux.

Carys sourit et brandit un acte du notaire.

— Ceci ne vaut vraiment que sur le papier,

Adrian. Votre nom d'origine apparaît toujours dans les registres. Vous pouvez dire aux gens de vous appeler Barry Esher, mais ça ne vous mènera pas plus loin. Ce n'est pas comme si vous pouviez changer vos empreintes digitales aussi facilement, n'est-ce pas ? Alors, en quoi consiste votre rôle chez Sutton Site Security ?

— Pas grand-chose.

— Vraiment ? Eh bien, pour quelqu'un qui ne fait pas grand-chose, vous êtes bien payé, n'est-ce pas ?

Kay tira une liasse de relevés bancaires du dossier et les tendit.

— Je suppose que ces relevés ne montrent pas tout ce que Mark vous paie. Juste assez pour que tout semble légitime, n'est-ce pas ? Le reste en espèces ?

Elle poussa la feuille d'émargement de sécurité à travers la table.

— Pourquoi est-ce que vous êtes allé au bâtiment Petersham après avoir rencontré Gary Hudson ?

— Je ne me souviens pas. C'était il y a un moment. Probablement pour vérifier comment avançaient les travaux.

— Pourquoi ?

— Mark voulait savoir comment ça avançait. Il avait des offres en vue pour de nouveaux travaux.

— Pourquoi est-ce qu'il ne pouvait pas vérifier lui-même ? Il assistait aux réunions du projet, non ?

— La plupart du temps.

— Alors, pourquoi vous envoyer ?

Il regarda Kay avec une malveillance non dissimulée.

— C'est un homme occupé, détective. À quoi bon employer quelqu'un si c'est pour faire le travail soi-même ?

— Qui avez-vous retrouvé ?

— Un tas de gens, différents entrepreneurs.

— Et de quoi avez-vous discuté ?

Il cligna des yeux.

— Je ne me souviens pas exactement. De l'avancement des travaux, si le projet allait se terminer à temps, ce genre de choses.

— Est-ce que vous avez rencontré John Brancourt pendant que vous y étiez ?

— Je n'ai jamais vu ce type.

— Et son fils, Damien ?

— Hein ?

— Damien Brancourt. Est-ce que vous l'avez rencontré au bâtiment Petersham ce jour-là ?

— Non.

Kay brandit une photographie prise sur la scène de crime par l'un des membres de l'équipe de

Harriet, et l'avocat d'Adrian recula, les yeux écarquillés.

— Pourquoi est-ce que vous avez tué Damien Brancourt ?

L'avocat se remit de son choc et frappa sa main sur son carnet.

— Détective, c'est—

— Je n'ai pas tué Damien Brancourt, répondit Adrian. Je ne l'ai jamais vu au bâtiment Petersham. La seule fois où je l'ai vu, c'est quand il accompagnait son père pour nous remettre les clés de l'endroit lorsque nous avons remporté le contrat.

— Remporté le contrat ? Vous avez menacé John Brancourt et volé du matériel de ses locaux pour le faire chanter jusqu'à ce qu'il attribue le contrat à Sutton Site Security.

— Je ne sais rien à ce sujet. Il faudrait en parler à Mark.

— Comment avez-vous volé l'équipement de John Brancourt dans sa cour ?

— Je ne l'ai pas fait.

Kay se tourna vers Carys.

— Montre à M. Sutton les photographies que nous avons obtenues.

L'enquêteuse sortit d'un dossier un ensemble d'images de vidéosurveillance que Gavin lui avait remises juste avant qu'elles n'entrent dans la salle d'interrogatoire.

— Des retraits d'argent ont été effectués depuis plusieurs distributeurs automatiques de la ville le matin qui a précédé le vol de chaque engin de chantier, dit-elle. Et nous avons un équipement de chargement filmé ici à deux heures quarante-cinq du matin sur la route devant la cour de Brancourt.

— John Brancourt a peut-être trop peur pour vous dénoncer, vous et votre cousin, dit Kay. Mais cela ne nous empêche pas d'enquêter sur le vol.

— Ce n'était pas moi.

— Mais vous savez qui était responsable, n'est-ce pas ?

CHAPITRE 35

Kay observa Mark Sutton tandis que Barnes lisait la mise en garde formelle d'entretien, et elle remarqua que les yeux renfoncés de l'homme semblaient plus ennuyés qu'inquiets par le tournant des événements.

À côté de lui, un avocat mince et bien habillé pressait son stylo sur le papier, les lèvres pincées alors qu'il griffonnait des notes pour lui-même.

Le regard de Kay se posa sur la carte de visite que l'homme lui avait remise en entrant dans la salle d'interrogatoire.

Andrew Faircroft.

Pas un avocat du coin, c'était certain. Le numéro de téléphone inscrit sous son nom affichait un indicatif de la banlieue de Londres.

Elle se demanda ce qu'un entrepreneur de sécurité du Kent faisait avec un avocat basé à Londres, puis elle se reconcentra sur l'entretien en cours et ouvrit le dossier devant elle alors que Barnes finissait de parler.

— Combien d'employés travaillent pour vous, monsieur Sutton ? demanda-t-elle.

— Je ne peux pas vous le dire comme ça, à l'instant, répondit Sutton avec un sourire narquois au coin de la bouche.

— Essayez.

Il gonfla ses joues.

— Peut-être trente, quarante personnes.

— À temps plein ? À temps partiel ?

— Une douzaine à temps plein. Ils travaillent comme gestionnaires pour moi sur nos différents contrats. Le reste vient selon nos besoins.

— Et comment est-ce que vous payez ces employés ?

Il fronça les sourcils.

— Mon entreprise est tout à fait légale. Je paie mes impôts.

C'était maintenant au tour de Kay de sourire.

— Vous payez des impôts pour le personnel que vous déclarez officiellement, monsieur Sutton.

Cependant, nous avons fait examiner vos habitudes financières et il semblerait que votre entreprise se porte mieux que ce que vos revenus imposables ne laissent penser.

Elle saisit deux pages du dossier et les plaça devant Sutton et Faircroft. Elle tapota celle de gauche avec son ongle.

— Voici des rapports de surveillance des deux derniers jeudis matin. C'est le jour de paie de votre personnel occasionnel, n'est-ce pas ? En liquide, qui plus est ? Je dois dire qu'il y a beaucoup d'hommes qui se présentent à vos bureaux entre sept et dix heures et qui repartent avec des enveloppes bien remplies. Comment expliquez-vous cela ?

Sutton s'appuya sur la table avec ses avant-bras.

— Écoutez, ce sont des paiements légitimes pour des travailleurs occasionnels.

— C'est possible, dit Kay en faisant un geste vers les chiffres affichés sur les pages devant lui. Mais ils n'apparaissent pas dans vos déclarations fiscales, n'est-ce pas ?

Elle n'attendit pas sa réponse. Au lieu de cela, elle sortit un autre document du dossier et commença à le feuilleter.

— Notre inspectrice financière m'a remis ce

rapport ce matin, dit-elle. C'est un document extrêmement intéressant. Même Barnes ici présent a été impressionné, n'est-ce pas ?

— Ça va être un best-seller, à mon avis, répondit l'inspecteur.

Il prit le rapport des mains de Kay et montra la dernière page à Sutton.

— Blanchiment d'argent, Mark. Pas très malin à notre époque.

Les sourcils de l'avocat se levèrent brusquement.

— Mon client—

— A beaucoup d'explications à fournir, l'interrompit Kay. Maintenant, si nous commencions par la mort de Damien Brancourt ?

— Je n'ai rien à voir avec ça !

Sutton repoussa sa chaise et pointa Kay du doigt.

— Vous ne pouvez pas me mettre ça sur le dos.

— Asseyez-vous, aboya Barnes.

La porte s'ouvrit brusquement et deux agents en uniforme firent irruption, l'air alarmé.

Sutton se laissa tomber sur sa chaise et croisa les bras sur sa poitrine.

— Contents maintenant ?

Kay fit un signe de tête aux deux agents.

— Merci. Ça va aller.

— Si ça ne vous dérange pas, chef, je vais rester

devant la porte au cas où vous auriez besoin de moi, dit le plus âgé des agents.

Barnes attendit que la porte soit refermée, puis il se retourna vers Sutton.

— Une grande partie des hommes que vous employez ont un casier judiciaire, y compris votre cousin Adrian. Comment réagiraient vos clients s'ils apprenaient que vous avez falsifié les contrôles de sécurité et fait passer ces hommes pour du personnel de sécurité légitime ?

La mâchoire de Sutton se crispa.

— Est-ce que vous avez utilisé ces hommes pour voler l'équipement de chantier de John Brancourt ? demanda Kay. Nous savons que vous avez payé le camion en liquide pour l'emporter. Est-ce que vous avez délibérément ciblé John Brancourt parce que vous vouliez vous rapprocher de Damien ?

— Non. Ce n'est pas ce qui s'est passé du tout.

— Alors peut-être que vous pourriez nous éclairer ?

— Écoutez, dit Sutton en posant ses bras sur la table. Je ne m'occupe pas du recrutement, d'accord ? Je laisse ça à Adrian. Il connaît des gens, le genre de personnes qui peuvent faire le genre de travail dont nous avons besoin. Je ne pose pas de questions.

— Vous devriez, dit Kay. En tant qu'employeur, la

responsabilité vous incombe. Et Adrian nous a dit que vous aviez le dernier mot sur tout ce qui concerne l'entreprise. Vous êtes le propriétaire, après tout. Quand est-ce que vous avez donné l'ordre à vos hommes de voler l'équipement ?

— Il n'a pas été volé. Il a été emprunté.

Barnes éclata de rire et Kay dut lutter pour garder son sérieux.

— Emprunté ? dit-elle. Ne me racontez pas n'importe quoi. Vous l'avez volé pour forcer John Brancourt à vous attribuer le contrat. Vous avez continué à voler du matériel jusqu'à ce qu'il cède.

— Non, il se trompe. Il a dû oublier. Il m'a dit qu'on pouvait l'emprunter pour quelques jours, c'est tout.

— Où est le document qui atteste du prêt, alors ?

La lèvre supérieure de Sutton se retroussa.

— Il n'y avait pas de paperasse. C'était un accord entre gentlemen. Une poignée de main. Ça lui est probablement sorti de l'esprit avec tout ce qu'il a eu à gérer cette année.

Kay leva les yeux de ses notes.

— Qu'est-ce que vous voulez dire ?

— Questionnez-le à propos des huissiers et des petits entrepreneurs qui ont failli faire faillite parce qu'il leur doit de l'argent. Je pense qu'il a des gens qui le poursuivent pour de l'argent tous les jours. Pas étonnant qu'il oublie m'avoir prêté de l'équipement il y a neuf mois. Je pense qu'il a de plus gros problèmes à gérer en ce moment.

— Comment Damien a-t-il pu entrer dans le bâtiment si vos hommes étaient censés le surveiller ?

— Je ne sais pas.

— Est-ce que vous avez facturé à Brancourt des services que vous ne fournissiez pas ? Est-ce qu'il y avait réellement quelqu'un qui gardait le bâtiment la nuit ?

Il haussa les épaules.

— Où étiez-vous le 27 juin ?

— J'étais coincé au bureau. Je devais me rendre sur le chantier pour vérifier l'avancement des travaux, mais je n'ai pas pu me libérer alors j'ai envoyé Adrian. Je lui ai dit de garder les yeux ouverts. Si John Brancourt avait du mal à payer les petits entrepreneurs, je ne voulais pas qu'il essaie d'échapper au paiement de ma facture.

— Sinon il y aurait eu des conséquences ? dit Kay. Le genre de conséquences qui ont entraîné la mort de Damien Brancourt ?

— Je n'ai tué personne. Je ne le ferais jamais, dit

Sutton. Ce n'est pas bon pour les affaires, vous voyez ?

— En parlant de ça, dit Kay en fermant son dossier, nous allons examiner plus en détail votre entreprise, monsieur Sutton, je peux vous l'assurer. Vous et moi allons passer pas mal de temps ensemble.

CHAPITRE 36

Kay jeta le dossier sur son bureau sans parvenir à réprimer un bâillement, et elle fit signe à Carys et Gavin de la rejoindre.

Elle ouvrit la porte de l'ancien bureau du commandant divisionnaire Sharp et elle passa sa main dans ses cheveux tandis que ses yeux se posaient sur le ciel assombri au-delà de la fenêtre. Elle se retourna lorsque Gavin ferma la porte.

— Mark Sutton est peut-être coupable de chantage, de vol et de tout ce qu'Amanda Miller et son équipe peuvent lui reprocher du point de vue de la réglementation financière, mais je pense qu'il nous dit la vérité au sujet de Damien Brancourt. Je ne crois pas qu'il soit responsable de sa mort.

— Tu es sûre, chef ? dit Carys. Je veux dire, il y a des gens plutôt louches qui travaillent pour lui.

— Aucun d'entre eux n'a hâte de retourner en prison.

— J'ai examiné les déclarations que les agents en uniforme ont recueillies auprès d'autres entreprises de construction qui ont utilisé Sutton Site Security, dit Gavin, et même si aucune d'entre elles n'admet avoir été victime de chantage, elles affirment qu'une fois que ses hommes étaient sur le chantier, il n'y avait plus de problèmes. En fait, les cas de vol sur le chantier ont considérablement diminué.

— Probablement à cause de la réputation de Sutton, dit Kay. Tous ceux qui le connaissaient, lui et ses hommes, avaient probablement trop peur de voler quoi que ce soit.

— Donc on le laisse partir ? demanda Carys.

— Pour l'instant. Je pense qu'il y a plus dans cette affaire que ce que nous voyons pour le moment, dit Kay. Je veux que vous examiniez de plus près les autres entrepreneurs qui travaillaient sur le chantier et qui étaient directement engagés par John Brancourt. Vous pouvez ignorer tous ceux employés par Alexander Hill.

Elle s'arrêta de parler en entendant gratter à la porte et l'ouvrit.

Barnes se précipita à l'intérieur, trois boîtes de pizza en équilibre dans une main tandis qu'il déboutonnait son manteau de l'autre.

Kay prit les boîtes, lui donna de l'argent pour la nourriture et fit signe à ses collègues de se servir pendant qu'elle arpentait la moquette.

— Mange avant que ça ne refroidisse, chef, dit Gavin.

Elle soupira, puis les rejoignit et se servit une grande part recouverte de pepperoni.

— Pourquoi l'angle John Brancourt, chef ? demanda Carys. Pourquoi pas Hill ?

— Sutton dit que Brancourt devait et doit peut-être encore beaucoup d'argent à de nombreuses personnes. Des petits entrepreneurs, des artisans, ce genre de choses. Si l'une de ces personnes avait des problèmes pour obtenir de l'argent de sa part et avait essayé les voies officielles habituelles, peut-être qu'elle a pris les choses en main et qu'elle a utilisé Damien comme moyen de pression.

— Ça vaut le coup de reparler à John Brancourt ? demanda Barnes.

— Nous allons le faire, mais pas tout de suite. Vous avez réussi à retracer les derniers déplacements de Damien ?

— Aucune trace de lui sur les images de

vidéosurveillance, les angles des caméras des bâtiments voisins ne nous donnent pas assez de portée, répondit Gavin. Nous avons une image de la voiture de John Brancourt qui passe sous une caméra du concessionnaire automobile sur l'A20, mais c'est après qu'il a déposé Damien, il n'y a pas de passager dans la voiture. Aucun des propriétaires de pub ou du personnel de la zone de Sittingbourne Road à qui les agents en uniforme ont parlé n'a reconnu la photo de Damien non plus.

— Eh bien, lui et son ami ont dû aller quelque part après que John l'a déposé, dit Kay. Qu'en est-il des compagnies de taxi ?

— Nous avons contacté toutes les compagnies de taxi locales, chef, dit Carys. Deux chauffeurs semblaient intéressants, mais tous deux ont été vérifiés, un passager était un homme d'affaires à Loose, et l'autre était un type venu des États-Unis qui rendait visite à sa famille à Allington. Aucun signe de Damien.

— Bon sang, dit Kay. C'est ridicule. Il doit y avoir quelqu'un qui sait quelque chose.

— Ça vaut le coup d'interroger son frère et sa sœur ? demanda Barnes. Peut-être qu'il leur a dit quelque chose sur l'endroit où il allait vraiment ?

— On peut essayer, mais je veux que ça se fasse

chez eux. Je ne fais pas venir deux enfants au poste, ce serait trop traumatisant pour eux, vu ce qui est arrivé à leur frère.

— Je vais noter qu'il faut aller leur parler pendant le week-end. J'emmènerai Debbie avec moi, elle est douée avec les adolescents.

— Ok, merci.

Elle fit une pause, puis s'approcha d'un tableau blanc libre contre le mur et prit un stylo.

— Je pense qu'il est temps d'organiser une autre conférence de presse et de l'utiliser pour demander de l'aide afin de retracer les déplacements de Damien.

— Tu veux dire faire une reconstitution ? demanda Carys.

— Exactement. Tu peux contacter l'équipe médias demain matin ? On ne va pas avoir le temps d'organiser quoi que ce soit ce soir. Je veux que tout ce que nous savons sur le dernier jour de Damien soit présenté au public, y compris le dîner chez ses parents. Nous devons faire en sorte que le public s'intéresse à Damien. Il était aimé par sa famille, il a eu quelques ennuis avec nous mais il s'en est sorti et il avait une carrière prometteuse devant lui après avoir obtenu son diplôme.

Kay dessina un cadre sur le tableau en parlant.

— Je veux montrer John en train de conduire Damien à Maidstone pour le laisser à cet arrêt de bus.

Gavin leva les yeux de son carnet.

— Comment est-ce qu'on présente les circonstances de sa mort ?

Kay reboucha le stylo.

— Avec précaution. Ne dramatise pas, Gav. Il suffira peut-être que le présentateur fasse une intervention face caméra, ou je peux le faire. Appeler le public à se manifester s'ils savent quoi que ce soit qui pourrait nous aider. Je parlerai au quartier général demain matin pour obtenir du personnel pour répondre aux téléphones une fois que le communiqué de presse sera publié et que la reconstitution sera diffusée à la télévision.

Elle leva les yeux en entendant frapper à la porte, puis elle sourit en voyant le visage familier qui apparut.

— Tu as réussi à venir.

— Je ne manquerais une pizza pour rien au monde, dit Sharp.

Il salua les autres détectives, se servit une part de pizza puis leva son verre de boisson non alcoolisée pour trinquer avec les leurs.

— Bon, qu'est-ce qui se passe, alors ?

Kay le mit au courant entre deux bouchées de pizza.

— Et aujourd'hui, nous avons perdu notre principal suspect, conclut-elle.

— Tu ne penses pas que Mark Sutton est impliqué ?

— Pas de la manière dont nous le pensions, non. Je ne pense pas qu'il soit responsable de la mort de Damien. Il a peut-être une idée de ce qui se passe, mais il se tait.

— Il protège ses arrières, grogna Barnes.

— Malheureusement, les gens comme Mark Sutton pensent toujours à eux avant les autres.

Sharp grimaça.

— C'est pour ça que lui et ses semblables ont tant de succès.

— Vous avez déjà eu affaire à lui auparavant, chef ? demanda Gavin.

— Non, ce qui montre à quel point il a été habile pour rester en dehors de notre radar. Quoi qu'il arrive, je veux que nous menions une autre enquête sur son entreprise. Il est évident qu'il gère des activités corrompues, mais nous avons besoin de quelque chose pour l'inculper.

— Eh bien, Amanda Miller a beaucoup de preuves qu'elle ramène au quartier général lundi, dit

Kay. Cela devrait lui rendre la vie difficile pendant un moment, surtout quand elle les transmettra aux impôts.

— C'est un bon début, dit Sharp.

— Ça ne nous dit pas qui a poussé Damien dans ce trou, cependant, dit Barnes.

— Deux pas en avant, un pas en arrière, ajouta Carys.

— C'est comme la version enquête pour meurtre d'un satané tango, dit Barnes.

Il attrapa une serviette et s'essuya le menton.

— Alors, qu'est-ce qu'on fait ensuite ?

— J'espère que quelqu'un va se manifester à propos des déplacements de Damien Brancourt et de ce qu'il faisait en revenant à Maidstone alors que tous ceux avec qui nous avons parlé nous ont assuré qu'il se rendait à Heathrow pour prendre ce vol pour le Népal, dit Kay. Et, avec un peu de chance, la reconstitution télévisée aidera à raviver la mémoire des gens. Quelqu'un doit savoir quelque chose.

— Et si personne ne sait rien, on fait quoi, chef ? demanda Carys, sa voix à peine plus haute qu'un murmure.

— Je ne sais pas, répondit Kay. Je ne sais vraiment pas.

CHAPITRE 37

Kay leva les yeux de son écran d'ordinateur alors que Barnes laissait tomber son sac à dos sur sa chaise le lendemain matin avant de passer sa main dans ses cheveux trempés.

— Satanée pluie. Ça m'apprendra à partir en retard et à devoir me garer au supermarché.

Elle sourit et ouvrit le tiroir du bas de son bureau avant de lui lancer une serviette propre.

— Utilise ça. Je me suis déjà fait avoir avant.

— Merci.

Il enleva sa veste, puis se sécha les cheveux en s'approchant d'elle.

— Du nouveau ?

— Rien qui puisse nous aider. Debbie travaille avec Hughes et Parker pour rassembler tout ce qu'on sait sur cette affaire pour qu'on puisse faire un bilan ce week-end. Et on va perdre quatre agents en uniforme lundi, Sharp a essayé de plaider notre cause auprès de la direction, mais il n'y a pas assez de personnel à cause des réductions budgétaires.

— Bon sang. C'est bien la dernière chose dont on a besoin en ce moment.

— Je sais.

Elle soupira.

— Mais on n'y peut rien.

La porte s'ouvrit et Carys fit irruption en fourrant un parapluie trempé dans un sac plastique.

— J'espère que Damien Brancourt apprécie ça, grommela-t-elle. S'il y avait bien un jour pour rester sous la couette...

Kay rit.

— Ne dis pas n'importe quoi. Tu ne raterais ça pour rien au monde.

Un sourire commença à se dessiner au coin des lèvres de Carys.

— C'est vrai. Où est Gavin ?

— Il est parti acheter le petit-déjeuner. Je me suis dit que personne ne verrait la différence avec ses cheveux s'il se faisait mouiller. Il devrait bientôt revenir. J'ai supposé que vous voudriez tous les deux des sandwichs au bacon.

L'estomac de Barnes gargouilla bruyamment en réponse.

— Tu es une légende, chef.

— Je ne peux pas me concentrer quand j'ai faim, donc crois-moi, ce n'était pas une décision charitable.

Comme sur commande, Gavin apparut, les bras chargés de sacs en papier qu'il distribua à ses collègues avant de s'asseoir et de mordre dans l'un des sandwichs.

Ils mâchèrent en silence pendant un moment et l'esprit de Kay vagabonda vers les prochaines étapes de l'enquête.

Si Damien avait rencontré quelqu'un avant son vol pour le Népal et qu'il s'était retrouvé en danger, pourquoi n'avait-il pas essayé d'appeler ses parents pour les prévenir que quelque chose n'allait pas ? Aucun de ses amis ou connaissances qui avaient été officiellement interrogés n'avait indiqué que Damien avait essayé de les contacter, alors qui avait-il retrouvé ?

— Carys, est-ce que toi et Gavin pouvez passer la matinée à revoir les déclarations des témoins que nous avons recueillies en début de semaine et contacter toutes les personnes à qui nous avons parlé ? Demandez-leur spécifiquement si Damien a mentionné s'il prévoyait de voyager au Népal avec quelqu'un, d'accord ?

— Pourquoi est-ce qu'il n'aurait pas dit à ses parents avec qui il partait ?

— Peut-être que c'était une nouvelle petite amie, ou quelqu'un qu'ils n'auraient pas apprécié, quelque chose comme ça. Voyez ce que vous pouvez découvrir. John Brancourt dit qu'il n'y avait personne d'autre à l'arrêt de bus quand il a déposé son fils, donc peut-être que Damien a retrouvé son ami ailleurs et qu'ils sont allés ensemble dans un pub.

— On s'en occupe.

— Tu penses qu'on va trouver un autre corps ? demanda Barnes, l'air inquiet. Tu crois que celui qui a tué Damien a aussi tué son ami ?

— J'espère que non, répondit Kay. Je pars du principe que cette personne pourrait savoir comment Damien s'est retrouvé dans ce plafond. Nous devons considérer le fait que celui ou celle qu'il a rencontré est aussi responsable d'avoir dissimulé sa mort. En plus, l'équipe de Harriet n'a trouvé aucune preuve suggérant que quelqu'un d'autre avait été placé dans le trou.

— Chef !

Elle tendit le cou pour regarder par-dessus son

écran d'ordinateur juste à temps pour voir Debbie se précipiter vers elle.

— Qu'est-ce qui se passe ?

L'agente de police lui tendit quelques pages qu'elle avait imprimées.

— Jette un œil à ça. Je suis tombée dessus en parcourant d'anciens articles de journaux sur Hillavon Developments.

Kay fronça les sourcils et parcourut le rapport.

— Bon sang.

— Qu'est-ce que c'est ? demanda Gavin en se perchant au bout du bureau de Barnes.

— Alexander Hill, Hillavon Developments, avait une participation minoritaire dans une autre société de développement avec des intérêts à Bromley, expliqua Debbie. Il y a trois ans, un ouvrier a été tué sur le chantier dans une chute et l'entreprise a reçu une amende importante pour des pratiques douteuses en matière de santé et de sécurité. Et si la mort de Damien Brancourt était un accident et qu'Alexander Hill l'avait dissimulé plutôt que de risquer d'être à nouveau poursuivi en justice ? Je veux dire, Lucas a dit qu'il avait été électrocuté, n'est-ce pas ?

Kay se pinça les lèvres en lisant l'article et le tendit à Barnes.

— Je suis d'accord, ça vaut la peine d'enquêter. Surtout étant donné que Hill n'a pas répondu aux appels de Gavin pendant plusieurs jours au début de nos recherches. Peut-être que c'est Hill que Damien a rencontré.

— Tu penses qu'il nous évitait délibérément, alors ? suggéra Carys. Pour mettre son histoire au point, en quelque sorte ?

— C'est possible, et ça pourrait avoir été une erreur de l'écarter ces derniers jours. Barnes, tu peux retrouver cette liste du personnel présent que Hughes a établie à partir des registres de Sutton Site Security ? Nous devons savoir combien de fois Hill est allé sur le chantier pour vérifier l'avancement des travaux.

— Hill devait sûrement avoir une clé, étant donné qu'il est propriétaire des lieux, dit Barnes en griffonnant dans son carnet. Debbie, tu peux contacter John Brancourt et lui demander une copie de tous les comptes rendus de réunion si nous ne les avons pas déjà ? Il pourrait y avoir un indice parmi eux s'il y avait des préoccupations de sécurité sur le site.

Debbie retourna à son bureau et Kay se tourna alors que son téléphone sonnait.

— C'est Andy Grey du quartier général, dit une voix. Je pensais que tu serais là tôt.

— Je ne suis pas la seule, répondit-elle. Toute l'équipe est là. Quoi de neuf ?

— Nous avons travaillé sur le téléphone portable de Damien Brancourt avec l'un de vos collègues en uniforme ici, dit l'expert en criminalistique numérique. Les journaux d'appels sont enfin arrivés de son opérateur, et il y a un vieux message que nous avons récupéré qui pourrait t'intéresser. Il s'avère que Damien avait un rendez-vous prévu avec Alexander Hill une semaine avant son prétendu vol pour le Népal.

Kay repoussa sa chaise.

— Comment est-ce que tu as trouvé le message si Damien l'avait supprimé ?

Grey rit doucement.

— Nous avons nos méthodes. Je vais t'envoyer par courriel ce que nous avons et je vais mettre Debbie en copie pour qu'elle puisse mettre à jour HOLMES.

— C'est le seul message qui mentionne Hill ?

— Oui. J'ai tout vérifié deux fois et c'est tout ce que j'ai trouvé.

— C'est super, merci.

Kay raccrocha et informa son équipe.

— Alexander Hill est désormais suspect. Je veux toutes les informations que vous pouvez trouver sur lui d'ici la fin de la journée. Barnes, viens avec moi. On va découvrir ce que John Brancourt sait de la rencontre de son fils avec Hill.

CHAPITRE 38

John Brancourt ouvrit la porte à Kay et Barnes, l'air méfiant.

— Qu'est-ce que vous voulez ?

— Vous parler quelques minutes, s'il vous plaît, monsieur Brancourt.

Il s'écarta et fit un geste vers la cuisine.

— Allez-y. Annabelle se repose. Elle est encore sous le choc.

Kay laissa Barnes passer devant, puis elle posa sa main sur le bras de Brancourt.

— Nous avons un agent qui peut venir avec vous cet après-midi si vous avez besoin de soutien.

Il secoua la tête.

— Nous préférons garder notre chagrin pour nous, détective. Merci quand même.

Il la dépassa et suivit Barnes, puis il leur indiqua de s'asseoir à la table de la cuisine tandis qu'il s'appuyait contre l'évier.

Kay attendit que Barnes ait sorti son carnet de la poche de sa veste, puis elle reporta son attention sur Brancourt.

— Comment vont les jumeaux ?

— Bien, je suppose.

Il haussa les épaules.

— Ce sont des adolescents, ils ne parlent pas beaucoup même dans les meilleurs moments, donc c'est difficile à dire.

— Quelles sont vos relations avec Alexander Hill ?

— Relations ? J'ai fait des offres pour travailler sur certains de ses projets, et c'est à peu près tout. Pourquoi ?

— Pour combien de ses projets avez-vous participé à l'appel d'offres ?

— Probablement une douzaine au fil des années.

— Et combien en avez-vous remportés ? Sur combien avez-vous travaillé ?

— Trois. Celui du bâtiment Petersham, un projet immobilier près d'Aylesford et un autre chantier de bureaux à West Malling.

— Vous vous êtes déjà fréquentés en dehors du travail ?

— Non. Ce n'est pas le genre de personne que j'apprécie, pour être honnête.

— Ah bon ? Dans quel sens ?

— Un peu trop impitoyable à mon goût.

Brancourt se détacha de l'évier.

— Je dirige une entreprise qui est dans ma famille depuis trois générations. Nous prenons soin de nos employés, nous payons nos impôts et nous soutenons les associations caritatives et les entreprises locales. Alex est comment dire… sans scrupules. Pour lui, tout n'est qu'une question d'argent.

Kay laissa son regard errer sur les appareils dernier cri et les surfaces brillantes de la cuisine, puis elle se retourna vers Brancourt.

— Vous semblez vous en sortir plutôt bien, à en juger par ce que je vois.

— C'est vrai, oui.

— Comment va la trésorerie de l'entreprise ces temps-ci ?

— Pardon ?

— Nous avons parlé à des témoins qui ont indiqué que certains de vos sous-traitants ne seraient pas payés dans les temps.

John renifla.

— Des rumeurs, rien de plus. Croyez-moi, détective. Je prends soin de mes fournisseurs. Je n'aurais pas mon entreprise sans eux.

— Mais vous avez connu des difficultés par le passé ?

— Comme tout le monde pendant la récession, oui. Mais j'ai réduit mes frais, j'ai fait des économies partout où je pouvais, et j'ai veillé à ce que tout le monde soit payé.

— Pourquoi est-ce que votre fils avait une rencontre prévue avec Alexander Hill une semaine avant sa disparition ?

— Quoi ?

— Notre équipe d'experts en criminalistique numérique a pu récupérer un message supprimé du téléphone portable de Damien. Une semaine avant sa mort, il avait prévu de rencontrer Hill. Est-ce que vous savez de quoi ils ont discuté ?

— Je... Je n'en ai aucune idée.

John se dirigea vers la table et s'effondra sur le siège à côté de Barnes.

— Pourquoi est-ce qu'il aurait fait ça sans me le dire ?

— C'est ce que nous essayons de comprendre avant de parler à M. Hill, expliqua Kay. Est-ce que vous avez la moindre idée de la raison pour laquelle votre fils est allé le voir ?

— Non. Il ne m'en a jamais parlé.

— Est-ce qu'il en aurait parlé à votre femme ?

— Si c'était le cas, elle me l'aurait dit.

Brancourt fit tourner l'alliance à son doigt.

— Il n'y a pas de secrets dans cette maison, détective.

— Et pourtant, vous n'étiez pas au courant de cette rencontre entre votre fils et Alexander Hill.

Brancourt soupira.

— Damien pouvait parfois être un peu trop secret pour son propre bien. Vous avez trouvé l'ami qu'il disait aller voir ?

— Nous y travaillons, répondit Kay. Nos collègues ont interrogé les propriétaires des pubs du quartier et vérifient des images de vidéosurveillance...

Elle s'arrêta lorsque Annabelle Brancourt entra dans la cuisine, un épais cardigan en laine drapé sur ses épaules et ses cheveux relevés en arrière.

Le visage de la femme portait les marques du chagrin ; ses yeux étaient ternes.

— Qu'est-ce que vous faites ici ? Vous avez trouvé qui a tué mon fils ?

Kay eut un élan de compassion pour la femme, mais elle garda un visage impassible.

— Pas encore, madame Brancourt. Mon équipe et moi travaillons sans relâche pour trouver les réponses dont vous avez besoin.

Annabelle renifla, puis elle se traîna jusqu'au plan de travail et actionna l'interrupteur de la bouilloire.

— J'ai décidé de garder Bethany et Christopher à la maison au lieu de les renvoyer à l'école à la fin de la semaine dernière. C'est presque la fin du trimestre de toute façon, et je ne supportais pas l'idée qu'ils entendent toutes les rumeurs qui doivent circuler pendant qu'ils essaient d'étudier pour leurs examens blancs. Les enfants peuvent être terribles entre eux.

— C'est vrai, dit Barnes en repoussant sa chaise et en se dirigeant vers la bouilloire qui grondait maintenant sur son socle alors qu'un nuage de vapeur s'élevait de son bec.

Il actionna l'interrupteur, puis se tourna vers Annabelle.

— J'ai une fille qui n'est plus adolescente maintenant, mais c'était une terreur à l'école. Où sont les tasses ?

— Dans le placard de gauche, là.

— Asseyez-vous. Je vais le faire.

Kay croisa le regard de son collègue alors qu'elle rejoignait les Brancourt, et elle hocha silencieusement la tête en remerciement avant de plonger dans son sac à main pour prendre son carnet.

— Où sont-ils maintenant ? demanda-t-elle.

— À l'étage, dans leurs chambres. En train de jouer à des jeux vidéo, je suppose, répondit Annabelle.

Elle écarta une mèche rebelle de son front.

— Pourquoi ?

— J'aimerais leur parler, si cela ne vous dérange pas, pour voir si Damien leur a mentionné quoi que ce soit à propos de cet ami, ou de ses projets pour son voyage au Népal.

— Ils n'étaient pas très proches de lui. Il y a huit ans d'écart entre eux et Damien.

— Quand même...

— Je préférerais que vous ne le fassiez pas. Pas tout de suite. Donnez-leur encore quelques jours pour faire leur deuil en paix, s'il vous plaît.

Annabelle leva les yeux quand Barnes posa une tasse de thé devant elle et elle murmura un remerciement. Elle s'essuya les yeux, puis souleva la tasse et souffla sur la surface chaude avant de fixer le liquide comme si elle se demandait quoi en faire ensuite.

Kay fouilla dans son sac et en sortit un dossier

avant d'en extraire une page et de la faire glisser sur la table vers John.

— Nous avons trouvé des preuves corroborant votre affirmation selon laquelle Mark Sutton aurait loué des véhicules pour retirer les deux générateurs de votre cour l'année dernière, dit-elle.

Brancourt se pencha en avant et tendit une main tremblante pour rapprocher le document.

— Qu'est-ce que c'est ?

— Tout ce dont nous avons besoin, c'est votre déclaration attestant que Sutton vous faisait chanter, et nous pourrons commencer une enquête sur le vol.

Il cligna des yeux, puis poussa la page vers elle.

— Je ne pense pas, détective Hunter. Après tout, il n'y a eu aucun préjudice. L'équipement a été restitué en bon état.

— Mark Sutton vous a-t-il menacé par le passé ?

— Qu'est-ce qui vous fait dire ça ?

— Lorsque Damien a été arrêté pendant la manifestation, un témoin a déclaré qu'il avait dit à l'homme qu'il avait agressé de vous laisser tranquille. De quoi s'agissait-il ?

— Je ne m'en souviens pas.

— John, Mark Sutton vous a fait chanter pour que vous lui donniez du travail. Vous ne pouvez pas le laisser s'en tirer comme ça.

Les épaules de l'homme se levèrent, puis s'affaissèrent à nouveau.

— Il vaut probablement mieux que je ne le fasse pas. Est-ce que nous pouvons en rester là ? Je devrais vraiment me remettre au travail. J'ai beaucoup de paperasse à faire et des coups de téléphone à passer.

Kay réprima la frustration qui bouillonnait en elle, mais elle rassembla ses affaires avant de faire signe à Barnes.

— Si Christopher ou Bethany mentionnent quoi que ce soit à propos du voyage de Damien ou de projets de rencontre avec quelqu'un à Maidstone avant son départ, s'il vous plaît, contactez-moi immédiatement. Mon numéro de portable personnel est sur la carte que je vous ai donnée. Peu importe l'heure du jour ou de la nuit. Ils pourraient se souvenir de quelque chose d'important qui pourrait nous aider.

Annabelle se leva de sa chaise et fit un geste vers la porte.

— Je vais vous raccompagner.

Kay remarqua que John ne bougeait pas tandis que sa femme et Barnes la suivaient, et en regardant par-dessus son épaule, elle vit que l'homme faisait maintenant face à la fenêtre à côté de la table de la cuisine, son regard perdu alors qu'il fixait le vide à travers la vitre.

Barnes s'arrêta à la porte d'entrée, la main sur la poignée.

— Madame Brancourt, est-ce que vous vous souvenez si Damien postulait à des emplois au moment de sa disparition, ou quels étaient ses projets d'avenir une fois revenu du Népal ?

La femme fronça les sourcils.

— Pourquoi est-ce qu'il aurait fait des candidatures ? Il devait reprendre l'entreprise familiale de John dans quelques années. Nous en avions parlé avant son départ. L'année prochaine, il allait commencer un master à temps partiel et travailler pour John pour mieux connaître les ficelles du métier. Vous savez, l'habituer progressivement à gérer le personnel pour que ça ne soit pas un choc pour eux quand il finirait par prendre la relève.

Un triste sourire traversa son visage.

— John se réjouissait d'une retraite où il pourrait le voir développer l'entreprise et la faire croître à partir de ce qu'il a réussi à accomplir. Il en était certainement capable.

— Très bien, madame Brancourt, nous allons y aller. Comme je l'ai dit, s'ils vous disent quoi que ce soit, n'importe quoi qui pourrait aider notre enquête, appelez-moi s'il vous plaît, répéta Kay.

Alors que la porte d'entrée se refermait sur elle et qu'elle retournait à la voiture avec Barnes, un poids lourd s'installa dans sa poitrine.

— Le chagrin est une vraie saloperie, dit Barnes.

Elle attacha sa ceinture de sécurité et leva les yeux pour voir deux visages inexpressifs à une fenêtre de l'étage.

— C'est vrai, Ian. C'est bien vrai.

CHAPITRE 39

Alexander Hill lança un regard noir à Kay par-dessus ses lunettes à monture métallique.

— Je n'apprécie pas d'être interrompu lors d'un rassemblement social un dimanche midi par deux de vos agents en uniforme et d'être escorté de force jusqu'à leur voiture, détective.

— Tant pis, dit-elle en ouvrant le dossier devant elle.

Il lui fallut un moment pour rassembler ses pensées tout en ignorant le regard pénétrant de l'avocat de Hill.

Elle avait déjà rencontré cet homme, un pilier de l'établissement juridique du Kent, qui avait la réputation peu enviable d'être à la fois le plus cher et le plus répugnant.

Kay finit par arracher une page du dossier pour la tendre à Hill.

— Voici un relevé d'appels du téléphone portable de Damien Brancourt. Plus précisément, un message que vous lui avez envoyé une semaine avant sa mort.

Les sourcils de Hill se levèrent brusquement avant qu'il n'ait le temps de se ressaisir.

— Il m'avait dit qu'il l'avait supprimé.

— C'était le cas. Notre équipe de criminalistique numérique est très douée, cependant. Pourquoi est-ce que vous aviez rendez-vous avec lui ?

Hill jeta un coup d'œil de côté à son avocat, puis s'agita sur son siège.

— Ok, dit-il. Écoutez, tout ce que je voulais, c'était lui parler d'une opportunité que j'avais pour lui. Je ne voulais pas que John le découvre.

— Quel genre d'opportunité ?

— Une opportunité dont on ne discute pas au téléphone.

Kay le fusilla du regard.

— Je n'ai ni le temps ni l'envie de jouer à vos jeux, monsieur Hill. Crachez le morceau. De quoi avez-vous discuté avec Damien Brancourt la semaine avant sa mort ?

Il haussa les épaules.

— Il était intelligent. J'avais un poste qui s'était libéré et je pensais qu'il lui conviendrait.

— Quel genre de poste ?

— Développement commercial. Damien était très doué, détective Hunter. Il aurait pu aller loin dans n'importe quelle carrière de son choix.

— Nous avions l'impression qu'il allait reprendre l'entreprise familiale des Brancourt d'ici quelques années.

Hill renifla.

— Ça aurait été du gâchis. C'est pour ça que nous n'avons pas parlé de notre rencontre à John. Il aurait commencé à se mettre sur la défensive et à dire que l'entreprise devait rester dans la famille. Damien comprenait qu'il n'y a pas de place pour les sentiments de nos jours. Il voyait l'avenir, et il le voyait chez Hillavon Developments.

— Pourquoi est-ce que vous avez évité les appels de mon équipe après la découverte du corps de Damien ?

— Je ne pouvais pas faire autrement, j'étais occupé.

— Vous jouiez au golf.

Les joues de Hill rougirent et il baissa le regard sur ses mains.

— C'était une réunion d'affaires.

— Cela vous a aussi donné le temps de vous chercher un alibi pour vos déplacements au moment de la disparition de Damien.

— Je n'ai rien à voir avec ça !

Kay sortit une liasse de papiers agrafés au dossier, tourna à la quatrième page puis la retourna face à Hill, avant de planter son index à mi-hauteur.

— Voici les registres de sécurité du site tenus par Sutton Site Security. Vous êtes allé au bâtiment Petersham deux jours avant la disparition de Damien Brancourt. Pourquoi y êtes-vous allé ?

— Je devais y aller, nous avions une réunion de chantier.

— Il n'y a aucun autre document pour étayer cette affirmation, monsieur Hill. Chaque réunion de chantier était enregistrée, n'est-ce pas ?

Son visage s'affaissa.

— Oui.

— Donc, c'était une visite non planifiée ?

— Oui.

— Pourquoi ?

— Écoutez, j'avais quelques inquiétudes concernant les travaux, c'est tout. Je voulais voir par moi-même. C'est bien beau d'avoir des réunions de chantier programmées pour discuter de l'avancement d'un projet, mais parfois les entrepreneurs discutent des problèmes quand je ne suis pas là et ils trouvent un moyen de dissimuler ce qui se passe réellement. Je ne voulais pas découvrir quelque chose par accident. Nous travaillions avec un calendrier très serré.

— Est-ce que vous avez encouragé vos entrepreneurs à accélérer le travail pour respecter ce calendrier ?

— Si vous insinuez que mon client a fait l'impasse sur la santé et la sécurité, détective—

Kay fusilla l'avocat du regard.

— Étrange que vous mentionniez cela, étant donné l'historique de votre client à cet égard.

Hill leva la main avant que l'avocat ne puisse répliquer.

— Attendez. Il n'y avait aucun problème de santé et de sécurité concernant le bâtiment Petersham à ma connaissance. Vous avez manifestement entendu parler du projet sur lequel j'ai travaillé il y a trois ans. C'était dû à une formation inefficace d'un apprenti par l'un de mes entrepreneurs, et j'ai payé une lourde amende pour cela. C'était tragique.

— Pour l'apprenti ou pour votre portefeuille ? demanda Barnes.

— Quelles étaient vos préoccupations concernant le chantier du bâtiment Petersham ? dit Kay. Pourquoi y êtes-vous allé à l'improviste ?

— J'avais entendu une rumeur selon laquelle du matériel disparaissait, répondit Hill. Et puis environ un mois après, une cargaison de câbles en fibre optique pour le câblage des communications qui était en cours d'installation a disparu.

— Combien valait-elle ?

— Des milliers, dit Hill. Et personne ne savait me dire où elle était passé, ni ce qui était arrivé.

— Qu'est-ce que Mark Sutton a dit à ce sujet ? Ses hommes n'assuraient-ils pas la sécurité du bâtiment ?

— Quiconque a pris les câbles l'a fait entre le vendredi et le samedi soir. Sutton m'a déjà dit qu'il n'avait qu'un seul homme présent ce week-end à cause d'un événement de musique rock pour lequel il était employé. Apparemment, ils le payaient plus que moi, donc mon projet ne méritait pas la protection qu'il aurait dû avoir.

— Quand est-ce que vous avez été informé du vol ?

Hill pointa du doigt la feuille de présence de la sécurité du site.

— Ce matin-là quand je suis arrivé. Je me demandais pourquoi tout le monde m'évitait. C'est seulement quand j'ai exigé de savoir ce qui se passait que je l'ai découvert. Après ça, ça a été le branle-bas de combat. Je me suis retrouvé au milieu d'une dispute entre John Brancourt et Mark Sutton deux jours plus tard quand je les ai fait venir dans mon bureau pour s'expliquer.

— Vous avez découvert qui était responsable du vol ? demanda Barnes.

— Non.

— Pourquoi est-ce que le vol n'a pas été signalé à la police ? demanda Kay. Nous n'avons aucune trace de vols sur ce site.

— John a dit qu'il s'en occuperait. Un jour plus tard, il a réussi à trouver des câbles de remplacement. Il a mis la pression sur le chantier et il a réussi à rattraper le retard sur le calendrier.

— Est-ce que Damien a accepté le poste que vous lui avez proposé ?

— Quoi ?

— Le poste de développeur commercial dont vous avez dit avoir discuté avec Damien. Il l'a accepté ?

— Il m'a dit qu'il reviendrait vers moi pour me tenir au courant. Je n'ai plus jamais eu de ses nouvelles.

Hill tordit l'un de ses boutons de manchette et cligna des yeux.

— Et c'est quelque chose que je regretterai toujours.

— La partie de golf dont vous parliez, pardon, la réunion d'affaires, vous êtes parti tôt. Pourquoi donc ?

— Je n'ai pas—

— Faites attention à ce que vous dites, monsieur Hill. Nous avons les déclarations de deux de vos associés qui affirment que vous n'avez joué que neuf trous, pas dix-huit. Pourquoi êtes-vous parti plus tôt ?

Hill jeta un coup d'œil rapide à son avocat, puis revint vers elle.

— J'ai retrouvé M. Caplan ici, dans son bureau. Q-quand j'ai appris la mort de Damien, j'ai paniqué, c'est tout.

— Intéressant.

Kay tira les documents à travers la table et referma le dossier avant de reculer sa chaise.

— Viens avec moi, Barnes.

Elle se dirigea vers la porte, puis s'arrêta lorsque Hill l'interpella.

— Détective Hunter ?

Kay jeta un coup d'œil par-dessus son épaule pour voir Hill debout, le visage bouleversé.

— Quoi ?

— Je n'ai pas tué Damien Brancourt. Vous devez me croire. Il était comme un fils pour moi.

CHAPITRE 40

Kay s'affaissa dans son siège et fixa les courriels surlignés sur l'écran de son ordinateur. Elle compta le nombre de messages qui étaient apparus depuis qu'elle avait parlé à Alexander Hill et elle se demanda ce qu'elle pourrait déléguer à ses collègues.

— Comment ça s'est passé, chef ? demanda Carys.

Elle tira une chaise et croisa les jambes, son stylo en suspens au-dessus de son carnet.

— Je ne suis pas sûre.

Kay appuya sur trois touches pour verrouiller l'écran de l'ordinateur, puis se tourna vers elle.

— Je pense qu'il a été choqué que nous ayons trouvé le message, lui et Damien cachaient définitivement le fait qu'ils s'étaient vus et ils ne voulaient pas que John Brancourt le découvre.

— Parce que John voulait que Damien reprenne son entreprise.

— Exactement, et il semble que Hill était plus proche de Damien que John ne l'était, surtout...

Elle s'interrompit lorsque le commandant divisionnaire Sharp entra dans la pièce et se précipita vers elle.

— Chef ?

— Désolé, Kay, je viens d'avoir des nouvelles de la commissaire. Nous n'avons pas assez de preuves contre Alexander Hill pour le retenir plus longtemps. Nous devons le relâcher si nous ne le mettons pas en examen.

— Mais il n'est là que depuis six heures, intervint Barnes. Nous n'avons pas encore besoin de l'approbation d'un magistrat.

— C'est politique, dit Sharp. Hill a des relations et il en profite.

— Bon sang.

Kay se retourna et frappa du plat de la main contre le côté du classeur.

— Est-ce que vous avez quoi que ce soit qui suggère qu'il était directement impliqué dans la mort de Damien ?

— Non, chef.

— Alors je suis désolé, Kay. Nous allons nous assurer qu'il remette son passeport au cas où, mais nous devons le libérer.

Sharp se tourna vers Gavin.

— Piper, vous pouvez vous en charger dès que nous aurons fini ici ?

— Oui, chef.

Sharp s'approcha du tableau blanc et croisa les bras tout en parcourant les notes que Kay avait ajoutées au cours de l'enquête. Au bout d'un moment, il fit un léger signe de tête.

— Je sais que c'est frustrant, Hunter. Mais continue à creuser. Quelqu'un sur ce site ment. Nous n'avons simplement pas encore découvert qui.

— Je sais, chef.

— Je serai au quartier général demain matin à la première heure. Tiens-moi au courant.

Il fit un bref signe de tête, murmura ses remerciements à l'équipe et partit.

Kay se retourna vers l'équipe en uniforme, leurs visages tirés sous la pâle lumière jaune des vieux tubes fluorescents.

— Bon, on en assez fait pour aujourd'hui. On se voit demain à huit heures. Piper, tu ferais mieux de descendre et de commencer les formalités pour libérer Hill et t'occuper de la remise de ce passeport.

Elle attendit qu'ils commencent à sortir de la pièce, puis elle se pencha en avant et agita sa souris jusqu'à ce que l'écran de son ordinateur s'illumine et fasse apparaître les fichiers de l'affaire. Elle parcourut du regard chaque entrée avant de l'écarter, frustrée de ne pas trouver ce qu'elle cherchait. Elle leva les yeux lorsque Barnes s'appuya contre son bureau et sourit.

— Quoi ?

— Je connais ce regard, chef, dit-il. Qu'est-ce que tu fais ?

— Je ne peux rien te cacher, n'est-ce pas ?

— Non, alors crache le morceau.

— Tu as le numéro de téléphone de Marcus Weston, le directeur des opérations de l'entreprise de logiciels ?

Barnes feuilleta son carnet.

— Oui. Le voici.

Kay composa le numéro sur son téléphone de bureau, puis elle soupira de frustration en écoutant le message vocal.

— Il est au Canada jusqu'à la semaine prochaine.

— Qu'est-ce que tu voulais lui demander ?

— Je voulais jeter un autre coup d'œil au trou où Damien a été retrouvé. On a encore une clé du bâtiment Petersham ou elle a été rendue à Weston après que l'équipe de Harriet a terminé avec la scène de crime ?

— Je crois que Debbie en avait une qu'elle devait apporter là-bas à un moment donné pour leur faire savoir qu'ils peuvent utiliser la pièce maintenant que les experts de la police scientifique ont terminé. Mais je ne sais pas si elle a eu l'occasion de le faire.

— Tu sais où elle l'a mise ?

Kay se leva de sa chaise et traversa la pièce jusqu'au bureau de l'agente de police.

Les dossiers administratifs associés à une enquête majeure en pleine effervescence couvraient une grande partie de l'espace de travail de Debbie, malgré ses efforts pour garder les dossiers et les papiers dans des piles séparées pour faciliter la consultation.

— Qu'est-ce que tu as en tête ? demanda Barnes en la rejoignant.

— Le trou d'où est tombé le corps de Damien, pourquoi l'y mettre en premier lieu ? Il faisait sombre, il n'y avait pas de caméras de surveillance face à l'arrière du bâtiment, alors pourquoi ne pas le sortir de là et cacher son corps ailleurs ? Je veux y jeter un autre coup d'œil maintenant, avant que l'on rende les clés.

— Ok, j'ai une idée.

Il fit un geste vers la paperasse.

— C'est plus facile que de chercher une clé dans tout ça, de toute façon.

— Ah oui, c'est quoi cette idée ?

Il sourit.

— Gemma Tyson.

— La réceptionniste ?

— Je l'ai entendue parler sur la scène le jour où le corps de Damien a été découvert. C'est une fille intelligente et elle a les codes de sécurité du bâtiment, dont tu auras besoin en plus de la clé. Elle loue aussi un appartement à Wheeler Street, donc elle est juste au coin de la rue.

Kay inspira profondément.

— Il faudrait que Gavin retarde Alexander Hill au cas où il penserait y aller ce soir. Je sais qu'il n'entrerait pas dans le bâtiment, mais je ne veux pas qu'il nous voie s'il passe en voiture.

— Je m'en occupe, lança Carys en prenant son téléphone.

— Tu penses qu'on va pouvoir le retarder combien de temps ? demanda Barnes.

— Une heure, pas plus, répondit Kay. Son avocat est expérimenté dans ce genre de choses. Tant que Gav ne leur a pas encore parlé—

— Il ne l'a pas fait.

Carys reposa son téléphone.

— Il a été retenu par Hughes à l'accueil pour s'occuper d'un journaliste, alors je lui ai dit d'attendre encore vingt minutes avant d'annoncer la bonne nouvelle à Hill et à son avocat. Il pense que ça va bien lui prendre quarante à cinquante minutes pour faire la paperasse après ça parce qu'il vient de se blesser à la main et que son écriture sera lente.

Kay sourit au sourire espiègle sur le visage de l'enquêteuse, puis elle regarda son téléphone.

— Contacte Gemma, Barnes. Demande-lui de nous retrouver devant le bâtiment Petersham dans quinze minutes.

CHAPITRE 41

Un quart d'heure plus tard, Kay attendit qu'un taxi s'éloigne du trottoir avec ses occupants éméchés et elle fit un signe de tête à Gemma Tyson.

— Maintenant.

Il ne restait que peu de piétons dans High Street, un vent froid et une pluie battante incitaient la plupart des gens à rester à l'intérieur.

Kay croisa le regard de Barnes et il lui fit un clin d'œil alors qu'un léger *bip* parvenait à leurs oreilles.

— Nous y voilà, chef.

Gemma tint ouverte l'une des doubles portes pour que Kay et Barnes entrent, puis elle la verrouilla derrière eux.

— Vous allez devoir attendre ici pendant que je désactive l'alarme pour le reste du bâtiment.

Elle disparut derrière le bureau de la réception, alluma une lampe de bureau à côté de son ordinateur et saisit une séquence de chiffres avant de se redresser.

— Ok, suivez-moi.

— Pas si vite, dit Kay. Nous allons prendre le relais à partir d'ici.

Le visage de la réceptionniste s'affaissa.

— Voici mon numéro de portable, dit Barnes. Vous pouvez m'appeler si quelqu'un d'autre arrive ?

— C'est noté.

Il ouvrit la voie à travers le bureau principal, alluma les lumières puis se dirigea vers le grand espace et monta un escalier. Ses chaussures résonnaient sur les marches métalliques dans le silence du bâtiment.

Kay le suivit, son excitation à la perspective de ce qu'ils pourraient découvrir était tempérée par l'anxiété que cela puisse être une tâche infructueuse.

Elle était à court d'options.

Barnes atteignit le haut des escaliers et poussa la porte pour entrer dans le bureau au-dessus de l'espace de détente. Il fit signe à Kay d'entrer.

— Au moins, nous n'avons pas à essayer d'enlever la moquette et la sous-couche, elles n'ont pas encore été remises en place.

— Bien. Je n'avais pas envie d'essayer de soulever tout ça. On jette un coup d'œil ?

Elle sortit de sa poche une photographie prise par l'équipe de Harriet lorsqu'ils avaient été appelés sur les lieux, et elle piétina sur le sol nu en scrutant les marques mises en évidence par la police scientifique.

— Il y a des traces de traînée ici, regarde. On peut voir où les planches ont été égratignées.

— Mais elles vont vers le trou, pas vers la porte.

— Donc le déplacer à l'extérieur n'a jamais été une option, dit Kay en fronçant les sourcils. Cela signifie que le trou était ouvert avant la mort de Damien. Pourquoi ?

Elle s'accroupit près des planches détachées qui restaient de l'intrusion des enquêteurs, puis elle fit signe à Barnes de l'aider.

— On doit regarder à l'intérieur.

Elle sortit une fine lampe torche de la poche de sa veste tandis que Barnes poussait la première planche, et elle dirigea le faisceau dans l'ouverture.

— Tu peux en enlever une autre ?

Kay baissa son visage jusqu'à ce que sa joue repose sur le sol et elle balaya le faisceau vers sa gauche. Elle se déplaça jusqu'à ce qu'elle puisse mieux voir dans le trou, puis elle se redressa et s'assit sur ses talons.

— Eh bien, c'est intéressant.

— Quoi donc ? demanda Barnes.

En guise de réponse, Kay sortit son téléphone portable et appuya sur la numérotation rapide.

— Gavin ? Alexander Hill est toujours au poste ? Descends au parking et ramène-le immédiatement. Il a des explications à nous donner.

KAY REMIT sa veste trempée par la pluie à l'officier en uniforme devant la salle d'interrogatoire, puis elle poussa la porte et s'approcha de la table où Alexander Hill était assis avec son avocat.

— Qu'est-ce que tout cela signifie ? s'emporta l'avocat. J'exige une explication.

— Un instant, répondit Kay.

Elle indiqua à Barnes de lire la mise en garde officielle une fois que l'équipement d'enregistrement fut en marche. Puis elle se retourna vers Hill.

— Que savez-vous des entrepreneurs responsables du câblage dans le bâtiment Petersham ?

— Seulement que John Brancourt a fait venir une équipe de Brighton pour s'en occuper, ils n'étaient pas bon marché, mais ils étaient minutieux. Ils ont remporté les contrats pour le câblage en fibre optique des serveurs informatiques de l'entreprise de logiciels ainsi que pour tout l'équipement de télécommunications. Pourquoi ?

— Parlez-moi du câblage en cuivre dans le plafond. Nous avons jeté un coup d'œil et aucun des anciens câblages n'a été retiré. Tous les nouveaux câbles sont par-dessus.

— Et alors ?

— Qu'est-ce qu'ils font là ? Nous avons des équipes entières qui travaillent avec la police des transports sur le vol de métaux en raison de la valeur du cuivre. Ce matériau est volé le long des voies ferrées et dans les vieux centres téléphoniques partout dans le pays. Si vous rénoviez un bâtiment, pourquoi n'avez-vous pas retiré le câblage en cuivre pour le revendre ?

Hill joignit ses mains sur la table.

— Nous allions le faire, mais comme je vous l'ai dit auparavant, nous étions en retard sur le planning. Si j'avais insisté pour payer l'électricien pour retirer le câblage en cuivre avant d'installer les nouveaux câbles en fibre optique et autres, cela aurait ajouté quatre semaines supplémentaires au projet, sans parler du coût. Je ne pouvais tout simplement pas me permettre de repousser la date. Il était plus logique de laisser le câblage en cuivre en place.

Il haussa les épaules.

— L'entreprise de logiciels a un bail de dix ans. Je peux toujours faire venir quelqu'un pour retirer le câblage en cuivre à la fin de leur bail si je décide de le vendre avant l'arrivée d'un nouveau locataire.

Kay sortit son téléphone portable et sélectionna l'application photos avant de le passer à Hill.

— C'est ce que je pensais. Mais je viens de jeter un coup d'œil au trou où le corps de Damien Brancourt a été retrouvé, et j'ai vu ceci.

Hill fronça les sourcils, mais prit le téléphone et regarda l'écran. Une fraction de seconde plus tard, sa bouche s'ouvrit.

— Ça n'a aucun sens.

— C'est ce que je pensais, dit Kay. Le câblage en cuivre a été coupé. Et il semble avoir été tiré, pas laissé in situ comme vous venez de le décrire. Je sais que le poids du corps de Damian aurait déplacé le câblage en se frayant un chemin à travers la cavité au fil du temps, mais pas comme ça.

Hill lui rendit son téléphone.

— Aucun des entrepreneurs n'aurait touché à ça. Nous avons clairement indiqué lors de la réunion de projet début juin que ce câblage en cuivre resterait en place. De toute façon, aucun d'entre eux ne l'aurait coupé, il était encore sous tension. Il alimente les anciennes lignes téléphoniques que la banque avait installées. Si quelqu'un avait essayé de couper les câbles, il se serait—

— Électrocuté, le coupa Kay en terminant sa phrase. Exactement. Damian Brancourt était en train de voler les câbles de cuivre du bâtiment Petersham quand il a été tué.

CHAPITRE 42

— Allez, prenez un siège. Mettons-nous au
travail.

Le lendemain matin, Kay s'adressa à l'équipe
d'enquête réunie dans la salle, le bruit de la dernière
chaise en train de racler la moquette lui parvenant
alors qu'elle se tournait vers le tableau blanc et
désignait la photographie de Damien Brancourt.

— Pour ceux qui viennent d'arriver, nous sommes
maintenant certains que Damien a été électrocuté en
essayant de voler du fil de cuivre dans le bâtiment
Petersham. Alexander Hill n'a pas jugé bon de nous
informer dès notre première conversation que le fil en
cuivre était encore sous tension au moment des
rénovations et avait été laissé en place pour être

récupéré plus tard. Damien Brancourt avait visiblement d'autres projets.

— Quand est-ce que tu veux le dire à ses parents ? demanda Barnes.

— Pas tout de suite. Je veux plus de réponses avant de leur annoncer la nouvelle, surtout étant donné la déclaration d'Alexander Hill selon laquelle Damien n'était pas intéressé par le fait de travailler pour l'entreprise familiale. Je veux demander pourquoi c'était le cas aux amis de Damien. Et le vol de cuivre, qu'est-ce qui a motivé Damien et son complice ? Pourquoi avaient-ils besoin d'argent ?

Elle fit signe à Debbie de commencer à distribuer des copies du rapport du jour extrait de HOLMES.

— Hughes, Parker, je veux que vous travailliez avec Gavin pour découvrir qui achète du cuivre récupéré dans cette zone. Si aucune des entreprises auxquelles vous parlez n'a traité avec Damien, élargissez votre recherche. Le service des normes commerciales aura une liste des recycleurs de métaux, alors commencez par ceux-là. Discutez également avec nos collègues des cambriolages. N'oubliez pas, le vol de cuivre est une source majeure de revenus pour les membres du crime organisé. Nous devons être prudents avec ces informations et avec les personnes que nous allons interroger. Je veux savoir si Damien Brancourt et son complice prévoyaient de traiter avec une seule entreprise de récupération ou plusieurs pour répartir le risque.

Barnes leva la main.

— Il y a aussi des associations professionnelles qui s'occupent de la récupération des métaux, chef. Je vais passer quelques coups de fil pour savoir s'il y a eu des plaintes déposées contre leurs membres.

— Merci, Ian.

Kay fit un pas en arrière devant le tableau pour pouvoir revoir ses notes sur l'affaire.

— Nous avons raté quelque chose en chemin. Voler du cuivre dans un bâtiment avec une société de sécurité privée présente demande du cran, sans parler d'une bonne dose de stupidité.

— Est-ce qu'il aurait pu être contraint au vol de métal, chef ? demanda Carys.

— Je veux certainement reparler à Mark Sutton avant d'écarter cette possibilité, répondit Kay. Tu peux le faire venir pour l'interroger ce matin ?

— Est-ce qu'on devrait réinterroger ses connaissances universitaires ? suggéra Gavin. Peut-être qu'ils pensaient qu'ils pourraient le revendre pour rembourser rapidement leurs prêts universitaires.

— C'est un bon point, et qui mérite d'être creusé. Je veux parler à Julie Rowe. Elle semble avoir le don de trouver des idées mais de contraindre les autres à les mettre en œuvre. Par exemple, Damien s'est mis dans le pétrin lors de cette manifestation pendant qu'elle est simplement restée à l'écart. Ça ne la dérangeait pas d'avoir tous les honneurs dans les journaux locaux, mais elle a laissé Damien être blâmé à sa place quand les choses ont mal tourné.

— Elle fera une excellente politicienne, dit Barnes.

— En effet.

Kay tendit le cou pour voir par-dessus l'équipe.

— Amanda est là ?

— Oui, chef.

L'inspectrice financière se fraya un chemin entre les bureaux pour la rejoindre.

— Vous pouvez effectuer un examen sur ELMER pour Damien Brancourt, Julie Rowe, Shaun Browning et les autres pour voir dans quel état se trouvent leurs affaires financières ? Dettes, découvert, tout. Je veux savoir si l'un d'entre eux a eu du mal à rembourser des dettes, ou inversement, s'ils ont reçu d'importants dépôts en espèces au cours des douze mois précédant la mort de Damien.

— Je m'en occupe. Cela va me prendre le reste de

la journée, mais je peux le laisser sur votre bureau avant mon départ aujourd'hui.

— Merci. Vous pouvez commencer pendant que nous terminons ici.

Kay prit ses notes du briefing.

— Hughes, je veux que vous travailliez avec la branche locale de la police des transports. Je suis particulièrement curieuse de savoir si quelqu'un a été pris en train de voler du métal de toute sorte au cours de l'année écoulée, ou soupçonné de l'avoir fait. Demandez-leur s'ils ont des contacts auxquels nous pourrions parler de Damien Brancourt, quelqu'un là-bas doit savoir quelque chose. Même si c'était la première fois que Damien participait à un vol de métal, la personne qui était avec lui avait manifestement assez de sang-froid pour enlever le fil de cuivre qui avait été coupé afin de le vendre. Cela indique que cette personne a de l'expérience.

— Oui, chef.

— Pour en revenir à Mark Sutton, je veux un audit immédiat des documents financiers que nous avons sur lui pour découvrir s'il y a des liens entre son travail et les chantiers de récupération. Quand vous parlerez aux entreprises locales, demandez-leur à qui elles achètent, y compris les achats en espèces. Soyez prudents quand vous le ferez, car je ne veux pas alerter Sutton avant que nous ayons eu la chance d'enquêter pleinement sur cet angle.

— Compris, chef, dit Gavin.

— Bien, c'est tout, vous pouvez y aller. Barnes, occupe-toi de Julie Rowe et préviens-moi quand elle sera là.

CHAPITRE 43

Kay boutonna sa veste puis donna un coup sec à la porte de la salle d'interrogatoire numéro quatre.

Le geste eut l'effet escompté, Julie Rowe et son avocat sursautèrent tous deux sur leurs sièges.

L'avocat se reprit plus rapidement et tourna la page de son carnet en rajustant sa cravate avec un souffle audible tandis que Kay s'asseyait en face de sa cliente.

Julie Rowe semblait plus pâle que dans le souvenir de Kay depuis leur dernière rencontre et, tandis que Barnes récitait l'avertissement officiel, elle se demanda à quel point la jeune femme d'une vingtaine d'années regrettait son partenariat avec Damien Brancourt.

— Ma cliente a déjà fourni une déclaration

complète concernant son interaction avec M. Brancourt, dit l'avocat. Elle estime que cette nouvelle intrusion dans sa vie est inutile.

Kay l'ignora et garda son regard fixé sur Julie.

— Quel est le montant de vos dettes ?

— Je... Je ne sais pas exactement.

Les yeux de Julie s'écarquillèrent de panique tandis qu'elle jetait un coup d'œil à son avocat, puis ils revinrent à Kay.

— Quelques milliers de livres, peut-être.

— Laissez-moi vous rafraîchir la mémoire, dit Kay en prenant le dossier que Barnes lui tendait. Au trente du mois dernier, le solde dû est de douze mille six cent quarante-deux livres. Plus les intérêts à treize pour cent.

Barnes siffla entre ses dents.

— Combien avez-vous dépensé pour les achats de Noël ?

Julie releva le menton.

— Ça ne vous regarde pas. Je vous ferai savoir que je travaille dur pour gagner ma vie. Très dur. Si vous essayez de dire quelque chose, détective Hunter, j'apprécierais que vous le disiez.

— Combien de temps pensez-vous mettre pour rembourser cette dette ? demanda Kay. Quatre ans ?

Six ? Vous ne travaillez pas à temps plein en ce moment, n'est-ce pas ?

— Je ne comprends vraiment pas ce que les affaires financières de ma cliente ont à voir avec votre enquête, détective—

— Alors taisez-vous et écoutez, le coupa sèchement Kay.

Elle fusilla Julie du regard.

— Damien Brancourt est mort parce qu'il volait du fil de cuivre dans le bâtiment Petersham. Lui et son complice ne savaient pas que le câblage était encore sous tension, alors quand Damien l'a coupé, il s'est électrocuté.

Elle attendit pendant que Barnes poussait une photographie du corps de Damien prise in situ sur le sol de l'espace de repos à travers la table vers Julie.

Les yeux de la jeune femme s'écarquillèrent de choc, puis elle porta une main tremblante à sa bouche en poussant un cri.

— Je perds patience, dit Kay. J'ai parlé à chaque personne avec qui Damien est entré en contact dans les jours et les semaines précédant sa disparition. L'un d'entre vous ment.

Julie secoua la tête, les yeux humides.

— Ce n'est pas moi. Je vous ai dit la vérité.

— Mais est-ce que vous m'avez tout dit ?

Kay récupéra la photographie et la couvrit de sa main.

— Julie, je pense que Damien Brancourt vous a fait peur. Vous pensiez pouvoir l'utiliser pour attirer l'attention sur votre cause lors des manifestations contre les travaux d'aménagement en ville, n'est-ce pas, mais vous ne pouviez pas contrôler son tempérament.

— Il ne voulait pas le faire.

L'avocat de Julie tendit le bras pour prendre un mouchoir en papier dans la boîte à côté de l'équipement d'enregistrement et le passa à sa cliente, la mâchoire serrée.

— Il ne voulait pas faire quoi ? dit Kay une fois que la femme eut retrouvé un peu de sa contenance.

Julie tamponna ses yeux, puis baissa ses mains tremblantes sur ses genoux.

— Il m'a frappée.

— Quand ?

— Quelques jours après la manifestation. Après que la police a abandonné les charges.

— Que s'est-il passé, Julie ?

Kay parla d'une voix plus douce, désireuse de gagner la confiance de la femme.

— Pourquoi est-ce que Damien vous a frappée ?

— Il a dit que c'était ma faute s'il s'en était pris à cet homme. Il a dit que je l'avais utilisé.

Elle haussa les épaules.

— Je suppose qu'il avait raison, c'est ce que j'ai fait.

— Cela ne lui donnait pas le droit de vous frapper.

— Il était juste comme ça. Une minute vous pouviez avoir une conversation normale avec lui, et la minute d'après il vous criait dessus.

— Il a toujours été comme ça ?

— Non, quand je l'ai rencontré pour la première fois à l'université, il était très amusant. C'était toujours lui qui nous faisait rire.

— Vous avez une idée de pourquoi il a changé ?

— Je pense qu'il était sous pression. Il devait de l'argent et je ne pense pas que l'entreprise de son père marchait très bien et il était stressé. Il ne savait pas quoi faire. Il ne savait pas comment faire face.

KAY FEUILLETA le rapport sur son bureau, le menton dans la main en parcourant du doigt les pages encore chaudes qui avaient été imprimées et glissées sous son nez par Amanda Miller cinq minutes après qu'elle avait terminé d'interroger Julie Rowe.

Le bruit dans la salle des opérations s'était atténué pour devenir un bourdonnement régulier, l'espace se vidait progressivement alors que ses collègues terminaient leur service pour la journée, épuisés par la frustration et un sentiment accablant d'impuissance face à cette affaire qui s'éternisait depuis trois semaines sans piste significative.

— Comment est-ce que tu le savais ? demanda Barnes. À propos du tempérament de Damien, je veux dire.

Kay soupira.

— Je ne le savais pas, c'était juste une intuition. Mais la façon dont Julie a dit qu'il s'en était pris au garde de sécurité de Mark Sutton m'a fait me demander si Damien n'avait pas du mal à contrôler sa colère. Cela semblait en contradiction avec ce que nous avons entendu à son sujet, tant de la part de ses parents que d'Alexander Hill.

— Au moins, maintenant, nous avons une meilleure idée de sa situation financière grâce à Julie. Je me demande comment il a réussi à cacher ça à son père, sans parler de ses relevés bancaires ? Rien de tout cela n'est apparu dans les recherches d'Amanda.

— Pour être honnête, Amanda n'a eu que quelques heures pour faire des recherches. Au moins, nous savons maintenant pourquoi Damien cherchait du travail chez Alexander Hill : il avait besoin de rembourser ses dettes, et travailler pour l'entreprise de son père ne lui aurait pas rapporté assez.

— Qu'est-ce que tu veux faire ensuite ?

— Je veux—

— Chef !

Kay s'interrompit en entendant le cri de Carys à l'autre bout de la salle des opérations et elle jeta un coup d'œil par-dessus son épaule pour voir la jeune détective courir vers elle.

— Qu'est-ce qu'il y a ?

— Regarde ça, ça date d'il y a dix ans.

Elle tendit à Kay l'impression d'un procès-verbal et resta debout, les bras croisés, pendant qu'elle le lisait.

— Et ce n'est pas tout, chef. Jette un œil à ça.

Le cœur de Kay s'accéléra tandis qu'elle parcourait les informations.

— John Brancourt a été arrêté dans un pub à Sutton Valence pour avoir frappé l'un des habitués, dit-elle, puis elle leva les yeux vers Carys. Il semblerait que le père de Damien ait aussi du mal à contrôler sa colère.

Une idée commença à naître tandis qu'elle regardait Barnes lire les nouvelles informations et elle leva un doigt pour l'empêcher d'interrompre ses réflexions.

— Attendez. Nous avons pris ça sous le mauvais angle, n'est-ce pas ? Et si ce n'était pas Damien qui volait le fil de cuivre pour rembourser ses dettes ?

Barnes laissa tomber la page sur ses genoux, la bouche grande ouverte.

— Tu es sérieuse ?

— Tout à fait. Viens avec moi, Ian, nous allons rendre une nouvelle visite à John Brancourt. Tout de suite.

CHAPITRE 44

Kay n'attendit pas que Barnes retire la clé du contact lorsqu'il gara leur voiture de service devant la porte d'entrée de la propriété des Brancourt.

Au lieu de cela, elle détacha sa ceinture de sécurité et bondit hors du véhicule pour marteler la porte d'entrée tandis que son collègue la rejoignait, essoufflé.

— Bon sang, ce n'est pas comme s'il risquait de s'enfuir, ralentis.

Elle serra les dents et jura à voix haute alors que personne ne répondait à la sonnette, puis elle regarda à travers la fente de la boîte aux lettres incrustée dans la porte.

Pas de mouvement à l'intérieur ; elle pouvait voir le pilastre de l'escalier sur la droite et la cheminée qui fumait encore, mais il n'y avait aucun signe de John ou Annabelle Brancourt, ni de leurs deux adolescents.

— Chef ?

— Faisons le tour par derrière. Ils sont peut-être dans le jardin.

Barnes leva les yeux au ciel, son expression ne laissait aucun doute sur ce qu'il pensait des chances de trouver les Brancourt dehors en plein hiver, mais il prit la tête et se dirigea vers la droite pour passer sous une arche taillée dans un mur de pierre.

Au-delà de l'arche, un arôme de bois brûlé flottait dans l'air et Kay réprima le sentiment de nausée qui lui nouait l'estomac. Depuis une horrible enquête l'été précédent, elle ne supportait plus cette odeur et elle promena son regard sur le vaste terrain.

Elle entendit quelqu'un se racler la gorge et, en tournant au coin de la maison dans le sillage de Barnes, elle aperçut Annabelle qui utilisait un râteau pour rassembler des brindilles éparpillées autour du tronc d'un grand marronnier qui avait été élagué.

La femme portait un bonnet de laine et ses mains gantées la protégeaient du froid, et Kay regretta de ne pas avoir eu la même prévoyance alors qu'elle essayait de faire revenir la circulation dans ses propres doigts.

Un cri enjoué précéda l'émergence du premier des

jumeaux d'un petit bosquet d'arbres à l'arrière du jardin, suivi de près par sa sœur, un instant avant qu'il ne bifurque et ne grimpe une échelle branlante vers une cabane dans les arbres. La fille jeta un coup d'œil à son frère puis se dirigea vers une balançoire sous un autre arbre.

Annabelle leva les yeux de son travail puis appuya le râteau contre l'arbre avant de poser les mains sur ses hanches.

— Détective Hunter. Que voulez-vous ? J'essaie de donner à mes enfants un semblant de normalité après toutes ces intrusions et ce stress.

Kay attendit d'avoir rejoint la femme et garda une voix basse.

— Où est votre mari, Annabelle ?

La femme utilisa la paume de sa main pour ajuster son chapeau.

— Au travail.

— Je pensais qu'il aurait préféré être ici pour vous soutenir, vous et les enfants, dans un moment aussi stressant.

— Oui, eh bien, je suis sûre que s'il avait un emploi ordinaire, il l'aurait fait. Mais ce n'est pas le cas ; il possède une entreprise et il est responsable de celle-ci et de ses employés.

— Quand est-ce qu'il doit rentrer ?

Annabelle soupira.

— Je ne sais pas. Vers dix-huit heures trente, peut-être. Ça dépend de ce qui se passe, vraiment, il est toujours à la disposition de ses clients.

Barnes fit un signe de tête vers la cabane dans l'arbre alors que le garçon réapparaissait en haut de l'échelle.

— Comment est-ce qu'ils tiennent le coup ?

— Aussi bien qu'ils le peuvent.

— Je suis surpris qu'ils rentrent encore dans cette cabane.

— Christopher est le seul qui l'utilise encore de nos jours. Bethany en a fini avec ça il y a un moment. Elle dit que c'est plein d'araignées.

Un sourire effleura les lèvres de la femme.

— Damien était pareil à l'âge de Christopher. Déterminé à rester dans la cabane pour toujours.

— Je pense que la hauteur me dissuaderait d'y monter, dit Kay.

Annabelle leva les yeux au ciel.

— J'ai dit à John et Damien qu'ils l'avaient construite trop haut.

— Comment Damien s'entendait-il avec son père ?

— Damien ?

Annabelle tendit la main vers le râteau et recommença à balayer les débris.

— Bien, je suppose. Autant qu'un père et un fils peuvent s'entendre. Ils avaient leurs désaccords de temps en temps, mais c'est naturel. Damien a grandi vite et il avait ses propres ambitions.

— Ils se disputaient beaucoup ?

— Qu'est-ce que vous voulez dire ?

— Est-ce qu'ils se disputaient souvent à propos de l'entreprise ou des ambitions de Damien ?

Kay observa l'expression de l'autre femme s'assombrir un instant avant qu'elle ne secoue légèrement la tête et force un sourire.

— Je ne saurais pas vous le dire. Ils ne discutaient pas des affaires devant moi. J'ai toujours insisté pour qu'ils laissent ça de côté quand nous nous asseyions tous pour le dîner. Honnêtement, ils étaient aussi mauvais l'un que l'autre, ils ne décrochaient jamais.

— Comment John a-t-il géré le stress de diriger une entreprise pendant la récession ?

Annabelle laissa tomber le râteau contre le côté d'un petit abri en bois.

— Qu'est-ce que vous sous-entendez ?

— La bagarre au pub de Sutton Valence il y a dix ans. De quoi s'agissait-il ?

— Je ne m'en souviens vraiment pas.

— Essayez.

— Écoutez, d'accord. John a perdu son sang-froid avec quelqu'un, c'est tout.

— Il a été arrêté, Annabelle. C'est un peu plus que simplement perdre son sang-froid, n'est-ce pas ?

— Il a été provoqué. L'homme l'a accusé de devoir de l'argent et a commencé à dire que John ruinait les entrepreneurs locaux parce qu'il ne les payait pas. Beaucoup d'associés de John buvaient dans ce pub. Il devait faire quelque chose, il ne pouvait pas le laisser continuer comme ça, il ruinait sa réputation devant tout le monde.

— Est-ce que c'était vrai ? John devait-il de l'argent ?

— Bien sûr que non. Pas plus que n'importe qui d'autre dans cette industrie. Tout finit par être payé à un moment donné.

— Qu'en est-il des projets de John de transmettre l'entreprise à Damien ? dit Barnes.

Annabelle releva le menton.

— Qu'est-ce que vous voulez dire ?

— Est-ce que John s'apprêtait à transmettre une entreprise saine, ou est-ce qu'il a encore des dettes impayées ?

— Ça va.

— Quels sont ses projets pour l'entreprise maintenant ? demanda Kay.

— Je n'en sais fichtre rien. Comme je l'ai dit, il ne discute pas des affaires devant moi. Je ne veux pas en entendre parler de toute façon. Je suis occupée avec les jumeaux.

Comme pour confirmer ses dires, les deux adolescents traversèrent le jardin en courant vers leur mère, puis ralentirent en approchant, leurs expressions méfiantes.

— Bonjour, vous deux, dit Barnes en souriant.

La fille esquissa un sourire timide avant de filer vers la maison, son frère sur ses talons.

— Ils vont vouloir manger quelque chose, dit Annabelle. Il y avait autre chose, ou avons-nous terminé ici ?

— Veuillez informer votre mari que nous devons lui parler de toute urgence, dit Kay. Et ça veut dire aujourd'hui.

CHAPITRE 45

— Comment ça, il n'est pas au travail ?

Kay fit pivoter sa chaise et se dirigea à grands pas vers le bureau de Sharp en jetant un regard noir aux différentes notes et mémos du quartier général qui tapissaient un mur avant de s'approcher de la fenêtre, le téléphone collé à l'oreille.

La voix de Carys grésilla alors que le réseau de son téléphone portable était hors de portée, puis elle l'entendit soudain de nouveau avec une clarté qui poussa Kay à baisser le volume.

— Ils disent qu'il était là tôt ce matin, mais qu'ils ne l'ont pas vu depuis presque cinq heures, chef.

— Où est-il ?

— Ils ne savent pas. Il leur a dit qu'il avait une réunion près de Tunbridge Wells, mais il n'y a rien dans son agenda. Il devait voir un client il y a plus d'une heure à Staplehurst, mais il ne s'est pas présenté. Il ne répond pas non plus à son téléphone.

— Merde.

Kay sortit en trombe du bureau et cria à travers la salle des opérations à Barnes :

— Lance une alerte pour John Brancourt et sa voiture. Autoroutes, aérodromes locaux, tout. Carys, tu es toujours là ?

— Oui, chef.

— J'envoie une patrouille en uniforme. Reste là au cas où Brancourt reviendrait entre-temps. On va en envoyer une autre chez lui.

Elle mit fin à l'appel et jeta son téléphone sur son bureau.

— Chef ? Malcolm Hodges est en bas pour te voir, dit Gavin en enfilant sa veste.

— Qui ?

— Le type que John Brancourt a frappé il y a dix ans. Je lui ai parlé plus tôt aujourd'hui et je lui ai demandé de venir. Pour voir s'il peut nous éclairer sur les affaires de Brancourt, à l'époque et maintenant.

— Bon travail.

Kay attrapa sa veste et suivit Gavin en dehors de la pièce, maintenant sans peine le rythme du détective élancé qui descendait les escaliers à toute vitesse.

Malcolm Hodges se leva de la chaise en plastique à l'accueil lorsqu'ils entrèrent, la couleur de ses yeux bleu pâle accentuée par des lunettes à monture métallique. Il déboutonna un lourd manteau de laine avant de leur serrer la main.

— Merci d'être venu, dit Gavin en dirigeant l'homme vers une salle d'interrogatoire et en les présentant formellement tous pour les besoins de l'enregistrement de la conversation. Pourriez-vous indiquer votre nom complet et votre profession ?

— Malcolm Henry Hodges. Je possède une entreprise d'installation d'éclairage enregistrée à Ashford.

— Comment connaissez-vous John Brancourt ?

La lèvre supérieure de Hodges se releva.

— J'ai eu la malchance d'être sous contrat avec lui il y a quelques années. Vous connaissez l'issue de cet arrangement.

— Nous savons ce qui est écrit dans le rapport, dit Kay. Pourriez-vous nous en parler avec vos mots ?

— Nous avons décroché le contrat pour fournir des projecteurs pour l'aménagement d'un magasin que Brancourt gérait à Thanet. À l'époque, les équipements devaient être expédiés des États-Unis. Le client était catégorique sur le fait qu'il voulait le meilleur, c'était une boutique de musique haut de gamme, enceintes, amplificateurs, tout ce qu'on peut vouloir pour un système de divertissement à domicile. L'argent n'était pas un problème pour le client. Brancourt, c'était une autre histoire. J'ai essayé d'obtenir un acompte, mais il a refusé. Il a dit que ce serait une insulte envers le client de demander. Pour être honnête, j'étais stressé. Vous savez comment c'était il y a dix ans, les entreprises qui coulaient sans crier gare.

— Qu'est-ce que vous avez fait ?

— J'ai pris le risque.

Hodges haussa les épaules.

— On n'avait pas vraiment le choix. Si nous ne fournissions pas l'équipement, l'un de nos concurrents l'aurait fait.

— Donc vous avez fait le travail et installé l'éclairage. Que s'est-il passé ensuite ? demanda Gavin.

— Brancourt n'a pas payé à temps. Ce secteur est notoirement lent à payer de toute façon, c'est pour ça que le contrat nous donnait une certaine protection avec une période de soixante jours pour effectuer les paiements. Après trois mois de relances de la part de mon équipe comptable et de sous-entendus subtils chaque fois que je croisais Brancourt, j'ai perdu patience. J'ai appris qu'il avait été payé par le client mais qu'il ne m'avait pas transmis l'argent, et je savais où il allait boire le soir, alors je suis allé au pub pour lui parler. Vous savez ce qui s'est passé après.

— Que vous a dit John ce soir-là ?

— Il m'a dit que je l'allais le payer cher si je portais l'affaire devant les tribunaux, et qu'il s'assurerait que mon entreprise ne travaille plus jamais dans la région. Quand je n'ai pas cédé, il m'a frappé.

— Est-ce que vous avez fini par récupérer votre argent ? demanda Kay.

— Oui, au bout du compte. J'ai dû faire appel à mon avocat, et même là, j'ai dû menacer de retirer mon personnel et mon équipement d'un autre chantier sur lequel nous travaillions pour Brancourt avant que quelque chose ne se passe.

Hodges tira sur son lobe d'oreille.

— J'ai entendu une rumeur selon laquelle Brancourt allait retirer lui-même l'équipement avant que j'en aie l'occasion, mais je pense que quelqu'un a dû lui parler parce que ça ne s'est jamais produit.

— Vous avez travaillé de nouveau avec John Brancourt depuis ?

— Non, et je ne suis pas le seul. John Brancourt a l'habitude de se froisser avec ses sous-traitants, détective Hunter. Je suis surpris qu'il soit encore en activité.

CARYS APPARUT en haut des escaliers au moment où Kay et Gavin revenaient de l'interrogatoire, l'air maussade.

— Toujours aucun signe de John Brancourt, dit-elle en leur emboîtant le pas alors qu'ils entraient dans la salle des opérations.

Elle pointa du pouce vers la fenêtre et montra le ciel qui s'assombrissait.

— Il fait de plus en plus froid dehors.

— Tu as examiné ses finances avec Amanda ?

Carys brandit une liasse de documents.

— Il tient le coup pour le moment, mais nous avons trouvé une série de jugements historiques de la cour du comté contre son entreprise datant d'il y a dix ans. Il a peut-être fini par payer tout le monde, mais ils ont dû le traîner devant les magistrats pour obtenir quoi que ce soit. Je ne pense pas qu'ils auraient vu la couleur de leur argent autrement.

— Travaillons sur ce que nous avons en attendant d'avoir des nouvelles de là où il se trouve, dit Kay. Les agents en uniforme aident pour les recherches ?

— Il y a une demi-douzaine de patrouilles locales qui fouillent les lieux qu'il a l'habitude de fréquenter, chef. J'ai parlé à sa femme et elle nous a donné une liste des endroits où il pourrait être. Elle est évidemment inquiète. Elle a dit que ça ne lui ressemblait pas du tout de disparaître ainsi.

Kay remplit une tasse d'eau au distributeur près de la fenêtre et se dirigea vers le tableau blanc, le bruit de l'équipe diminuait alors qu'ils se rassemblaient autour d'elle et une atmosphère d'attente remplissait l'espace. Elle se tourna pour leur faire face.

— Après avoir parlé avec l'entrepreneur que Brancourt a agressé il y a dix ans, il semble que le père de Damien ait l'habitude de ne pas payer ses fournisseurs et de prendre l'équipement des autres s'il ne peut pas réunir l'argent à temps pour les empêcher de récupérer quoi que ce soit. Cela me fait penser que ce n'était pas l'idée de Damien de voler le cuivre du bâtiment Petersham, mais celle de John.

Gavin fronça les sourcils.

— Je me demande comment il l'a persuadé de faire ça ? Damien n'avait aucun intérêt pour l'entreprise de son père, c'est ce qu'Alexander Hill nous a dit, non ? Alors, pourquoi l'aiderait-il ?

— Je ne sais pas. Par loyauté, peut-être ?

— Je n'y crois pas, chef, dit Barnes. Je n'imagine pas John conduisant Damien vers Maidstone pour prendre son train et lui dire ensuite : « Au fait, fiston, ça te dérange si on s'arrête pour piquer du fil de cuivre avant que tu partes en vacances ? »

Des rires étouffés suivirent sa suggestion et Kay leva la main pour faire taire l'équipe.

— Quand tu le présentes comme ça, ça semble effectivement tiré par les cheveux, mais si Damien avait une raison d'accepter ?

Carys baissa les yeux alors que son téléphone portable commençait à sonner.

— Réponds, dit Kay.

Elle attendit pendant que l'enquêteuse parlait à voix basse avant de faire un signe de pouce à Kay.

— On a localisé John Brancourt, dit-elle. Il a été aperçu près du barrage de Lee Road à Yalding.

Barnes jeta un coup d'œil à la pluie qui battait contre les fenêtres, puis se retourna vers Kay.

— Avec ce temps, ils devront envisager d'ouvrir les vannes pour empêcher le réservoir de déborder.

Kay se dirigeait déjà vers l'endroit où sa veste était accrochée au dos de sa chaise.

— Nous devons y aller. Nous ne pouvons pas laisser John faire quelque chose de stupide.

— Tu penses qu'il pourrait ? dit Barnes en

attrapant les clés de voiture que Carys lui lançait et en suivant Kay en dehors de la pièce.

— Il est désespéré, dit-elle. Et coupable. Je ne sais pas à quoi il pense en ce moment, mais ça ne peut pas être bon.

Ils se mirent à courir.

CHAPITRE 46

CHAPITRE 46

Les gyrophares bleus de deux voitures de patrouille balayaient le ciel nocturne lorsque Kay et Barnes traversèrent le village en trombe pour atteindre le pont de pierre qui enjambait la rivière Medway.

Une voiture de patrouille avait été conduite de l'autre côté du pont et était garée devant le pub sur la rive opposée pour bloquer la circulation qui venait de la gare ferroviaire.

Même s'il était minuit passé, il y avait encore une demi-douzaine de voitures encerclées par les officiers, et la frustration des automobilistes impatients de rentrer chez eux était palpable, même depuis l'endroit où se tenait Kay, alors qu'un par un, on leur demandait de faire marche arrière et de trouver un autre itinéraire.

Elle se dirigea vers l'agent le plus proche et brandit sa carte professionnelle dans le faisceau de sa lampe torche.

— Où est-il ?

— Juste après les barrières de sécurité, chef. Une femme du cottage là-bas l'a signalé. Je l'ai reconnu quand nous sommes arrivés. Le pub a fermé il y a une heure, Dieu merci.

— Merci.

Kay partageait son sentiment. Ils n'avaient pas besoin d'une bande d'habitués éméchés qui viendraient reluquer la scène. Elle jeta un coup d'œil par-dessus le parapet.

— Il y a un moyen de descendre là-bas ?

L'agent se retourna et balaya le chemin avec sa lampe torche.

— C'est le seul accès à la berge en passant par le parking. L'autre côté est un à-pic qui a été clôturé il y a quelques années.

Kay plissa les yeux vers l'obscurité au-delà, puis pointa du doigt le petit pont au-dessus des vannes du barrage où John Brancourt se tenait comme hypnotisé par l'eau.

— Et ça mène à Teapot Island, c'est bien ça ?

— Oui, chef. Il y a une troisième patrouille là-bas

qui empêche les résidents de la marina d'approcher du pont.

— Comment diable a-t-il pu franchir les barrières de sécurité et monter sur le pont ?

— Avec un coupe-boulon, je suppose, chef. Sa camionnette de travail est garée là-bas. Je suis venu ici pour déjeuner au pub cet été et il y avait de sacrés gros cadenas sur les barrières à l'époque.

— Ok, bon travail. Barnes, On va faire un tour là-bas et voir si on peut raisonner Brancourt. On va éviter la barrière pour l'instant au cas où il paniquerait en nous voyant si près.

Il leur fallut plus de temps que Kay ne l'avait prévu pour atteindre le bord de l'eau, l'herbe glissait sous leurs pieds à cause de la pluie qui avait trempé le paysage. Une fois qu'elle fut sûre de ne pas tomber, Kay mit sa main en visière et plissa les yeux vers le pont au loin.

— À quoi joue-t-il ? dit-elle.

Elle porta ses mains à sa bouche et cria :

— John ! Pourquoi ne pas revenir sur le chemin pour qu'on discute ? Ça vous paraît être une bonne idée ?

En réponse, Brancourt posa ses mains sur la barrière métallique et se pencha en avant en fixant l'eau.

Barnes indiqua l'eau sombre d'un mouvement du menton.

— Il va se briser le cou s'il saute là-dedans. C'est trop peu profond. Au mieux, il se casserait les jambes.

— Et il y a des courants cachés. Regarde, on peut voir la façon dont l'eau tourbillonne.

Elle observa le tourbillon qui passait devant eux avant de disparaître sous les arches du pont et de lécher les piliers de pierre pour jaillir de l'autre côté.

Soudain, un grondement déchira l'air et Kay se retourna pour voir les vannes du barrage commencer à se lever pour libérer l'eau du bassin supérieur en une cascade rugissante qui résonna dans la nuit en tombant dans les eaux peu profondes.

— Recule ! dit Barnes en saisissant sa main pour la tirer loin du bord de l'eau.

Leurs pieds glissèrent dans la boue molle de la berge alors qu'ils essayaient de s'éloigner rapidement du flot, et une écume blanche jaillissait des vannes en béton et en acier.

Kay serra la main de Barnes tandis que ses bottes s'enfonçaient dans le sol, la déséquilibrant alors qu'elle luttait contre une vague de panique montante qui l'envahissait.

Le niveau de l'eau léchait déjà ses talons.

— Donne-moi ton autre main.

Elle tendit la main à l'aveuglette, ses doigts effleurèrent ceux de Barnes avant de ne trouver que du vide, puis un instant plus tard, il la tenait et la tira hors de la boue centimètre par centimètre.

— Merde, dit Kay alors que Barnes la tirait sur le chemin asphalté au-dessus de la rivière.

Elle baissa les yeux vers l'eau tourbillonnante et furieuse.

— Qui diable a pu bien faire ça ?

— C'est automatique. Dès que le bassin atteint un certain niveau, les vannes s'ouvrent. C'est pour ça que plusieurs enfants ont failli se noyer l'été dernier. Personne ne fait attention à tous ces fichus panneaux ici.

— Où est John ?

— Là-bas.

Elle regarda dans la direction qu'il indiquait et elle eut un hoquet de surprise en voyant l'homme commencer à escalader la rambarde de sécurité au-dessus des vannes du barrage.

En marchant aussi vite qu'elle le pouvait, elle quitta la berge herbeuse pour le pont, s'approcha de la barrière de sécurité puis s'arrêta. Elle retira un élastique de son poignet et attacha ses cheveux, puis plissa les yeux vers Barnes à travers la pluie horizontale qui fouettait le pont.

Son expression était incrédule.

— Tu ne penses quand même pas sérieusement à sauter pour le sauver s'il tombe, Kay ?

Il jeta un coup d'œil par-dessus la rambarde vers le torrent déchaîné en contrebas.

— Il doit y avoir l'équivalent de dix tonnes qui sortent par seconde.

— On ne peut pas le laisser se faire du mal.

— Chef, s'il saute, il sera mort en quelques secondes. Et toi aussi.

Kay serra les dents.

Au-delà de leur position, elle voyait la silhouette de John Brancourt vaciller au bord de la rambarde, comme hypnotisé par l'eau tourbillonnante.

— Je dois essayer quelque chose. Reste ici. Ne laisse personne passer cette porte à moins que je n'appelle à l'aide, ou que nous ne tombions à l'eau.

Sans attendre de réponse, elle se glissa par l'ouverture, enfonça ses mains dans ses poches et se dirigea vers Brancourt en espérant dégager un air décontracté.

Son cœur manqua un battement.

Elle n'avait eu à traiter qu'un seul cas de suicide durant sa carrière dans la police et le souvenir de cet événement menaçait de refaire surface, trop net dans son esprit.

Elle secoua la tête pour chasser cette pensée, elle inspira l'air froid et pur de la nuit et elle redressa les épaules.

Elle s'arrêta à quelques pas de John, consciente qu'il l'avait vue mais qu'il n'avait pas bougé.

Cela lui donna de l'espoir.

— Bon sang, John. Il fait un froid de canard ici.

Kay observa la pente abrupte, puis se retourna vers Brancourt.

— Qu'est-ce que vous faites ? Annabelle est morte d'inquiétude.

— J'avais l'habitude de l'emmener pêcher ici quand il était petit, dit-il. Il adorait ça. Bien sûr, c'était avant que toutes ces barrières de sécurité ne soient installées. On n'en avait pas besoin à l'époque. On veillait les uns sur les autres.

Kay essaya d'ignorer le vent mordant qui s'attaquait à ses vêtements mouillés.

— Que s'est-il passé, John ?

Il secoua la tête en guise de réponse.

— Vous vous êtes disputés ?

Il changea de position et Kay lutta contre la bile qui lui montait à la gorge.

— John, s'il vous plaît, pour les jumeaux et Annabelle.

Il baissa le menton, des gouttes de pluie

ruisselaient sur son visage et tombaient du bout de son nez.

La violence de l'averse était telle qu'il fallut un moment à Kay pour réaliser que l'homme pleurait. En deux pas, elle était à ses côtés, une main sur son bras.

— John, quoi que vous ayez fait, cela n'aidera pas. Cela ne donnera pas à votre famille les réponses dont elle a besoin. Ne faites pas ça. S'il vous plaît.

Il s'affaissa contre elle et elle tendit le bras pour le mettre en sécurité, frissonnant tandis qu'elle le persuadait de franchir la barrière métallique, puis elle fit signe à Barnes et à un agent en uniforme de l'aider avant de se retourner vers Brancourt.

— Venez. Allons nous mettre au chaud et au sec. Il est temps que nous ayons une conversation.

CHAPITRE 47

Barnes s'assura que le chauffage était au maximum tandis qu'ils suivaient les feux arrière rouges de la voiture de patrouille qui filait vers Maidstone avec John Brancourt à l'intérieur. La vapeur de leurs vêtements mouillés embuait le pare-brise.

Kay insista pour qu'il rentre chez lui se sécher dès qu'il l'aurait déposée au commissariat, puis elle trouva Gavin et Carys qui l'attendaient dans la salle des opérations, armés d'une bouteille de brandy restante de la fête de Noël qu'ils avaient trouvée au fond d'un classeur.

— Ça va ?

Kay se retourna en entendant la voix de Sharp, son inquiétude était palpable tandis qu'il parcourait des yeux ses cheveux mouillés et ses vêtements trempés.

Elle hocha la tête en réponse, pas encore certaine que ses dents ne claqueraient pas si elle essayait de répondre malgré la gorgée de brandy qu'elle avait prise, puis elle enfonça ses épaules plus profondément dans l'épaisse couverture de laine que Hughes avait trouvée dans l'armoire à pharmacie.

Elle ignora le thé sucré que Gavin avait placé à côté d'elle, trop effrayée à l'idée de brûler ses doigts engourdis sur la tasse en porcelaine chaude. À côté d'elle, ses bottines laissaient des flaques d'eau sur la moquette, le papier journal froissé placé à l'intérieur n'avait pas encore fait effet.

Les épaules de Sharp se détendirent et il lui tendit un sac en toile.

— J'ai pris la liberté de passer chez toi et de demander à Adam de te préparer des vêtements secs. Va prendre une douche chaude en bas et sois prête dans vingt minutes pour interroger John Brancourt. Je suppose que tu veux être là ?

— En effet. Merci, chef.

— Pas de problème.

Il lui fit un clin d'œil.

— Même si je dois te prévenir, tu vas avoir des

explications à me donner quand tu seras rentrée
chez toi.

— Je m'en doute.

— Vas-y, avant d'attraper une pneumonie ou
quelque chose comme ça.

Kay n'attendit pas qu'on le lui dise deux fois. Elle
risqua une gorgée de thé avant de descendre au
vestiaire des femmes, prenant soin de ne pas éternuer
avant d'avoir bien fermé la porte derrière elle, de peur
d'alarmer davantage ses collègues.

Elle enleva ses vêtements mouillés et sortit du sac
fourre-tout un pantalon de tailleur propre, un pull en
cachemire et un haut en coton à manches longues
qu'elle suspendit sur le radiateur pour les réchauffer,
puis elle ouvrit la trousse de toilette qu'Adam avait
préparée et en sortit le shampoing et le savon.

Elle n'aimait pas particulièrement les douches au
travail, elle les trouvait souvent pleines de courants
d'air et elles avaient besoin d'être carrelées, mais
trente secondes après s'être placée sous l'eau chaude,
elle soupira de plaisir.

Une sensation de picotement commença dans ses
orteils et remonta dans son corps alors que sa
circulation commençait à réchauffer ses extrémités, et
elle soupira de soulagement en se séchant et en
s'habillant.

Elle enfila le pull par-dessus sa tête, attacha ses cheveux et appliqua un peu de maquillage, puis elle prit un moment pour s'asseoir sur le banc et rassembler ses pensées.

— Foutues familles, marmonna-t-elle.

SHARP FINIT de donner ses instructions à Carys et Gavin dans la salle d'observation, puis il se tourna vers Kay en haussant un sourcil.

— On y va ?

Elle acquiesça d'un signe de tête et le suivit le long du couloir jusqu'à la salle d'interrogatoire.

Kay avait vu beaucoup d'hommes brisés dans sa carrière, mais aucun ne lui avait inspiré le même sentiment de mélancolie qu'elle ressentit en s'asseyant en face de l'avocat et en regardant son client.

Le sergent Hughes avait veillé à ce que John Brancourt bénéficie d'une douche chaude et change de vêtements pendant que l'équipe attendait l'arrivée de son avocat, et maintenant l'accusé était assis d'un côté de la table métallique, les mains enroulées autour d'une tasse de café fumant, les yeux baissés.

Elle récita la mise en garde formelle, mais ne perdit pas de temps en politesses.

— J'en ai assez qu'on me mente, John. Chaque fois que nous avons parlé au cours des trois dernières semaines, vous m'avez réservé une nouvelle surprise. Vous retenez des informations dans l'idée illusoire que cela va vous protéger.

— J'essaie de protéger mon entreprise. Je dois prendre soin de ma famille.

Elle tourna l'écran de l'ordinateur portable vers Brancourt.

— Voici les images de vidéosurveillance de Sittingbourne Road la nuit où Damien a disparu, dit-elle. En plus de cela, j'ai fait examiner par une équipe d'officiers les images de Heathrow pendant les vingt-quatre heures précédant le vol de Damien. Cela représente cinq terminaux, les parkings, les points de dépose et les salons d'aéroport, mais il n'y a aucune trace de Damien. Il n'est jamais arrivé à Heathrow. Il n'a jamais pris de train depuis Maidstone East.

Elle ferma brusquement l'ordinateur portable et Brancourt sursauta.

— Que s'est-il passé, John ?

Brancourt continua de fixer la table.

Kay réprima son impatience.

— Ça a dû être un sacré choc quand vous avez

découvert qu'il avait rencontré Hill à propos d'une offre d'emploi.

— Je ne le savais pas jusqu'à ce que vous me le disiez. Il l'a gardé secret.

— Je croyais que vous et Damien n'aviez pas de secrets.

Brancourt bougea sur sa chaise puis fixa le café qui refroidissait dans la tasse qu'il tenait, mais il ne dit rien.

— Pourquoi Damien a-t-il changé d'avis sur l'entreprise familiale ?

Cette fois, les yeux de Brancourt croisèrent son regard et elle vit la profondeur du chagrin qui le tourmentait.

— Il m'a dit quand je l'ai déposé ce soir-là qu'il ne travaillerait plus jamais pour moi.

— Pourquoi ?

— Je dois beaucoup de faveurs.

— Nous avons eu cette impression. L'entreprise ne se porte pas aussi bien que vous nous l'avez dit, n'est-ce pas ?

Brancourt laissa échapper un rire amer.

— Vous ne connaissez pas la moitié de l'histoire.

— Dites le moi.

— Je ne peux pas.

— John, si vous ne nous dites pas qui vous menace, nous ne pouvons pas vous aider.

— Je sais.

Il repoussa la tasse de café et s'affaissa dans son siège.

— C'est ma faute. J'ai malmené des gens, je ne les ai pas payés quand j'aurais dû. À la fin, aucun des entrepreneurs légitimes ne voulait travailler avec moi. Il ne me restait plus rien.

— Vous aviez toujours le choix, John. Vous n'étiez pas obligé d'employer des criminels.

— J'ai deux autres enfants qui vont aller à l'université. Je ne peux pas les aider pour leurs études si l'entreprise fait faillite.

— Vous ne pouvez vous en prendre qu'à vous-même pour l'état de votre entreprise, dit Sharp, à personne d'autre.

— Avez-vous volé les câbles en fibre optique qui ont disparu ? demanda Kay.

Il haussa les épaules.

— Oui.

— Mais vous avez trouvé de nouveaux câbles quand Alex Hill a découvert qu'ils avaient disparu et que le planning était en danger. Comment avez-vous profité du vol si vous avez dû les remplacer au final ?

— Parce que je les ai eus pour une bouchée de pain. J'ai fait un profit.

Il cligna des yeux.

— Tout ça m'a aidé. Tout ce que je pouvais grappiller et économiser, je l'utilisais pour rembourser mes dettes.

— Vous n'avez pas grappillé ni économisé, John. Vous avez volé des gens honnêtes et des travailleurs.

Kay tourna une page du dossier.

— C'est pour ça que vous êtes retourné voler le fil de cuivre aussi ?

Brancourt fronça les sourcils.

— Je n'ai jamais volé de fil de cuivre. Je ne pouvais pas, même si je le voulais. Il était encore sous tension.

— Sur le pont ce soir, vous vous êtes rappelé les moments passés avec Damien quand il était enfant. Vous m'avez donné l'impression que vous vous souciez réellement de votre famille. Ce n'étaient pas des larmes de chagrin, n'est-ce pas, John ? C'était la prise de conscience que vous aviez été démasqué. C'était la prise de conscience que tout était fini. C'était de la peur.

— Je n'ai rien à voir avec la mort de Damien.

— Où est-ce que vous l'avez emmené ?

— Écoutez. Peut-être que je ne vous ai pas raconté toute l'histoire.

Ses yeux se déplacèrent vers la gauche, puis revinrent.

— Nous avons dîné tôt à la maison. Tous ensemble. J'étais censé déposer Damien à la gare, et puis Christopher a demandé s'il pouvait venir aussi. Il aime aller à la salle d'arcade du centre-ville.

— Il est mineur.

— Il est grand pour son âge.

— Donc, vous les avez déposés tous les deux...

— Derrière le bâtiment Petersham. C'était plus près de la salle d'arcade, voyez-vous ?

— Christopher était-il l'« ami » que vous avez mentionné ?

— Oui.

— Pourquoi nous avoir menti ?

— Je savais qu'il jouait. Je ne voulais pas qu'il ait des ennuis. C'est juste un peu de loisir pour lui, vous voyez ?

— Et ensuite, que s'est-il passé ?

— Rien. Je les ai déposés, puis je suis rentré à la maison.

— Comment Christopher est-il rentré ?

— En bus, je suppose.

— Vous supposez ? À quelle heure est-il rentré ?

— Je ne sais pas. Vers onze heures du soir, je pense. Je ne suis pas sûr.

Exaspéré, Sharp sortit la photo du corps momifié de Damien du dossier et la brandit devant Brancourt.

— Nous essayons de trouver les réponses sur les raisons pour lesquelles votre fils a été électrocuté en volant des câbles en cuivre. Nous essayons de découvrir qui a fourré son corps dans un plafond et ensuite caché son sac.

Brancourt passa une main tremblante sur la photographie.

— Non. Non...

Alarmée, Kay regarda Sharp puis revint à Brancourt.

— John ? John, qu'est-ce qu'il y a ?

— Christopher, murmura-t-il. Qu'est-ce que tu as fait ?

CHAPITRE 48

— Je ne comprends pas.

Annabelle Brancourt déchiqueta le mouchoir en papier entre ses doigts et secoua la tête.

— Ce n'est pas possible.

— Nous devons parler à Christopher, madame Brancourt. Tout de suite.

Kay parcourut des yeux le magazine brillant ouvert sur la table de la cuisine, ses photos dépeignant une vie parfaite qui était impossible pour beaucoup.

Elle ignora les deux agents en uniforme qui se tenaient à la porte, leurs radios grésillant, et elle tira une chaise à côté de la femme.

— Nous avons parlé avec John au poste de police, Annabelle. Il a confirmé qu'il avait emmené

Christopher avec lui quand il a conduit Damien à la gare en juin dernier.

— Ça ne veut rien dire.

— Peut-être pas, mais nous devons écarter Christopher de l'enquête.

— Non, ce n'est pas possible. Il idolâtrait Damien.

— Nous pensons que c'est pour ça qu'il est allé au bâtiment Petersham avec lui, dit Kay. Damien n'avait jamais prévu d'aller au Népal, Annabelle. C'était une ruse depuis le début. Il voulait prendre un nouveau départ et il avait besoin d'argent.

— Vous voulez dire qu'il ne voulait pas être avec nous ?

— Il ne voulait pas la responsabilité de reprendre l'entreprise. Pas après ce que John en avait fait. Il ne croyait pas qu'il y avait un avenir pour lui ici, et il essayait de se distancer du nom de famille. C'est pour ça qu'il avait parlé à Alexander Hill d'un emploi. C'était probablement l'un des nombreux projets qu'il envisageait pour essayer de démarrer tout seul.

Annabelle tamponna ses yeux maculés de mascara, puis elle tendit la main et enroula ses doigts autour du pied de son verre de vin à moitié vide.

— Il a toujours été ingrat, dit-elle.

Elle vida d'un trait le reste du vin rouge, puis

reposa le verre sur la table avec une telle force que le pied se brisa entre ses doigts.

Kay jeta un coup d'œil au sang qui perlait des coupures et recula sa chaise.

— Carys, un torchon. Il est accroché devant le four.

Elle prit la main d'Annabelle et la tourna doucement pour évaluer les dégâts.

— Vous avez de la chance. Ce ne sont que des coupures superficielles.

Elle prit le torchon que Carys lui tendait et elle enveloppa la main de la femme.

— Gardez votre main en l'air un moment pour arrêter les saignements. Je ne pense pas que vous aurez besoin de points de suture.

— Merci.

— Où est Christopher maintenant ?

— À l'étage, dans sa chambre bien sûr.

— Vous devez me la montrer.

Annabelle serra le torchon de cuisine autour de sa main et repoussa sa chaise.

— Venez, alors.

Elle les conduisit dans le couloir puis se dirigea en haut de l'escalier jusqu'à un large palier.

Alors que Kay atteignait la dernière marche, une

porte au fond de la maison s'ouvrit et Bethany passa la tête, les yeux écarquillés.

— Qu'est-ce qui se passe, Maman ?

— Rien. Retourne te coucher.

— Où est Papa ?

— Il est occupé.

Bethany hésita un instant, puis se détourna en laissant la porte entrouverte.

— Où est la chambre de Christopher ?

— C'est celle-ci. À l'avant.

Annabelle avança sur l'épaisse moquette et frappa à la porte.

— Christopher ? La police est là.

Carys haussa un sourcil en direction de Kay dans le silence qui suivit.

— Christopher ?

Annabelle frappa une fois de plus, puis tourna la poignée et alluma la lumière.

Kay jeta un coup d'œil à l'expression surprise de la femme et pivota sur ses talons.

Alors qu'elle traversait rapidement le palier, Bethany apparut, vêtue d'une épaisse robe de chambre par-dessus son pyjama.

— Il est dehors, dit-elle.

— Dehors ?

La réponse stridente de sa mère fit grimacer l'adolescente.

— Je l'ai vu.

— Où est-ce qu'il est allé, Bethany ?

Kay garda une voix douce, elle ne voulait pas alarmer davantage la jeune fille.

— Au fond du jardin. Je l'ai vu par la fenêtre.

— Carys, viens avec moi.

Elle dévala les escaliers, contourna le poteau de la rampe sans s'arrêter et fit signe aux deux officiers.

— Donnez-moi une lampe torche. Restez ici au cas où il reviendrait. Nous allons dans le jardin.

Elle entendit le « madame » étouffé alors qu'elle ouvrait violemment la porte d'entrée, puis elle courut le long du chemin de gravier jusqu'au jardin, le paysage méconnaissable dans l'obscurité.

— Tu penses qu'il est allé où ? demanda Carys.

Kay suivit du regard la bordure de la propriété, ses yeux longeant une grande haie qui partait de la maison et descendait sur le côté droit jusqu'à ce qu'elle s'arrête près du bosquet d'arbres.

Elle commença à marcher vers la zone boisée, puis s'arrêta au pied du grand chêne et leva le menton.

Au-dessus d'elle, au bout d'une échelle qui

semblait pouvoir s'effondrer à tout moment, se trouvait la cabane dans l'arbre.

— Il est là-haut, murmura Kay.

Carys tendit le cou pour suivre son regard, puis fit un pas en arrière.

— Tu vas monter ?

— Il le faut. Attends ici.

Elle glissa la lampe torche dans le col de sa veste, saisit les côtés de l'échelle et commença à grimper.

C'était plus haut qu'elle ne le pensait.

Quand elle atteignit le sommet, le vent fouettait ses cheveux et la ballottait contre le plancher de la cabane.

Elle sortit la lampe torche et la pointa vers la cachette en bois.

Des yeux noirs comme du charbon la fixaient dans l'obscurité et elle baissa le faisceau.

— Christopher ?

— Il a tout gâché, dit l'adolescent, la voix pleine de colère. Il a tout détruit.

L'échelle vacilla sous le poids de Kay et elle retint son souffle, refusant de regarder en bas. Si la structure fragile s'effondrait, elle n'aurait aucun moyen d'amortir sa chute.

— C'était l'idée de Damien de voler les câbles en cuivre ? demanda-t-elle.

— Bien sûr que oui. Je ne savais même pas qu'ils étaient là.

— Pourquoi y es-tu allé ?

— Parce qu'il me l'a demandé.

La voix de Christopher prit un ton désespéré.

— Et tu aurais fait n'importe quoi pour ton frère, n'est-ce pas ? dit-elle.

— Oui.

Ce n'était guère plus qu'un murmure.

— Ta mère s'inquiète beaucoup pour toi.

— Elle n'a jamais aimé Damien.

Kay s'agrippa au sommet de l'échelle, prise au dépourvu par cet aveu.

— Vraiment ?

Il y eut un mouvement dans l'ombre, puis Christopher apparut.

— Faites attention. Papa devait réparer cette échelle l'été dernier.

— Merci.

Il haussa les épaules et détourna le regard ; un tic de timidité qui lui brisa le cœur.

Elle profita de l'occasion pour se hisser dans la cabane, posa sa lampe torche sur le sol puis se retourna et se concentra sur la vue.

Au-delà des bois, le soleil commençait à poindre à l'horizon.

— Pourquoi est-ce que ta mère n'aimait pas Damien, alors ?

— Elle disait qu'il était ingrat.

— Il l'était ?

— Non. Il était juste énervé parce que Papa n'arrêtait pas de foutre en l'air l'entreprise.

— C'est pour ça qu'il ne voulait pas la reprendre ?

— Ouais. Il disait que ça ne valait rien. Personne ne veut travailler avec Papa de toute façon. Personne de respectable, en tout cas.

— Tu te faisais harceler à l'école ?

Christopher remonta ses genoux contre son menton et fixa le sol.

— Papa oublie toujours que quand il fait quelque chose, ça retombe sur nous tous aussi. Bethany a des problèmes à l'école parce qu'ils s'en prennent toujours à elle. Les filles sont pires que les garçons. Même Maman a été touchée. Elle aimait jouer au badminton dans un club avec ses amies jusqu'à il y a environ deux ans. Elle a dû arrêter parce que Papa devait de l'argent aux maris de ses amies.

— Comment Damien était-il au courant pour les câbles en cuivre ?

— Il allait aux réunions de chantier avec Papa.

— Comment est-ce que vous êtes entrés dans le

bâtiment ? Il y avait une société de sécurité qui s'en occupait.

— Il s'avère que Papa n'était pas le seul à réduire ses frais. Quand on est arrivés, il n'y avait personne.

— Pas de gardiens ?

— Non. Je suppose qu'eux aussi en profitaient.

Kay pivota pour faire face à Christopher dans la faible lumière de la lampe torche.

— Comment est-ce que vous êtes entrés ?

— Damien avait un double de la clé. Il a dû la faire faire sans que Papa le sache. J'ai demandé, mais il n'a pas voulu me le dire. Il était en colère contre moi à ce moment-là.

— Pourquoi ?

— Parce que je voulais savoir à qui il allait vendre les câbles en cuivre. Il m'a dit d'arrêter de poser autant de questions.

— Il t'a frappé ?

Christopher baissa les yeux, puis hocha la tête.

Kay soupira.

— Que s'est-il passé quand vous avez retiré la sous-couche pour accéder aux câbles en cuivre ?

Christopher déglutit, son visage était pâle.

— Damien a soulevé les planches. On ne parlait pas beaucoup à ce moment-là. Je pense qu'il regrettait de m'avoir demandé de l'aider. Je ne crois pas qu'il faisait attention. Quand on est entrés dans le bâtiment, il m'avait dit de ne pas appuyer sur les interrupteurs parce que le courant était allumé.

Il frissonna.

— J'ai tourné le dos, juste une seconde. Je cherchais une autre lampe torche pour qu'on puisse y voir mieux.

Une larme coula sur sa joue.

— Je pensais lui avoir rappelé pour le courant, vraiment.

— Que s'est-il passé ensuite ? demanda Kay.

Christopher s'essuya les yeux avec la manche de sa chemise.

— Il y a eu un bruit. Comme un halètement, puis un bruit sourd. Toute l'électricité s'est coupée. Je suis resté planté là. Je ne sais pas combien de temps. J'avais trop peur de me retourner et de regarder. Et puis j'ai réalisé que je devais bouger. Je devais faire quelque chose.

— Tu as dissimulé la mort de ton propre frère, dit Kay.

Christopher hocha la tête.

— Pourquoi est-ce que tu ne l'as pas signalé ? demanda-t-elle. Pourquoi est-ce que tu as caché son corps ?

— Parce que j'ai paniqué. Je ne savais pas quoi

faire d'autre. Il était mort, il n'y avait plus de courant dans le bâtiment, alors j'ai traîné Damien sur le sol jusqu'à ce qu'il tombe dans le trou et je l'ai refermé.

— Qu'est-ce que tu comptais faire en avril quand il ne se serait pas rentré ?

— Je suppose qu'il aurait pu disparaître là-bas. Les gens le font tout le temps, non ? Ils disparaissent sans laisser de traces.

— Qu'est-ce que tu as fait de son sac ?

En réponse, un bruit de frottement parvint à ses oreilles alors qu'il se retournait et tirait un sac de toile du coin de la cabane.

— Il m'a dit de le garder pendant qu'il allait acheter des cigarettes avant qu'on entre dans le bâtiment, dit-il.

— Ta sœur ne s'est pas demandé pourquoi il était là ?

— Bethany ne monte plus ici.

— Pourquoi pas ?

— Je lui ai dit que c'était infesté d'araignées.

Kay déglutit.

— C'est vrai ?

— Non. Je lui ai dit ça uniquement pour la tenir à l'écart.

Il posa une main sur le sac.

— Je ne savais pas quoi faire d'autre avec ça.

— Pousse-le par ici.

Kay arrêta le sac d'une main, puis l'ouvrit et y pointa sa lampe torche.

Une pince coupante brillait sous la lumière du faisceau, et en fouillant, elle sortit un passeport.

— Tu ne t'es débarrassé de rien.

— Non.

Kay referma le sac.

— Écoute, je ne suis pas très à l'aise en hauteur, dit-elle. Ça ne te dérange pas si on finit cette conversation en bas ?

— Je suis dans le pétrin ?

— Je ne vais pas te mentir. Je vais faire ce que je peux, mais…

Elle le regarda se déplacer maladroitement sur les planches qui formaient le sol de la cabane puis étendre ses jambes devant lui.

— Je ne voulais pas. J'avais peur.

— Je sais que tu avais peur. Maintenant, tu veux bien me montrer le meilleur moyen de descendre d'ici ? Je ne plaisantais vraiment pas à propos de mon vertige.

Cinq minutes plus tard, Kay se tenait au pied de l'arbre tandis qu'un officier en uniforme conduisait

Christopher à travers la pelouse vers l'allée où une voiture de patrouille attendait.

— Que va-t-il lui arriver ? cria Annabelle de l'endroit où elle se tenait à côté de Carys.

Kay les rejoignit.

— J'ai dit à Christopher que j'allais faire ce que je peux, madame Brancourt, mais il est possible que le ministère public envisage une accusation d'homicide involontaire. Il y a aussi la question de la dissimulation du corps de Damien, l'accusation qu'ils porteront probablement s'appelle privation de corps au médecin légiste. Selon la façon dont ils perçoivent les circonstances ayant mené à la mort de Damien, ils pourraient également l'accuser de tentative de vol.

— Deux fils, murmura Annabelle. À qui est-ce que John va transmettre l'entreprise maintenant ? Nous sommes foutus.

L'attention de Kay fut attirée par un mouvement à la fenêtre du rez-de-chaussée de la maison, un rideau qui bougeait.

— Vous avez une fille, dit-elle. Peut-être qu'une fois que tout cela sera terminé, vous pourriez envisager de rompre avec la tradition et de lui transmettre l'entreprise.

Annabelle serra son manteau autour de ses

épaules et donna un coup de pied dans une pierre détachée sur le chemin.

— Vous avez une fille, détective Hunter ?

Kay se retourna pour que l'autre femme ne puisse pas voir son visage, puis elle commença à s'éloigner.

— Non, dit-elle. Je l'ai perdue.

CHAPITRE 49

Kay descendit du siège passager du véhicule tout-terrain d'Adam. Le vent fouettait ses cheveux sur son visage et lui piquait les yeux.

La rafale suivante apporta le son des cloches de la petite église de Shepway, célébrant le mariage de la matinée qu'ils avaient croisé en chemin.

Elle avait reçu un appel de Barnes une heure plus tôt pour l'informer depuis la salle des opérations que le ministère public avait confirmé qu'ils inculperaient Christopher Brancourt pour avoir dissimulé la vérité sur la mort de son frère, et que Sharp avait renvoyé le reste de l'équipe chez eux pour le week-end afin qu'ils soient pleinement reposés avant ce qui s'annonçait comme une semaine chargée pendant qu'ils mèneraient une enquête sur les affaires de Mark Sutton.

— Prends ta journée, Kay, avait dit Barnes. J'ai la situation en main. Passe du temps avec Adam, vous vous êtes à peine vus ces dernières semaines avec cette affaire et tout le reste.

Kay avait essayé de discuter avec lui, mais l'inspecteur n'en démordait pas. Elle sourit en y pensant – Barnes était un bon ami, et elle le respectait aussi en tant que collègue.

Et, elle devait l'admettre, il avait raison.

Elle claqua la portière alors qu'Adam la rejoignait, un bouquet de fleurs à la main.

— Prends ça, je vais chercher le sécateur, dit-il.

Elle inhala le doux parfum des œillets aux couleurs vives pendant qu'Adam fouillait sous les sièges avant de ressortir de voiture et de verrouiller les portières.

— On y va ?

Il enroula ses doigts autour des siens et rit tout doucement.

— Glacées, comme toujours.

— J'aurais dû mettre des gants.

Malgré l'heure matinale, son souffle formait de la buée alors qu'elle marchait aux côtés d'Adam, et leurs bottes crissaient sur la surface gravillonnée du parking. Une faible lumière donnait au ciel une teinte délavée et Kay frissonna en remontant son écharpe sur le col de son manteau pour se protéger de la brise glaciale.

Les épais cheveux noirs d'Adam s'ébouriffaient dans le vent, et pendant un instant elle resta silencieuse, contente de sa compagnie et soulagée qu'il soit là pour l'accompagner.

Elle savait qu'elle ne pourrait pas faire cela toute seule, pas aujourd'hui.

Le chagrin montait et descendait en elle, une douleur sourde qui lui serrait la poitrine certains jours et se réduisait à un bourdonnement constant le reste du temps. Elle acceptait qu'il ne s'estomperait jamais complètement, et elle redoutait en fait l'idée de ne plus jamais ressentir cette douleur.

Comme s'il lisait dans ses pensées, Adam lui serra la main, la chaleur de ses doigts l'enveloppait.

Il ne dit rien, les mots étaient inutiles.

Quand elle s'était remise, quand elle était retournée au travail pour se retrouver plongée dans le cauchemar d'une traque pour trouver un tueur avant qu'une autre adolescente ne meure, il lui avait enfin raconté ce qui s'était passé.

Kay avait repoussé les souvenirs moins

douloureux et le reste était perdu dans un esprit qui refusait d'envisager ce qui aurait pu être.

Adam, en revanche, avait été celui qui lui avait tenu la main à l'arrière de l'ambulance, refusant de laisser les secouristes l'emmener sans lui. Adam avait été celui qui s'était recroquevillé sur le sol de la salle d'attente de l'hôpital, épuisé et incertain de la survie de sa compagne et de leur enfant.

Adam avait été celui qui s'était effondré de soulagement teinté d'une désolation qui l'avait torturé pendant des mois lorsque le chirurgien lui avait dit à trois heures du matin que Kay avait survécu, mais pas leur fille.

Avec le temps, ils avaient guéri ensemble, la perte de leur fille étant un fardeau qu'ils avaient porté comme tant d'autres familles avant eux.

Kay s'arrêta net et Adam s'arrêta brusquement.

Il se tourna vers elle.

— Qu'est-ce qu'il y a ?

Elle se mit sur la pointe des pieds et l'embrassa.

— Je t'aime.

Il la serra dans ses bras et enfouit son visage dans ses cheveux.

— Moi aussi.

Elle s'écarta, essuya ses yeux qui picotaient, puis reprit sa main.

— Allez, viens.

Le temps froid avait ralenti la pousse de la pelouse du cimetière et un chemin s'était dégagé entre les pierres tombales des êtres chers disparus.

Kay retint son souffle en s'approchant, le poids sur sa poitrine enserrait son cœur alors que la pierre simple de la tombe de sa fille apparaissait.

Les jardiniers employés par la mairie avaient tenu les mauvaises herbes à distance et enlevé les tiges fanées des bouquets précédents, et Adam se pencha pour arracher une touffe de chiendent qui obscurcissait son nom.

Elizabeth Hunter-Turner.

— Je vais remplir ça d'eau, dit Adam en tenant le vase en métal qui était à la tête de la tombe.

— Ça ira si je te laisse seule un moment ?

— Oui.

Elle esquissa un petit sourire tandis qu'il s'éloignait vers un robinet au bout de la rangée de pierres tombales, puis elle se retourna vers la tombe de sa fille.

— Bonjour, Lizzy.

Un soupir déchirant s'échappa de ses lèvres alors qu'elle s'accroupissait à côté de la pierre et passait ses mains sur la surface lisse.

Elle se demanda ce que ça aurait été de passer sa

main sur les mains de sa fille, ce que ça aurait été de lui brosser les cheveux, le plaisir qu'ils auraient eu en famille.

Au lieu de cela, elle et Adam étaient seuls ; sans enfant.

— Mon Dieu, ça fait mal, murmura-t-elle.

Elle renifla en entendant le bruit de pas qui s'approchaient, puis Adam s'accroupit à côté d'elle et replaça le vase désormais plein sur sa base.

Il lui donna un léger coup de coude.

— J'ai vu comment tu te débrouilles avec les couteaux. Tu veux que je coupe les fleurs ?

Kay laissa échapper un rire étranglé.

— Oui. Vas-y.

Elle retira l'élastique des tiges et les lui tendit pendant qu'il coupait le bout, puis ensemble ils arrangèrent les fleurs, travaillant en silence.

Quand ce fut terminé, Adam l'aida à se relever et l'enveloppa dans ses bras.

Kay se blottit contre la chaleur de sa poitrine, reconnaissante de sa proximité.

— Ça va aller, Kay, dit-il. Ça va aller.

FIN

BIOGRAPHIE DE L'AUTEUR

Rachel Amphlett est l'auteure de romans policiers et de thrillers d'espionnage les plus vendus par USA Today, et la plupart de ses livres ont été traduits dans le monde entier.

Ses romans sont disponibles en format numérique, en version imprimée et en livres audio dans les bibliothèques et chez les détaillants, ainsi que sur son site web.

Grande voyageuse et détective privée par accident, Rachel possède les nationalités australienne et britannique.

Pour en savoir plus sur les livres de Rachel, rendez-vous à l'adresse suivante : www.rachelamphlett.com.

www.ingramcontent.com/pod-product-compliance
Lightning Source LLC
Chambersburg PA
CBHW010421170726
48283CB00011B/2990

* 9 781917 166348 *